蒼穹變
2 千年遺恨
龍人◎著

目錄

第一章 無窮太極

有人識出尹歡所持的「長相思」後，驚怖流屬眾的所有目光都不由自主地落在了此奇兵上。

他們奉門主哀邪之命隨「青衣紅顏」攻襲隱鳳谷，只知此舉的目的是爲了奪取一件極爲重要之物，除此之外，他們便再不知更多的事宜。畢竟他們五十餘人的攻襲只是哀邪計畫中的一個步驟而已，若僅憑五十餘人便可一舉成功，那麼異服女子就根本不必前往驚怖流了。

驚怖流中的人皆明白，被門主哀邪尊爲「聖座」的異服女子出現在驚怖流進攻隱鳳谷之前，足見此次攻襲隱鳳谷一事的重要性。

眾人皆心忖道：「門主欲取之物，是否就是尹歡手中的『長相思』？」

尹歡臉色陰沉，冷哼道：「『長相思』已沉寂百餘年，今日再現，便以你們的血洗去它的百年風塵！」

忽聞易容成雕漆詠題的扶青衣道：「谷主且慢！」

尹歡目光一跳，並未回轉，只是淡淡地道：「雕漆衛尚有什麼事？」

扶青衣從容自若地道：「谷主取他們的性命自是大快人心，但還要請谷主留下一個活口加以利用！」

尹歡的臉色頓現和緩，他哈哈一笑，「不必留活口了，因爲應衛、令狐衛他們早已擒得更爲重要的活口！」

尹歡口中所謂的應衛、令狐衛，便是守在遺恨湖水舍中的應宗、令狐丘二人，應宗在十二鐵衛中排名第一，令狐丘排名第五，除此二人之外，尚有排名第二的司馬有禮。應宗在武學修爲比其餘鐵衛高出甚多，而司馬有禮學識廣博，奇門遁甲、紫微斗數、醫卜樂禮無不精通，由他們三人共守遺恨湖，足見尹歡對此地的重視有加。

而尹歡話語中所謂的活口，自是指斷紅顏。

驚怖流屬眾聞言，不由皆爲尹歡的胸有成竹所震，心中忖道：「莫非湖中真的隱有世外高人？否則『孤劍』怎會莫名受挫？以『孤劍』的修爲，除非是如門主那等級別的高手，否則決不可能有人在瞬息間擊敗他！」

「莫非，扶青衣所傳出的訊息有誤，石敢當並未如他所說的那樣在冰殿中助歌舒長空救人而無

法抽身？」驚怖流屬眾心中不由閃過這一念頭，但很快他們便否定了這種可能，因爲即使是身爲玄流道宗的石敢當，要勝「孤劍」斷紅顏亦無絕對把握。

「何況，扶青衣行事之縝密人盡皆知，又怎會出此紕漏？」

所有的念頭僅在極短的時間內閃過驚怖流屬眾的腦海，而且驚怖流一向以冷酷無情著稱，縱使心中疑慮重重，但在他們臉上卻幾乎絲毫未顯現出來。

「孤劍」斷紅顏莫名敗亡，使他們對遺恨湖有了戒備，而尹歡在武界中向來有奢靡而不思進取之名聲，當下那統領向眾屬使了一個眼色，發出訊號，示意動手！

此統領名爲胥替，在驚怖流地位不低，其修爲與「青衣紅顏」相比，亦僅是略遜一籌而已。他心意一定，驀然拔刀，閃電般迫進丈餘，其速之快，讓人感到他位置的移動已突破了空間與時間的範疇。

刀勢猶如乘風破浪般劃破虛空而過，直取尹歡。頓時，尹歡的身軀已完全在這駭人刀勢的籠罩下。

與此同時，驚怖流屬眾亦一齊發難，向對手席捲過去。

尹歡笑意從容，手中的「長相思」驀然輕鳴，其聲悅耳猶如鳳鳴，奇兵顫若秋水，轉瞬間化作一團淒迷的光霧。光霧看似輕盈猶如無物，卻不可思議地輕易穿透胥替空前強大的刀勢，似無孔不入的水銀在流瀉！胥替刀勢在「長相思」的滲透侵襲下，頓時支離破碎。

但胥替決不簡單，在間不容髮的瞬息間，他的刀已一連閃過超乎人想像的詭異空間、角度，在刀勢即將渙散前的瞬間，重新組合成勢不可摧的刀勁氣牆！

尹歡卻已腳下一錯，斜斜滑出，「長相思」猶如輕煙般飄然而進，準確無比地與另一驚怖流殺手手中的短矛相接！「長相思」與短矛甫一接觸，立即彈起，似若注滿了奇異的靈性，在虛空中劃過一道輕盈優美的弧線之際，那名驚怖流殺手一聲低哼，頸部已添一道血痕，但事實上，此人的喉管早已被完全切斷，就此斷送性命。

他的身軀尚未倒下，尹歡已以快不可言的速度閃入驚怖流眾殺手群中。一團淒迷的光芒與他的身形完全融為一體，猶如一道不可違逆的死亡旋風，在驚怖流屬眾之間倏忽進退，每一步的踏出都充滿了極度的智慧與氣息，使「長相思」的殺傷力發揮至極限巔峰，沒有任何金鐵交鳴聲！

驀地，尹歡的身形化為極靜，目光冷然掃過所有驚怖流屬眾，眼神中充滿了從未在他身上顯現過的凜然萬物之氣度。

包括胥替在內的驚怖流殺手皆是愕然而立，既為尹歡方才所顯現的鬼神莫測的身法所驚愕，更因為尹歡此舉似乎毫無意義而愕然不解。

就在此時，忽然有奇異而森然的聲音響起，猶如淤塞的水流所發出的聲音。

眾人怔愕之際，赫然發現有近二十名驚怖流殺手的頸部出現了一道淡淡的血痕！

血痕處的幾顆血珠迅速連爲一道血線，並迅即變粗，隨即如噴泉般汩汩而出，最終化爲血箭標射而出。

十九名驚怖流殺手幾乎是不分先後地仰身轟然倒下，氣絕身亡。

被殺者沒有感覺到任何疼痛，當他們從同伴的眼神中感到異常時，生命力迅速飄離了他們的軀體，使之未能作出任何反應就已斃命。

那奇異而森然的聲音正是鮮血在業已被切斷的血管中噴湧形成的。

如此可怕的殺人手法深深震撼了場中每一個人的心靈，一時間，眾人連呼吸也頓滯了，周遭一片死寂。

少頃，驚怖流中倖存者方齊聲驚呼，不約而同地向後退出數丈！驚怖流屬眾無不是不畏生死之徒，但此刻竟亦不由心萌寒意。

胥替的瞳孔倏然收縮！

這時，遺恨湖水舍中突然爆發出哄然喝彩聲！谷主刀歡舉手投足之間斃殺十數人，使在驚怖流陰影下壓抑多日的隱鳳谷弟子大感痛快。

隱鳳谷西側一處危崖上，灌木叢生，灌木樹影之後，正有兩人靜靜地遙望遺恨湖的情景。其中一人爲中年男子，膚色蒼白，神情沉鬱，眼神猶如黑夜般深不可測。與他相隔丈許的是一異服女子，嬌軀挺拔，其容顏卻隱於幔笠之下，弧狀長匣正負於其身後。

他們正是驚怖流門主哀邪與神秘的異服女子。

在他們的身後草叢中，有四具屍體，死者乃隱鳳谷弟子。尹歡在隱鳳谷東西山崖上皆暗中部署數人，但對於哀邪而言，這些人便猶如擺設。

哀邪聲音低沉地道：「看來，尹歡的糜耷無能也許只是一個假象，他的武功比我們想像的更高！」

異服女子所說的卻是與此並不相干的事：「你的『青衣紅顏』中的紅顏已敗了。」

哀邪平靜地道：「但『青衣』仍在，只要他們當中任何一人尙在，對隱鳳谷而言，都是一個潛在的致命威脅！」

異服女子道：「門主果然自信！」從她的語氣中，聽不出這是嘲諷還是由衷的讚嘆。

這時，異服女子身後所背負的弧狀長匣內忽然有顫鳴聲響聲，長匣顫動不休，情形詭異！

異服女子低低地「呀……」了一聲，以左手按在弧狀長匣上，詫異地道：「難道在這隱鳳谷中竟有可引動本座神兵戰意的不世奇兵？」

「隱鳳谷乃樂土奇地，如隱有奇兵亦不足爲怪！」哀邪道，「此時離鳳凰重現之時已相隔不遠，待我察辨隱鳳谷陰陽應象！」

言罷，哀邪自懷中取出一物，此物狀如圓鏡，約有二寸厚薄，通體泛著晶瑩光芒。細細一看，赫然可見此物可透視如清水，只是並非如清水般透明清澈，但見此物內部竟有五彩流動，變幻不定，似輕煙，似浮水。

異服女子一見此物，脫口道：「此物便是紫微晶？據說紫微晶可判五行命理，洞察天機，此言是真是假？」

哀邪道：「這正是紫微晶。」對於異服女子後面所問的，他卻避而不答，而是將紫微晶持於手中，暗中把自身內家真力灌入紫微晶之中，以求陰陽五行應象。

浩然真力灌入紫微晶中之後，紫微晶玄力大增，晶內五彩之氣飄游之速更快，並漸漸分離重合。

哀邪定神一看，神色劇變！他脫口驚呼道：「紫微晶北側有青、赤、黑三色之氣，且青、赤二色在不斷交融，青爲木氣之色，赤爲火氣之色，木氣之形爲龍，火氣之色爲鳳，木火相生——一旦龍鳳交融時，奪取天地造化機……難道……」

哀邪的眉宇深糾，神情不安，陷於苦思之中。

「……莫非，是歌舒長空？」哀邪忽有所悟，急切地道：「看來，我不但低估了尹歡，還低估了歌舒長空！此老賊好不狡詐，不行！我決不能讓他計謀得逞！且請聖座為我留意遺恨湖戰局，我誓要讓歌舒長空功虧一簣！」

不等異服女子說話，哀邪已如怒矢般標射而出，涉危岩絕崖如履平地，其速之快，使其身形淡若虛無，功力稍弱者根本無法分辨其身形。

隱鳳谷地下冰殿中。

石敢當已將自身的「星移七神訣」之玄流絕學催運至最高境界。巨大的冰台在「星移七神訣」的作用下，豪光乍放，且整個冰台內部變得朦朧不可透視，似若有煙霧滲透至冰台之中。

石敢當盤膝坐於冰台前，雙掌對疊，鬚髮、衣衫獵獵飛揚。

戰傳說與歌舒長空共處於冰台中的同一空間，兩人雙掌相對，戰傳說感到一股暗蘊火勁的浩然真力自他左臂洶湧而入，在體內沿七經八脈流竄奔走，如熾熱烈焰熾烤著他的軀體，以至於使戰傳說感到自己的軀體將與靈魂一道化為青煙。如煉獄般的痛苦使他心生幻覺，似乎聽到了自己的骨骼發出如被烈焰熾烤後爆裂的「劈啪……」之聲，以及血液乾涸的吱吱聲。

面對這極度的痛苦，戰傳說除了無聲忍受外，竟不能以任何方式宣洩這種痛苦，他依舊不能動彈，不能發出任何聲音。痛苦並非戰傳說的唯一感覺，與此同時，他還察覺到體內有一股淳和的力量在與這暗潛火勁的真力相抗衡，並在抗衡中不斷糾纏、消長、融合……

他不知這股奇異的力量由何而生，但此刻，他已無法提聚運用自己體內的任何真力。他隱隱感到，這股神秘莫名的力量，也許就是他從熾熱的痛苦中解脫出來的唯一希望！

與此同時，他還感到與歌舒長空相抵的右臂有一股真力源源不絕地外湧，這股真力是那般淳正，與熾熱火勁予他的感覺有著天壤之別。

漸漸地，又有七彩光線在他的視野中出現，並如千萬精靈般飛速遊移，其軌跡萬變莫測。七彩光線在不斷分散聚合，絢麗而詭異，不知不覺中，光線再度組成了他在進入地下冰殿前於石殿中看到的石刻壁畫的線條！

戰傳說驚愕莫名！

他不明白爲何那石刻壁畫會一再出現於他的眼前——也許是腦海中，因爲再度出現這一情形時，他皆是雙眼不能視物——這究竟預示著什麼？

但此次情形與上次已有所不同，七彩光線組成了石壁畫中的情形後，並非凝形不變，而是在短暫的靜止後，再度發生著莫測變幻。

此時此刻，他與歌舒長空共處於同一個狹小的封閉空間，由此產生了戰傳說根本未能察知的變化，而這種變化，對戰傳說的一生起著極大的影響。

在石敢當「星移七神訣」的籠罩下，歌舒長空與戰傳說不僅內家真力息息相通，而且他們一呼一吸、一血一脈都已渾如一體，縱然是極爲微小的變化，二人也相呼相應。

天地蒼穹有陰陽五行，人之孔竅四肢皆通於天。故人之軀體心神，便與天地蒼穹之玄奧暗相吻合，猶如千千萬萬個獨立而微渺的蒼穹。天有九重，人有九竅；天有四時，以衍十二月；人有四肢，以衍十二節；天有十二月，以衍三百六十日；人也有十二肢，以衍三百六十節。天人之間，遙遙相應，禍福興衰，生老病死，無不是人之陰陽五行演變之故。

但在石敢當玄流絕學「星移七神訣」的驚世修爲作用下，戰傳說與歌舒長空的陰陽五行已合而爲一，因此此刻戰傳說所有的感覺，歌舒長空也一樣感覺到了。

這正是歌舒長空所希望達到的目的——這一目的，絕非是爲戰傳說療傷！

事實上，戰傳說進入冰殿後的一連串遭遇，皆是歌舒長空精心安排的結果。

換而言之，戰傳說從穴道被封，到尹恬兒向他傳授禦水心訣時突然無法動彈，口不能言，以及歌舒長空口中所謂的以一己之力無法替他療傷，相反卻使他情景更爲不妙……這一切，皆是歌舒長空捏造而成的假象。

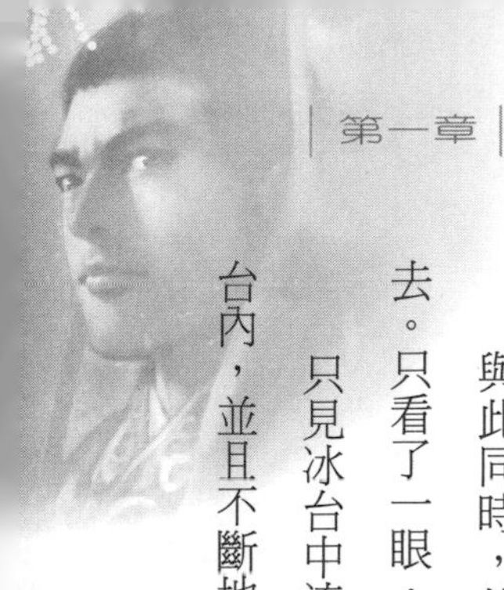

石敢當雙掌互疊，盤膝而坐，雙目微合，全力催發自己的功力，「星移七神訣」已發揮至無以復加的境界。

他因爲與歌舒長空之間的誓言而隱於隱鳳谷中近二十年，這十數年的時光對他而言，無疑是一種煎熬。所以，當歌舒長空提出只要他施出「星移七神訣」合二人之力爲戰傳說療傷，便可解除誓約，石敢當縱然已有古井不波的心境，也不由爲此而激動，畢竟他爲歌舒長空做三件事其實有違其本意。人世間也許再也沒有比違心之舉更讓人痛苦，石敢當今日終於有從這種痛苦中解脫出來的機會，自是不會推辭。

雖然他已察覺到戰傳說的傷並不如歌舒長空所說的那麼嚴重，歌舒長空此舉未免有些蹊蹺，但因爲心緒激動，石敢當還是大意了。

此時，石敢當見冰台之中久無動靜，不由暗自起疑：難道以自己與歌舒長空二人的修爲，竟會毫無效果？

與此同時，他隱隱有了力乏之感。這種感覺使石敢當心中一震，驀然睜開雙眼，向冰台內望去。只看了一眼，他頓然失色！

只見冰台中流竄的如霧狀的玄流氣勁，此時赫然已組成了一個巨大的太極圖形，籠罩在整個冰台內，並且不斷地脹大，變得更爲明顯。

驚愕之中，石敢當心中「咯噔……」一聲，隱隱有所悟！當機立斷，欲立即收功。

豈料石敢當剛欲不再催運「星移七神訣」，立覺自身的真力洶湧而出，如江海般一瀉千里。他的身軀亦被一股巨大的無形吸引力牽引得向前飛跌而出。

大驚之下，石敢當急忙再度以內家真力與這股牽引之力相抗衡。而這時，他心生的力乏之感越來越強烈，不由脫口呼道：「歌舒長空，你……」

歌舒長空倏而長笑！

笑聲倏止，歌舒長空得意地道：「多謝石宗主以『星移七神訣』助我重現江湖！此子身懷龍靈，與我內息相輔相成，已化為無窮太極，此時即使你想退出，也是欲罷不能了。因為你的陰陽五行所成之太極，絕對無法與龍鳳相融化成的無窮太極相抗衡！」

石敢當聞言神色大變！

戰傳說亦是心頭一震！

尹恬兒離開冰殿返回地面後，便在石殿中漫無目的地穿行。自從大哥尹縞去世後，尹恬兒從不在石殿中逗留，每次都是匆匆而過。她知道石殿中有不少隱鳳谷弟子，就是為防止外人隨意闖入地下冰殿。而事實上這麼多年來，也從未有人闖入地下冰殿，所以尹恬兒對父親交代讓她守候於地下

通道外一事，並未太過在意。

尹恬兒在石殿曲折複雜的門戶中穿行，石殿中光線昏暗，不時有隱身於暗處的守衛爲尹恬兒的腳步聲所驚動，待看清是三小姐尹恬兒後，守衛自然不再過問。

恍惚間，尹恬兒忽然聽到了悅耳的風鈴聲，聲音是那麼的熟悉，她心頭不由一震，猛一抬頭，只見身前不遠處的房門前，正掛著一串風鈴。

尹恬兒心中一顫，一股酸澀之情頓時湧上她的心頭。

她知道，不知不覺中，她已走到了大哥尹縞生前所居住的地方。

尹恬兒居於疏雨樓，尹歡的居所是清歡閣，無論是疏雨樓還是清歡閣，都顯然精緻風雅。但不知爲何，唯有尹縞卻始終住在這雖然恢弘，但未免過於森嚴的石殿中。尹恬兒在尹縞生前常來此地，後來尹縞不幸英年早逝，尹恬兒不忍再看到這兒與大哥尹縞息息相關的一切，所以再未踏足此地。

尹恬兒望著那串風鈴，心中百感交集。她輕輕地走近，像是怕驚動了什麼般小心翼翼。尹恬兒抬頭凝視著風鈴，風鈴上已蒙上了厚厚的一層塵埃，她伸手輕輕地觸了觸風鈴，塵埃飄然而落，風鈴響過清脆悅耳的撞擊聲，在這靜寂的石殿中顯得清晰無比。

尹恬兒的雙眼一片濕潤，那風鈴下兩顆精緻的僅拇指大小的燈籠是她親自做的，一大一小，她對大哥說小的燈籠是她，大的是大哥……

尹恬兒佇立於門前，出了好一陣子神，方輕輕地推開那扇門。

門是虛掩著的，一推即開了，只是因爲已年久無人居住，所以被推動時，門軸發出生澀的吱咯聲。

屋內一片昏暗，在這一片昏暗中，隱隱飄揚著荒原中獨有的氣息。雖然尹恬兒已多年未到這間屋子裏，連她自己都認爲自己會忘了屋內的情形，但當她此刻置身其中時，屋內的一切情形都已無比清晰地浮現於她的腦海中。

尹恬兒很熟悉地繞過了屋中的擺設用具，走到窗前，將已關閉多年的窗子用力支起。新鮮的空氣與光線一起湧入屋內，屋內的昏暗頓時退去，變得亮堂起來。

尹恬兒轉過身來，環視屋內，一切都是那麼的熟悉，床、桌、椅、畫……只是，這一切都在流逝的歲月裏被蒙上了一層厚厚的塵埃。

尹恬兒心中一陣酸楚，不由黯然淚下。

她不明白上天爲何如此殘酷不公，在她年幼時，母親就已遠離她而去，如今她已完全記不起母親的容顏。她對父親雖然有敬愛之情，但父親終年困於冰殿中，並不能給她以真實的溫馨。唯有大哥尹縞可以呵護她，憐愛她，使她的童年總算有了值得珍惜的歡樂，但唯一能給她真實溫情的大哥卻在她十四歲那年不幸英年早逝。

「難道，上天注定恬兒要經歷太多的悲歡離合？」尹恬兒心中喟然嘆道。

這時，有兩名守衛於石殿中的隱鳳谷弟子聞聲趕到這邊，見尹恬兒進入尹縞生前的房中，頓感不安，忙道：「小姐，此處久無人居住，已顯雜亂，小姐要在此逗留，請先容我們將此處清掃清掃。」他們要借此勸回尹恬兒。

尹恬兒道：「不必了。」

那兩人還待再說什麼，忽聞遺恨湖方向傳來金鐵交鳴之聲，兩人聞之一震，心中同時想到了「驚怖流」三字，神色皆爲之一變。

尹恬兒亦聽得此金鐵交鳴聲，但她倒未如他們二人這般驚愕。見他們如此神情，心中一轉念，便借機道：「只怕是驚怖流來襲，你們去探個究竟！」

兩人對此本就有些放心不下，聽尹恬兒如此吩咐，皆欣然應命，轉身離去。

尹恬兒支走二人後，繼續打量房中的一切，當她走至臨窗的桌前時，目光頓時爲桌上一物所吸引了。

乍一看，這是一隻正半蹲著身子的蛤蟆，但略略細觀，便可以看出這隻蛤蟆是假的，只是一隻陶製的玩物。陶蛤蟆的表層漆成褐綠相間的顏色，四肢並非如軀體般是陶製的，而是用細竹管連接而成。竹管內有絲線，同時陶蛤蟆的軀體內部是空的，尹縞花了數天時間，用輪齒機括安裝在蛤蟆內，以絲線將它們串聯，最後線頭由陶蛤蟆的尾部露出一小截。

線頭僅有半寸長，同樣漆以綠漆。唯有尹恬兒與尹縞二人知道只要輕拉陶蛤蟆尾部的線頭，將陶蛤蟆體內的線拉出一截，再鬆開時，借助於那些輪齒、機括，陶蛤蟆就可在平整的地面、桌面上向前蹦跳，直至絲線重新捲回陶蛤蟆體內爲止。

這是尹恬兒十歲那年，尹縞特意費心做成送與她的，尹恬兒極爲喜愛，只是後來被她用力過猛拉斷了線，她才將它交與大哥尹縞，讓他修理。但後來尹縞一直未再將陶蛤蟆還給她，沒想到今日她會在此再見它！

尹恬兒不由自主地伸手取過陶蛤蟆，陶蛤蟆也蒙上了灰塵。她將灰塵揮去，端詳了一陣，見陶蛤蟆尾部的線頭已接上了，便不由如兒時般用手指扣住線頭，向後拉動。

只聽「啪……」的一聲，陶蛤蟆並未如她想像的那樣可以在桌上蹦躍了，而是突然自蛤蟆口中吐出一物！

尹恬兒大感愕然。

定神一看，赫然發現陶蛤蟆口中「吐」出的竟是一個紙團！

尹恬兒心中「咯噔……」一聲，頓時心生異樣之感，隱隱覺得此事必有蹊蹺。

她急忙拾起紙團，匆匆展開，展開紙團時，她的手有些微顫。

借著窗外的光線，她看到了已發黃變脆的紙上寫著一行字：「恬兒，叩擊東北牆角牆磚，拉動拉環。」

只有一行字，正面再無任何說明。

尹恬兒臉色卻在剎那間變得蒼白如紙！

因爲，她一眼便認出這是大哥尹縞的字跡！

在極短的剎那間，有無數個念頭閃過尹恬兒的腦海——「這一定是大哥生前留下的，卻不知他爲何要留下這紙團？」

「大哥將紙團隱於這陶蛤蟆中，顯然是只願讓我發現，而不願讓其他任何人察覺。因爲唯有我才知道這陶蛤蟆的秘密。但隱鳳谷中並無外人，大哥爲什麼要作如此嚴密的防範？難道在這屋中還隱有什麼秘密？大哥說讓我叩擊東北角的牆磚，並拉動拉環是何意……」

心中思忖萬千，但尹恬兒很快平靜下來，她想到大哥尹縞既然如此小心翼翼地留下紙團，必有深意，而他這麼做，決不會對她有何圖謀，有何傷害。

想到這一點，尹恬兒當即決定依照字跡上所說的去做。她將陶蛤蟆、紙團一併收起，隨後來到東北方向的牆角，試探著叩擊牆磚，很快找到一聲音異常之處，尹恬兒便略加用力揮拳拍擊。牆磚被她輕易拍開了，現出一個方形的窟窿來，尹恬兒伸手一探，果然在這坑洞中摸索到了一個拉環。

她暗吸了一口氣，一咬牙，果斷地拉動了扣環。

頓時，她的腳下一陣輕顫，牆角處的地面赫然已悄無聲息地滑開，顯露出一個地下室！只是地下室中光線昏暗，一時看不清其大小及結構如何。

尹恬兒心情之複雜難以言喻！

她萬萬沒有料到在她生活著的隱鳳谷竟然還隱有她所不知的秘密，而更讓她吃驚的是，這一秘密就隱於她大哥尹縞的身邊！在尹縞生前，她常來此屋，尹縞卻從未向她透露這一秘密。

這一切，究竟是爲什麼？

尹恬兒心中極不好受，她漸漸感到隱鳳谷越來越複雜莫測，即使是身爲三小姐的她，也感到撲朔迷離。

雖然這地下室中凶吉莫測，但尹恬兒依然毫不猶豫地躍入其中。

她很快安然著地，看來地下室也不過只有一丈多深，地下室中有幽幽光亮，但一時卻又無法判斷出光來自何處。落地後，她只聽得頭頂有輕微的聲響，地面又重新自動合上。

尹恬兒長長地吸了一口氣。

就在此時，倏聞頭頂上方「轟……」的一聲巨響，連地下室的地面也一陣顫動，似乎整個石殿已轟然倒塌。

尹恬兒凜然大震，不知石殿中究竟發生了什麼事！

石殿中的異響是因驚怖流門主哀邪而起的。

遺恨湖的廝殺聲傳至石殿這邊時，雖然已因距離較遠而模糊不清，但守衛於石殿中的隱鳳谷弟子仍是聽到了，當下便有數人出了石殿察看。

出了石殿，廝殺聲更清晰了些，但他們並未看到有向他們傳警的訊號，看來此時雖有外敵來襲，但遺恨湖的弟兄尚能抵擋。於是他們便放心不少，相互道了聲：「多加小心。」便要返回石殿中。

就在他們轉身的那一刹那，身後倏然有森然殺機飛速逼近，頓時予他們以前所未有的可怕壓力。

幾人大驚，急待轉身，赫然發現在這空前絕後的凜然殺機壓迫下，他們竟已無法動彈！

未等他們有更多的反應，冷風席捲而過，血光乍現，幾人同時身首異處，倒於血泊之中。

哀邪接近石殿後，憑其曠世修爲，已然斷定那龍鳳融彙之氣就是源於此殿中。彈指間殘殺數人後，哀邪昂首從容由石殿正門徑直而入，他從容若閒庭信步，其速卻快不可言，猶如一道暗隱無窮殺機的颶風掠過石殿。

堪堪掠過兩重門戶，立時有兩名隱鳳谷弟子自暗處閃身而過，擋住了他的去路，高聲喝道：

「來者何人？竟敢強闖……啊……」

話語未了，已聞兩聲慘呼，隨即軀體頹然倒地。

他們根本無法看清對方是如何出手的，他們所能感覺到的，只有死亡降臨前最後一刻的絕望！

慘呼聲立時驚動了整座石殿，一時間呼聲四起，隨即「轟轟……」數聲巨響，幾道石閘在通道處轟然落下，即刻將哀邪封於其中。

哀邪去勢竟絲毫未減，徑直向石閘迎去，相距石閘門尚有一尺之距時，石閘竟經不住哀邪渾身上下所透發出來的驚世氣勁的衝擊，驀然爆碎，碎石激射開來，隱於左近啓動石閘的隱鳳谷弟子在碎石的激射下，非死即傷。

哀邪以無可抵禦之勢長驅直入！

統領石殿中所有人馬的是十二鐵衛中排名第四的冒矢，冒矢在哀邪闖入石殿後，立即著手部署防線，但哀邪來勢太快，以至於他所部署的防守已沒有任何意義。

冒矢決定集中所有力量，守住最後一道防線——進入地下冰殿的入口處！

當他率數人趕至入口處時，赫然發現入口處的石門亦已碎裂，地下通道洞開，刺骨冷風由地下通道中迎面撲來。

冒矢不由激靈靈地打了一個冷戰，這不僅是因爲他感到了寒意，更多的是想到了被外人強闖而入的後果。地下冰殿除了尹歡兄妹外，連十二鐵衛都不許涉足一步！如今已有強敵進入冰殿中，是否該尾隨追擊？

猶豫了片刻，冒矢決定衝破禁令，進入地下通道追擊，同時再派人將這邊的情形告之谷主尹歡！

石敢當對歌舒長空的舉動本就存有疑慮，但一時大意未多加思慮，此刻，他的疑慮終於得到了印證：歌舒長空果然是另有圖謀！石敢當不由驚怒交加！

歌舒長空身爲一方強者，卻被困於地底冰殿近二十年，的確讓人不由扼腕而嘆。若是歌舒長空對石敢當直言相告，讓石敢當助他一臂之力，石敢當定會鼎力相助。但歌舒長空卻以欺詐的方式待人，石敢當心中大爲不忿。何況此時歌舒長空言語驕恣無禮，使石敢當積蘊多年的怨意在這一刻一齊迸發！

當下石敢當默運心訣，「星移七神訣」頓時已由逆訣化為正訣。冰台中顯現的太極圖光芒頓時消退，一道裂隙由冰台外側以極快的速度向中心延伸，及至半途便分化成七道方向各異的裂隙，繼續延伸！

「轟隆……」巨響聲中，巨如屋宇的冰台驀然爆開，碎裂成數十塊巨大的冰台！

碎冰激發處，兩條人影沖天而起。

正是歌舒長空與戰傳說！

歌舒長空一手挾制戰傳說，另一隻手與之掌心對抵，從容閃過激飛的碎冰，在冰殿一處開闊之地飄然落地。困於堅冰中十數年的歌舒長空第一次真正脫離了堅冰，如常人一般存在著。

歌舒長空心中有百般心緒在這一刻同時噴薄而出，頓時仰天狂笑不止！笑聲猶如驚雷在冰殿中回蕩不絕，充滿了無限感慨，已分不清是喜是悲，是怒是哀。

瘋狂笑聲與冰石墜地的聲音相呼相應，發聾振饋，恍如山崩地裂，整個冰殿在這瘋狂笑聲中震顫。懸空的冰柱上有冰塊紛紛碎落，讓人感到冰殿即將在這笑聲中毀於一旦。

石敢當向歌舒長空望去，不由心頭激震！他赫然發現近二十年的時光流逝了，卻未曾在歌舒長空身上留下任何歲月的痕跡。相反，在他的身上更增添了唯我獨尊的霸者氣概！

望著歌舒長空偉岸如山、充滿凌然超絕氣勢的身影，不知為何，石敢當心中竟萌生不祥的感

覺。

歌舒長空目光如電，直視石敢當，沉聲喝問道：「眼看無窮太極即將達到圓滿之境，你竟然突然變卦，使我功虧一簣！石敢當，你一向自詡以信義取人，爲何出爾反爾？」

石敢當一怔，一時竟無言以對。

他感到歌舒長空所質問的亦不無道理，在此之前，他已知道歌舒長空所說的爲戰傳說療傷只是一個藉口，但知道這一點後，他仍答應了以「星移七神訣」相助歌舒長空。而事實上，他的所作所爲，的確有失信之嫌。

但石敢當乃縱橫樂土武界數十年的高手，絕非等閒之輩，很快便明白了歌舒長空所言有詭詐之處，當下從容反駁道：「老夫的確應允助你，但卻決不願爲助你而加害他人。你自稱要達到無窮太極之境，卻絲毫不顧及此刻在老夫『星移七神訣』下，你與他人是異體同息。以你的武學修爲，當然可以承受無窮太極之境的巨大真力，但此子卻無如你一般的筋骨，他又如何承受得了？若是此子因此而喪命，老夫也難脫罪責，故此才略爲變卦！」

口中雖然如此說，心中卻忖道：「正如你所言，方才太極卦圖已成，我的功力頓被你所吸扯，若不是我的『星移七神訣』有正、逆之分，可以借此擺脫你的挾制，只怕已身不由己，內家真力盡數爲你所吸納，到時老夫必定命亡於此矣！」同時他心中暗自納悶，不明白歌舒長空僅憑他的「星移七神訣」相助，何以能達到如此驚人之境？

歌舒長空聞聲冷笑道：「你可知道此子筋骨奇佳，身懷異賦，絕非常人可比？他的來歷非比尋常，這也是蒼天有眼，不亡我歌舒長空……」

此語未了，歌舒長空忽然斷喝一聲：「什麼人？竟然膽敢私闖冰殿！」

石敢當一愣，隨即聽得通向冰殿的通道中有人陰沉地道：「休說一個地下冰殿，就是整個隱鳳谷也將亡在驚怖流手中！」

石敢當、歌舒長空心中同時閃過一念：「驚怖流果然攻襲隱鳳谷了！只是爲何他們已進入地下冰殿，尚無人前來稟報此事？」想到尹恬兒就是守在通道入口處，此時有人闖入了地下冰殿，豈非等於說尹恬兒極可能已遭遇了不測？

石敢當與尹恬兒一老一少甚爲投緣，想到尹恬兒或許有難，他再也沉不住氣了，向歌舒長空道：「老夫答應爲你保隱鳳谷二十載，至今二十年未滿就有外敵入侵，老夫不能袖手旁觀！」言罷他霍然轉身，迎著入口處，沉聲道：「驚怖流餘孽龜縮已久，今日何以敢再度拋頭露面？」

冷笑聲中，一個膚色蒼白、面目陰沉的中年人出現在冰殿入口處，他的目光與石敢當的目光在空中相撞，石敢當心神竟不由一震，極度不適之感由心底騰然升起。

來者不善！石敢當身爲玄流道宗宗主，以其驚世駭俗的武學修爲，心靈之堅忍自是猶如磐石，

難撼絲毫，沒想到對方竟有決不在他之下的氣勢！石敢當立時收斂心神。

來者正是哀邪！

哀邪正視著石敢當道：「玄流道宗宗主石敢當？」

未等石敢當有任何反應，他已接著嘲弄道：「石宗主被隱鳳谷所利用，爲他人玩弄於股掌間十數年而不自知，真乃可笑可憐！」

石敢當不愧爲武界中有數的前輩高手之一，並未被哀邪輕易激怒，他的目光更顯平和，道：「閣下是驚怖流的人？」

「驚怖流門主哀邪！」哀邪的話語中透著無比的自負，「驚怖流沉寂數十年，今日再戰江湖，隱鳳谷將是第一個祭品！」

說到這裏，他的目光轉向歌舒長空，凝神分辨其氣息，心頭不由爲之一震，頓知紫微晶所感應到的木、火共融之氣，正是源自眼前的歌舒長空及與之對掌的年輕人身上。

「一切玄機定然都是因歌舒長空身側的年輕人而生！正是在他進入隱鳳谷之後，歌舒長空才一反十餘年的沉寂無爲！」

哀邪心中閃過此念，目光一寒，沉喝道：「歌舒長空，今日恐怕你要功虧一簣了！」身形倏起，在肉眼難以察覺的電光石火間，已閃掣而進，跨越匪夷所思的距離，猶如流星曳尾，氣勢駭人。因其速太快，身形過處竟有無形颶風湧現，挾起滿地碎冰。

未等哀邪接近歌舒長空與戰傳說，石敢當冷喝一聲：「讓老夫以『星移七神訣』誅殺邪道餘孽！」雙掌疾揚，徑直迎向哀邪而去。

石敢當身爲玄流三大宗主之一，哀邪豈會不知道他的可怕？即使是在驚怖流巔峰最盛時期，驚怖流昔日門主龍妖對石敢當也不敢小覷，又有誰知道今日的石敢當其武功已精進到什麼樣的境界？

哀邪雖然自負至極，但面對石敢當卻不敢輕視。身形憑空暴旋，借此不僅化去直取歌舒長空的去勢，更將曠世真力直接轉向石敢當，其過程流暢而毫無頓滯，猶如行雲流水。大家風範，顯露無疑！

石敢當早在數十年前便已叱吒武界，名動天下，自然對自己的修爲甚爲自信，而哀邪亦是極爲自負，雙方都毫不保留，甫一出手便是一往無回之攻勢！

兩代強者全力相接，沒有絲毫迴旋餘地。

「轟……」勁氣甫一接實，立時爆發震天巨響，以二人爲中心，空前強大的氣勁四向橫溢！地面及冰牆、冰柱出現無數如閃電般放射狀的裂痕，更有不少碎冰自冰殿頂部墜落於地。

哀邪只覺內息紊亂，左衝右突，同時他的身子不由自主地倒飄出三丈之外方勉強站定，心頭凜然一驚。

在此之前，他自忖憑自身修爲，除了武界第一人「不二法門」元尊之外，能與自己抗衡之人絕對屈指可數。驚怖流再入江湖之時，便是自己一鳴天下驚之時！沒想到今日第一次出手，便遇上了石敢當，竟能使自己已臻虛通之境的內家真力有紊亂徵兆，由此可見「星移七神訣」果然威力懾人！

震愕之餘，哀邪向石敢當望去，愕然發現石敢當的情形竟更爲不妙！但見石敢當神色凝重至極，顯得更爲蒼老，口角處竟有血跡。

難道，石敢當竟受了內傷？

「不，決不可能！玄流道宗宗主怎會如此輕易受傷？」哀邪心中忖道。

事實上，石敢當與哀邪一拚之下，的確受了內傷。這一結局讓石敢當震愕莫名，旋即他明白過來，方才以「星移七神訣」助歌舒長空之時，竟被其借機吸納了不少功力，無怪乎他心生乏力之感。正因爲這一原因，才使他與哀邪悍然一拚時受了內傷。

這時，冒矢終於追至，見哀邪正背向自己毫無防備，立即悄然拔刀在手，遙遙直撲哀邪，揮刀疾斬！

刀勢甫出之時悄無聲息，猶如輕羽飄掠，及至離哀邪僅有一丈之距時，刀勢倏然大盛，嘯聲如潮，向哀邪洶湧席捲而至，聲勢駭人，立時有先聲奪人之勢。

冒矢的刀法剛柔並濟，剛柔之間幻化無定，無跡可尋。憑藉此刀法，冒矢爲隱鳳谷出生入死，挫敗無數高手！雖然他對自己的刀法極爲自信，但哀邪闖入地下冰殿，此事非同小可，若是老谷主有何差錯，肩負守衛石殿重責的他其罪非小！故冒矢一見哀邪，立時出手，根本未過多留意冰殿中的情形，甚至不惜採用偷襲的方式，以求更有成功把握！

冒矢一向只知老谷主歌舒長空隱身於地下冰殿，卻不知冰殿中情形如何，今日爲追蹤哀邪而進入地下冰殿，一路上的酷寒使他亦吃驚非小！但十二鐵衛皆是隱鳳谷忠貞不貳之士，雖感酷寒難當，冒矢亦毫不退縮！

甫一出手，冒矢便將自身的刀道修爲發揮至巔峰之境！

刀身所劃過的軌跡，以及刀身與虛空劇烈摩擦而產生的奇異微顫，與他每一次成功出擊時的感覺都一無二致。隨著刀身寒光以無可言喻的速度迫近哀邪的身軀，冒矢心中升騰起極爲熟悉的感覺——一種揮灑至淋漓盡致的暢快感！

就在他的刀與哀邪的身軀相距僅餘尺時，他的目光驀然捕捉到一張熟悉而又陌生的臉。

是石老石敢當！

石敢當在此本就已爲冒矢所知，所以他雖早已看到石敢當卻並未加以留意。但此刻他的目光如驚鴻一瞥掃過石敢當的臉時，卻發現了平時從未在其臉上出現過的表情——赫然是驚愕、惶恐、不

安、惋惜揉合而成的神情！

就在冒矢察覺到石敢當異樣的面部表情的剎那間，本是背向他的哀邪回轉過身子。

這絕對應是一個在電光石火間完成的動作，但這一過程對冒矢而言卻是歷歷在目，清晰無比。

甚至，冒矢看到了那一刻哀邪眼中無可比擬的自信。

那是一種視山嶽如草芥、叱吒於天地風雲間的無上自信，這種自信使哀邪予人以無比強大、不可撼其絲毫的感覺，讓人頓生頂禮膜拜之感。縱是心神堅貞如冒矢者，亦不由深深爲之震撼，原有的自信在那一剎間突然化爲烏有。

冒矢的刀直抵哀邪的軀體——結局似乎已不可更改，沒有人能夠在冒矢的刀已及體時還能全身而退！

驀地，哀邪周身紫色豪光暴現，將他的身子籠罩其中，清晰的碎裂聲突然傳入每一個人的耳中，如同冰晶碎裂般悅耳，不帶絲毫森然戾氣。

冒矢的刀赫然已斷碎成數十塊大小均衡的碎片！

在這一刻，他的百煉精刀竟顯得如此脆弱。

碎刀以扇形狀倒射而出，冒矢力道已竭，避無可避，竟被如飛蝗般的碎刀齊齊射中，鮮血從二十餘處傷口同時湧出！頃刻間，冒矢便渾身浴血。

但哀邪顯然並不意欲取他性命，碎刀倒射而回時其速極快，讓人感到其中任何一片碎刀都足以取冒矢性命，但出人意料的是，每一碎刀在射出冒矢的體內後，竟然都只是重創冒矢，卻並未傷及他的性命。

哀邪對力道、氣勁把握之精妙、準確，赫然已至登峰造極之境！無論是歌舒長空還是石敢當，他們都明白此時哀邪能使冒矢傷而不亡，遠比取其性命更難十倍！

冒矢的痛呼聲因爲極力壓抑，反而更爲震撼人心。

但，他已無法動彈，無法提聚自身內力。在他的身軀倒跌而飛的那一刹那，只感到腳下一緊，已被哀邪右手一把扣住。

碎刀竟切斷了冒矢周身的所有經絡，他已成了一個廢人。

石敢當在冒矢出手之際，便已預知了他的危險，不由爲之失色，但一切都在迅雷不及掩耳中發生，石敢當亦來不及挽救冒矢。

哀邪緊扣冒矢右足，冒矢的身軀赫然已成了哀邪手中的一件兵器，向石敢當攔腰斬掃，聲勢駭人。

堂堂隱鳳谷鐵衛此刻竟不能有一絲一毫的反抗！

哀邪將無情招式借冒矢的軀體施出，竟有千軍辟易之勢！從冒矢出手襲擊，到哀邪一擊挫敗冒矢並向石敢當攻襲而至，這一過程僅在間不容髮的一剎那發生。石敢當頓感逼人氣勁席捲而至，其威力決不亞於以強兵出擊！

石敢當不忍傷及冒矢性命，頓時處於不利局面，連連被對方迫退。冒矢七經八脈已悉數切斷，奄奄一息，更遑論有內家真力護體，被哀邪急速揮動時肌肉骨骼不時發出「噗噗……」之聲，似若隨時都會被撕裂，讓人聞之心驚。

因爲有冒矢之故，石敢當縱有絕世修爲，亦只能避守而不敢貿然進攻，斗轉星移間，石敢當步步危急！

哀邪占盡上風後，殺機大熾，心念一轉，將冒矢脫手飛出，挾萬鈞之力，向石敢當胸前射至！歌舒長空立知哀邪陰毒用意！哀邪此舉頓時使石敢當陷於進退兩難之境。在石敢當身後數尺外，便是堅硬厚實的冰牆，一旦他閃避開去，冒矢定然會被冰牆撞得粉身碎骨。

但冒矢來勢太猛，若不避讓，封擋之間稍有閃失，對僅有一息的冒矢而言也是滅頂之災。

石敢當沒有絲毫猶豫，雙掌齊出，一陰一陽，如拂面春風，綿綿飄出。掌勢極盡柔和之能，與冒矢的兇猛來勢恰好形成了一個極爲鮮明的對比。

石敢當雙掌猶如游魚，在冒矢身上一觸即走，瞬息間幻化無數次！複雜而微妙的力道最終組成一道柔和氣勁，挾帶著冒矢飄然而起，洶湧來勢頓時化爲烏有。

堪堪使冒矢暫免一難，石敢當驀覺凜烈至極的勁風撲面而至，倉促間，他僅能勉強出手封擋，卻如何能與哀邪的蓄勢一擊相抗衡？

勁力甫一接實，石敢當一聲低吼，身形倒飛而出，鮮血噴濺，重重撞在身後的冰牆上！

「轟隆……」一聲巨響，石敢當一撞之下，其衝擊力遠遠超越哀邪的想像。刹那間冰塊激射，大片冰牆轟然倒塌，自上而下當頭壓下！

哀邪攻勢頓時受阻，一聲低嘯，哀邪雙掌疾揚，無形罡氣如潮捲出，驚人巨響聲中，倒下的冰牆尚未接近他的身軀，已化為漫天冰屑！

石敢當亦知哀邪的歹毒用意，但他仍毫不猶豫地選擇保全冒矢的性命！只是在被哀邪強大罡氣擊得飛跌而出的同時，他順勢而發，冰牆在那一瞬間不啻於同時承受石敢當、哀邪兩大絕世高手的重擊，立時崩塌，為石敢當贏得一線生機。

承受哀邪悍然一擊，石敢當只覺四肢百骸已被轟得支離破碎，劇痛不已，但此刻已是生死懸於一線間，他決不敢有絲毫怠慢。

在哀邪空前強大的氣勢凌壓下，石敢當非但肉體已承受無與倫比的痛苦，思緒亦因此而出現短暫的空白。

他的身軀被無數冰屑挾裹著一同飛出，冰冷而鋒利的冰屑快不可言，迅速劃過他的肌膚、面

門，使他衣衫支離破碎，渾身平添無數傷口，一身浴血。

石敢當頹然墜地，剛落的碎冰頃刻間便將他深埋其中。

哀邪毫無徵兆地捨棄了石敢當，倏忽間暴進逾十丈，右掌紫色豪光驀然暴熾，向戰傳說當胸拍至！正是哀邪所負邪道絕學「紫微罡氣」！

他不愧爲驚怖流之主，一眼便窺破歌舒長空能破冰而出的玄奧就在於戰傳說。由紫微晶所顯現的陰陽五行之象推斷，歌舒長空應尚未達到木火共融、龍鳳並彙之境，必須儘早除去爲歌舒長空所利用的戰傳說，否則一旦歌舒長空突破此限，達到無窮太極之境，到時其修爲將極速膨脹，所達到的境界甚至連哀邪也無法想像。其時驚怖流將根本無法與隱鳳谷相抗衡，主公之令亦無法完成。

正因爲如此，哀邪才會捨石敢當而取戰傳說。

「紫微罡氣」乃邪道絕世神技，由初入此境到最高境界共分「七大限」，七大限爲紫微罡氣的最高極限。修煉者達到此境後，可引動蒼穹高處滅世玄風化爲己用，至時天人相應，由此衍生無窮力量。

只是要達到這一境界絕非易事，哀邪雖自恃有通天徹地之智，但至今仍只能達到「六大限」之境。此刻，哀邪僅以「四大限」攻襲戰傳說，便甚是驚世駭俗！

戰傳說無聲無息，根本沒有反抗的餘地。

歌舒長空的眼神有了成竹在胸的自負，他輕哼一聲，半步不移，單掌準確無誤地迎出封阻！

「轟……」一聲沉悶卻又驚心動魄的響聲後，哀邪只覺一股不可抗拒的力道將自己的紫微罡氣「四大限」的修為擊得潰散，並順勢長驅而入。刹那間，哀邪遭受了他生平從未遭遇的巨大壓力，全身幾乎動彈不得，卻有一口逆血疾衝而上。

哀邪大驚失色！

歌舒長空以單掌便從容接下了他的「四大限」修為，且還能趁勢反擊，這份修為，足以證明歌舒長空的武學已臻一個全新境界！

這更堅定了哀邪誅殺歌舒長空之心，他身軀未落，竟匪夷所思地憑空凝形，旋而穩穩落地，其過程已然超越了世所共知的「力」的範疇。

「紫微罡氣」迅速遊竄全身，強行壓下對方在自己體內左衝右突的真力後，他以陰冷的目光逼視著歌舒長空，笑意森然地道：「歌舒長空，原來你所挾制的竟是武外『桃源』中人！」

哀邪說得極為緩慢而鄭重，使得此言似乎具有了別樣的內涵。

乍聞此言，冰殿中有二人同時心神劇震！

其中一人是石敢當。石敢當雖因冒矢之故而受了傷，但傷不至死。哀邪轉攻歌舒長空後，石敢當自碎冰中脫身而出，無暇與歌舒長空聯手對敵，便先搶步上前察看重重摔落地上的冒矢所受之

傷。

冒矢全身經脈已被斷切，又遭遇哀邪殘酷對待，早已氣息奄奄，重墜地上後立時暈死過去，一時間石敢當再也無暇抽身。他急於營救冒矢的當兒，忽聞哀邪此言，不由大驚，因爲「武外桃源」一直只是一個傳說中的部族，從未真正的桃源中人出現江湖。

傳說中，桃源與許多關係樂土大局的事物有關，因此，「桃源」二字本身就蒙上了一層神秘的色彩。樂土人傳言四年前挾「龍之劍」的戰曲就是桃源中人，但卻無人能拿出真憑實據。此刻哀邪突然指出「陳籍」是桃源中人，怎讓石敢當不大吃一驚？

更重要的是，石敢當想到了另一件事，一件與歌舒長空有關的事！

「如果那姓陳的年輕人真是桃源中人，那豈非可助歌舒長空實現多年夙願，甚至由此成爲天下至高無上的強者？」

比石敢當更吃驚的人是戰傳說！

自從隨父涉足江湖後，他還是第一次聽到他人提到自己所屬的神秘部族！

剎那間，戰傳說腦海中閃過了久違卻仍十分清晰的一幕幕——與桃源有關的一幕幕往事……

在父親戰曲與千異龍靈關一戰前，戰傳說一直生活在與世隔絕的桃源之中，那兒有他的兄弟姐妹，有他的童年，有更爲安寧平靜的歲月。

戰傳說的族人將自己的家園用一個美麗而獨特的名字稱之——桃源！

隔絕於世的桃源！

似乎所有的桃源中人都堅信自己同族中人才是超越庸庸碌碌的世人的最出類拔萃者！族規約束著族人，不可與桃源以外的平凡人接觸，違者將會受到嚴厲的處罰！

而事實上，戰傳說自記事起，就極少見到族人離開桃源，涉入桃源之外的世界。桃源中人皆說桃源之外的世界雖然比桃源更廣闊，但卻不如桃源這般安寧。

直到四年前，父親戰曲忽然帶著他悄然離開了桃源，並一去不返，他們成了多年來唯一離開桃源後去而不返的族人。

自幼，戰傳說便隱隱感到父親與其他族人似乎總有些不同，父親在族中地位甚高，但在父親的眼中，卻常常浮現憂鬱與不快。每當夜深人靜的時候，父親就會對他敘說桃源之外的事。

戰傳說不明白父親何以知道那麼多桃源之外的故事，而且父親口中所描述的桃源之外的世界，與族中其他人所描述的桃源之外的世界截然不同。

父親提得最多的是桃源之外的「武界」，那時，年少的戰傳說便問：「武界是否如桃源這般廣闊？」

戰曲聲音低緩地道：「其實武界並不僅僅是指一方土地，還包括愛恨、情仇，包括勇者的血、悲者的淚……其實，桃源亦只是屬於武界的一部分。只是，由於種種原因，族人將自己封閉於桃源之中，利用超越外人的玄能使桃源成了外人無法踏足之地。其實，桃源的人，就如同水中之魚，飛鳥走獸都無法進入它的空間，魚便以爲自己是天地間最偉大、最尊貴的一族，以爲水中是天地間最美好的地方，卻不知天地廣闊浩瀚無邊！」

「但我們能夠憑藉玄能阻隔外人進入，豈非說明我們的確比他人更高明？」年少的戰傳說問道。

戰曲搖了搖頭，道：「這種玄能，在武界中被稱做奇門遁甲之術。只是因爲桃源先祖身分特殊，奇門遁甲之術凌駕於外人之上，所以外人無法進入桃源。族人的武道修爲與武道中人相比，八百族人無一不是高手。但武道浩瀚如海，容納百川，其中的錯綜複雜、風雲詭秘實是深不可測，只有置身其中，才能鑄就出真正的最強者！」

戰傳說猶豫了半晌，方壯膽問道：「難道，在武界中鑄就的最強者，竟能與……與尊貴的族王相匹敵？」

戰曲沉吟了片刻，苦笑道：「飛兒，你能提出這一疑問，就很不容易了。桃源之中有誰會懷疑族王具有凌駕天下的修爲？不錯，族王的武學修爲的確已臻通神之境，爹爹也許難擋他十招之擊，但族王亦並非已是普天之下唯他獨尊，至少武界不二法門元尊就堪與族王匹敵。也許除此之外，尚有不為世人所知的其他如族王般的高手！」

在戰傳說聽來，父親的話不啻於一記驚雷！桃源境內八百族人有誰不堅信族王皇祭是天地間最強者？從此，戰傳說對桃源之外的世界有了莫名的嚮往。

直到八年前隨父親離開桃源，前往西陲荒漠之中。父親是為了古廟內的神秘人物而進入荒漠的，但對戰傳說而言，他更在意的卻是桃源之外的整個世界。世界一切的一切，山川江河，人情世故……

第二章　極限武道

初次離開桃源時，戰傳說心中極度震愕！

戰傳說發現父親所言果然不假，桃源之外的世界極爲廣闊，同時他也感到桃源外的確沒有桃源中的安寧——如無風的湖面般一波不起的安寧與平靜。世間有太多的風浪！

但不知爲何，儘管如此，在重返桃源時，戰傳說心中竟萌生對桃源外的世界的留戀！

其後三年中，戰傳說又隨父親一同去那座古廟與神秘人物相見，那種留戀之感在戰傳說心中不斷沉澱，一次比一次清晰，一次比一次強烈……

沒想到四年前戰傳說第一次在並非隨父親同行的情況下進入荒漠中後，風雲突變，一場變故使他不可思議地在不知不覺中度過了四年光陰，成了第一個離開桃源久不返回的人……

戰傳說曾四度離開桃源，涉足江湖，皆從未聽到武界中人提及桃源，今日乍聞哀邪提及「桃源」二字，自是會使戰傳說大爲吃驚。

他在心中飛速轉念：「此人如何知道我是桃源之人？聽此人語氣，似乎另有深意。難道我是桃源中人，對歌舒長空有著別樣的意義？」

戰傳說終非等閒之輩，稍加思忖，便有所醒悟。

「不錯，歌舒長空自稱因頑疾在身，不得不自困於堅冰中近二十年，爲何今日我進入冰殿後會無故不能動彈？而歌舒長空聲稱要借助石敢當爲我療傷，結果我的狀態絲毫未見改變，反而是他突然可以破冰而出，且行動自如。難道，他只是要借我使他達到重獲自由的目的？」轉而一想，又忖道：「若真是如此，也並無不可，畢竟其子尹歡對我有恩。只是在此之前，他非但不直言相告，反而對我有欺詐之處，實屬不該。」

這時，卻聽得歌舒長空哈哈一笑，志得意滿地對哀邪道：「你還算有些眼力！不錯，這小子的確是桃源中人，而且應是桃源中精純血脈的一支！我當年爲練神功，不料自身軀體無法承受神功玄能，幾乎被自身功力焚爲灰燼！不得已之下，我才隱身於這地下冰殿中，借冰殿之酷寒，壓制體內神功，方保住了性命，但從此卻再也不能離開冰殿！我神功源自神鳳靈凰，唯有與桃源中人的血氣相隔方能平抑，爲老夫所用！對於桃源，在武界中只是一個傳說，甚至連這個傳說也是世所罕知。我洪福齊天，在這地下冰殿中竟也能等來桃源之人，你選擇今日犯我隱鳳谷，實是自尋死路！我要讓你葬身於冰殿之中！」

歌舒長空突然棄開戰傳說，閃電般掠向哀邪，其速快至無形，頓時予他人心神以極大的震撼。

身形甫動，歌舒長空駢指如劍，挾凌厲殺機，徑直點向哀邪眉心。

如此招式，可謂狂傲至極，顯然並未將哀邪視作真正的對手。

哀邪怒極反而冷聲長笑。

長笑聲中，哀邪竟毫不避讓，「紫微罡氣」迅速催至「五大限」之境，灌於右臂，剎那間右臂紫色豪光暴射，讓人難以正視。

哀邪右臂揮拳疾出！竟有隱隱風雷之聲，讓人驚心動魄。

兩大絕世殺招一出，整個巨大的冰殿中頓時突然被空前強烈的殺機完全充斥，予冰殿中每個人以極強的壓迫！似乎所有的生命都將在充盈得無以復加的殺機中被完全摧毀！

雙方以一往無回之勢迅速接近！冰殿中的殺機亦在極短的時間內無限膨脹。

縱是如石敢當這等卓絕武界的絕世高手，亦不由爲之深深震撼，頓感氣血不暢。

哀邪右拳準確無誤地擋住歌舒長空的劍指！

拳指相接，竟予人的心神以前所未有的激然衝擊。

就在拳指相接的那一剎那，倏聞一聲可撼天地的厲吼驀然炸響於冰殿中，立時引得冰石紛紛墜落。

厲吼聲中，一道人影沖天而起，其身軀仰面而上，全身卻向後彎成一個幾乎超越人的身軀所能承受的最大弧度，如同一張擲向半空的彎弓。

赫然是戰傳說！

同一時間，哀邪在拳指相接之時，先是感到一股奇寒無比的氣勁迅速灌入右臂，使他的右臂如遭冰封！對此哀邪並無懼色，他自忖區區寒勁尚無法與他的「紫微罡氣」五大限境界相抗衡！正當紫微罡氣與對方的驚人寒氣糾纏時，又有一股熾熱無匹的氣勁洶湧而至！

哀邪的血肉之軀在間不容髮的瞬間竟幾乎難分先後地承受了至寒、至熱兩種截然相反的勁氣，本是血氣冰封而不暢的右臂，驟然爲熾熱無匹的氣勁侵入，血肉之軀如何能承受如此懸殊的變化？頓時經脈爆裂，肌骨離位，白骨森然可見，整條右臂一片血肉模糊，慘不忍睹！

慘烈痛呼聲中，哀邪倒跌而出。

右臂頹然垂下，定然已不保！他的臉色頓呈慘白之色，目光怨毒得讓人難以正視。

歌舒長空體內竟同時有兩股截然相反的氣勁，且都強大絕倫，並能將之駕馭自如，猝不及防之下，哀邪付出極爲慘重的代價。

哀邪與驚怖流蟄伏已久，他心中一直懷有勃勃野心，在其計畫中，隱鳳谷只是驚怖流重現樂土

的試刀之石，鏟滅隱鳳谷之舉，僅算是牛刀小試，他心中還有更大的雄心！

而且，在此之前，驚怖流針對隱鳳谷的幾次舉措，皆十分順利，這更滋長了哀邪的自負與雄心！在哀邪的心中，隱鳳谷可以對驚怖流構成威脅的只有石敢當。沒想到石敢當因爲被歌舒長空所利用，大耗真元後，竟被哀邪輕易挫敗，而一直未被哀邪加以重視的歌舒長空，反而成了哀邪難以逾越的絕峰！

奇怪的是，歌舒長空並未乘勝而進，再予哀邪以重挫，而是駐足回望戰傳說，且神色凝重不安。

因歌舒長空暗施手腳而不能動彈的戰傳說，突然不可思議地彈身而起後，徑直撞向冰殿殿頂，「砰……」的一聲悶響，他的身軀撞在堅硬而凹凸不平的殿頂上，似乎毫無痛覺，一撞之後隨即墜落。

他的衣衫竟已碎如飛蝶，紛紛飄落。

他的肌膚因此而裸露於冰冷的空氣中，竟不可思議地出現無數龜裂，肌膚開裂處，有絲絲血跡。

戰傳說在即將墜地之時，凌空斗然折身，穩穩落地。

他的目光低垂，神情沉寂莫測，靜靜佇立如一尊冰雕。年輕健康而勻稱的身軀毫無遮擋地顯露在眾人的目光下，但戰傳說對這一切竟似渾若未覺。他偉岸身軀的每一條曲線都近乎完美無缺，充滿生命的美感與力度，最終揉和成一種動人心魄的力量。

歌舒長空萬萬沒有料到戰傳說竟能自行解除自己對他的束縛！

歌舒長空口中所謂的封住了戰傳說「精、氣、神」中「神」脈穴道並非無中生有。他困於冰殿近二十年，在這二十年中，他先是憑藉自身功力，與冰殿的酷寒苦苦抗衡。憑藉他的非凡悟性及驚人的堅韌，不但在這冰殿中生存下來，並逐步悟出禦寒心訣，最終在這冰殿中已是如在尋常環境一般無二。

若一個人近二十年的時光大多是在孤獨與寂寞中度過，那麼這近二十年對他而言，就會變得格外漫長。歌舒長空的感覺正是如此。

爲了打發漫長的時光，同時也爲能重獲自由，幾乎所有的時間他都用以苦悟武學心法，因爲他所處的環境以及心境與常人皆大相徑庭，故對武學的感悟亦大不相同。歌舒長空對武學的每一點領悟，體內真元的每一次增進，無不是要經歷煉獄般的痛苦，久而久之，他的武功已逐漸變得偏邪乖戾，難以捉摸。

他儼然已成冰殿中一個積蘊無窮怨憤的幽靈，他能隨心所欲將冰殿中的玄寒之氣納爲己用，並一步步將自己原有的功力推向更高境界。

歌舒長空以深不可測的內家氣勁封住了戰傳說的穴道後，他自忖普天之下能解戰傳說被封穴道的人定然屈指可數，更遑論憑戰傳說自身力量將穴道衝開了。

但事實卻大大出乎他的意料之外。

石敢當見一直無聲無息、不能動彈的戰傳說突然有此變化，心頭不由一喜！無論如何，戰傳說至少還活著。

激動之餘，他忍不住高聲道：「歌舒長空，也許你我今日無心插柳柳成蔭，無意中鑄就了一個與你修爲不相上下的年輕高手！」

石敢當說這一番話時，並未深思，亦無其他用意，但卻一下子提醒了歌舒長空，使他心神一震，眼中精光暴閃。

「不錯，一定是因爲『星移七神訣』之故，使這小子功力大增！『星移七神訣』可使我與他心息相通，而且我亦曾借助此子桃源有異常人的氣血化解我神功中暗含的火勁。難道，就是在那時，雖然我夙願得逞，但同時也成全了此子，使他具有了與我完全相等的內力修爲?!」

歌舒長空絕難接受這一點，想到此處，他已神色突變，又恨又怒，同時又忖道：「我本已決定在大功告成，達到無窮太極之境時，立即出手殺了此子！雖然我曾想到他的功力亦會增進，但卻沒有料到會增進如斯！只恨石敢當老匹夫太過奸滑，竟在我即將大功告成之際設法收止『星移七神訣』，而哀邪又接踵而至，無形中爲這小子贏得了時間！」

他越想越恨，因困於冰殿近二十年而鬱積的怨戾之氣在這一刻迅速膨脹至無以復加之境！

歌舒長空不曾料到戰傳說之所以能衝開穴道，與他不無關係。當他與哀邪悍然一拚時，冰殿的所有空間都被凌厲殺機完全充斥，對殿內每一個人都形成了前所未有的壓力！冥冥之中，戰傳說感應到了這種壓力，他體內已增進逾倍的功力本是因穴道被封而潛伏著，在這一刻被凜厲殺機所牽引，倏然本能地爆發，已與無孔不入的殺機相抗衡！

此刻，他體內的功力絕非往日可比，已不知精進了多少！驀然爆發後，戰傳說只覺體內真力突然如萬馬奔騰，狂衝亂突，使他感到連軀體也在無限膨脹。

僅僅是身軀在本能驅使下的屈伸，但因爲他倍增的功力之故，亦使整個身形平空彈起。

本是聚於丹田的浩然真力在刹那間奔湧至四肢百骸，頓時衣衫盡裂，連他的肌膚也因爲無法在短時間適應驟然膨脹的真力而紛紛爆裂！

所幸戰傳說天賦異稟，若是換作常人，定已爆體而亡。

歌舒長空能有今日修爲，不知經歷了多少艱難，經歷了多少生死劫難，他決不願自己的處心積慮、費盡心機，最後竟造就了一個與自己一樣強大的人，無論此人是否會成爲他的對手！

哀邪隱隱感到戰傳說身上竟透發出不在石敢當之下的強者氣息，不由心生絕望之感！僅憑歌舒

長空一人，已能從容擊退他，何況合歌舒長空、石敢當、戰傳說三人之力？他心中頓萌退意，一言不發，突然毫無徵兆地向冰殿入口處疾掠而去。

身形甫出，已聽得身後歌舒長空冷冷地道：「今日你已有來無回！」聲音清晰入耳，仿若說話者就在哀邪身側。

衣袂掠空之聲接踵而至。哀邪全速掠走，身形過處，似若地下通道中的一股颶風。

縱是如此，身後衣袂拂動虛空之聲卻仍是以極快的速度逼近，無形殺機長驅直入！

迫在眉睫的殺機使哀邪心生異感，感到地下通道格外漫長，似乎永無止境。

已別無選擇！哀邪決定與歌舒長空決一死戰，同時身法悄然減緩。

歌舒長空自恃不世修爲，毫無顧忌地全力追殺。十餘年的沉寂，今日終得以釋放，歌舒長空心中有種莫名的興奮與瘋狂。

哀邪身法稍緩，歌舒長空立時察覺，暗自冷笑一聲，斷定哀邪已力竭，掌凝殺機，以一往無回之勢向哀邪疾襲而去。

掌勢破空而出，與虛空劇烈摩擦，竟有輕微的畢剝聲。哀邪竟似渾然未覺！

歌舒長空既驚且喜，心念電閃之間，「轟」的一聲沉悶巨響，滅天絕地的一掌已準確無誤地擊於哀邪後背。血光迸現，血肉橫飛，歌舒長空眼前一片觸目驚心的血紅色！

尹恬兒意外地進入大哥尹縞生前所居住的房間地下室中後，地下室頂部的封板自動合上。尹恬兒站在一片黑暗中時聽到了地面上的轟然倒塌聲，她暗自一驚，不知上面發生了什麼事，好一陣子後，地面上才平靜下來。

尹恬兒略略心定，長吸一口氣，將心中雜亂無章的思緒理了理，靜下心來。

冷靜之後，尹恬兒這才定下心來打量地下室四周的情形，她首先就發現了光線是來自四個角落中的四顆碩大的珠子。這珠子與地下冰殿中所見的珠子一模一樣，只見四顆明珠皆是置於如燈盞狀之物上，再蓋上薄紗，所以光線顯得甚爲幽暗。

除此之外，地下室中並無太多繁雜之物，也許正因爲如此，所以地下室中雖極可能已很久沒有人進入，但室內的氣息並不十分渾濁。

室中空蕩蕩的，最顯眼的就只有尹恬兒腳下一個草編的坐墊了。

尹恬兒迷惑了，心中忖道：「大哥生前特意留言指引我來此處，究竟有何用意？難道在這空蕩蕩的地下室中，還能隱藏著什麼秘密？」

尹恬兒在地下室中來回踱了幾步，最終仍是在草墊前停住了，她躬下身來，輕輕地掀開草墊——地下室中，也唯有這只草墊有隱藏什麼的可能了。

就在她掀開草墊之時，突然發現就在離草墊不過半步遠的地方，有一封封好的信簡。只是上面早已蒙上了一層厚厚的塵埃，與地面的顏色幾乎完全相同，加上地下室內光線昏暗，所以尹恬兒方才未能留意到。

尹恬兒自嘲地忖道：「地下室的情景一目瞭然，如外人已進了地下室中，那麼這兒還能隱有什麼秘密？關鍵倒是能否進入這兒。所以大哥自然是把東西明明白白地放著，反正掩藏也是沒有用處的。」

一邊想著，她已拾起變成土黃色的信簡，紙已發脆，尹恬兒稍不留神，就有一角斷開了，她趕忙小心翼翼地拿好。

等她走至一顆夜明珠旁，揭去薄紗，再將信箋小心地自封口抽出，並展開鋪在地上時，因爲過於緊張，她的鼻尖已冒出了細密的汗珠。

尹恬兒半跪於鋪開的信箋前，默默地閉上雙眼，她感到心跳得極快，喉間有些發緊，手心也濕漉漉了。暗暗吸了一口氣後，尹恬兒這才睜開眼來，她的目光很快掃過上面的字跡，像是迫不及待地欲看清其中所言何事，又像是害怕將其中的內容看清，所以目光匆匆一掃而過。

待她發覺匆匆掃視了數行字後，卻絲毫沒有看明白什麼時，她這才強定心神，重加細閱。

她的心一下子收緊了，像是被一隻無形的手緊緊揪著。

但見信箋上以尹恬兒十分熟悉的字跡寫道：

「恬兒，明日大哥即將離妳而去，從此隔世為人，千言萬語，禿筆難書。若是妳能見著此信，便知妳是真心惦念大哥……」

一股熱流湧出，尹恬兒雙眼頓時為淚水所模糊了。

她在心中自責道：「我這算是惦念著大哥嗎？大哥離世已有數年，我才見著這信，若大哥泉下有知，不知有多傷心……」

想到此處，不由悲從心來，忍不住一邊抽泣，一邊抹淚。

不知過了多久，忽然間，她的心中閃過一個念頭：「按大哥信中所言，他似乎對自己何時會離世知道得清清楚楚，說是就在『明日』，那麼大哥寫此信時，一定就在他病亡的前一天。記得當時大哥病得極重，只能臥床不動，但看信中筆跡，卻甚是蒼勁有力，這卻為何？」

心生此疑，她急忙抹去淚水，接著再閱：「……大哥身為七尺男兒，本當頂天立地，做出一番轟轟烈烈的大事，但天道無常，造化弄人，大哥不得不自絕以了卻此生……」

尹恬兒頓時呆住了！

她低低地「啊……」了一聲，「撲通」一下跌坐於地，腦中一片空白，只剩下唯一的一個念頭：「大哥是自殺而死的？大哥是自殺而死的！大哥是自殺而死……」

她的身軀忽然哆嗦如瑟瑟秋葉！

雖然大哥尹縞離世時尹恬兒尚年少，但並非懵懂無知，對於尹縞病亡的情景，至今尹恬兒仍記憶猶新，如歷歷在目。隱鳳谷的醫術有獨到之處，卻無法治癒尹縞的病，遍尋名醫竟無人能診斷尹縞所患究竟是何頑疾，最終以醫術聞名的隱鳳谷竟眼睜睜看著當時爲少谷主的尹縞病亡離世。

尹恬兒對尹縞的死一直難以接受，沒想到今日她會發現一件比大哥尹縞的死更讓人吃驚的事。

「大哥心胸寬廣，待人寬厚，如他這般的人，怎會自尋短見？爲何生前大哥未對我透露任何跡象？他一向是最疼我的！」

悲傷與震愕之餘，尹恬兒忽然變得異乎尋常的冷靜，她將那發黃發脆的信箋繼續往下看：

「……人世間最大的痛苦有兩種，一是傷害自己最不願傷害的人，二是保守一個驚人的秘密。而大哥我這短暫的一生中，幾乎大半的時光都是在承受著這雙重痛苦。恬兒，妳知道爲何妳二哥自幼就不爲父親所喜歡嗎？因爲在他尚未出生時，父親就並不指望他活下來！換而言之，尹歡能活下來，是出乎父親的意料之外……」

尹恬兒感到了來自靈魂深處的莫名寒意，使她呼吸緊促，臉色煞白。雖然信箋至此尚未道訴太多的真相，但憑著直覺，尹恬兒斷定這其中必然隱有一個天大的秘密！

不知不覺中，她的所有心思都已被信箋內容完全牽引，忘了自己此時置身何處。

歌舒長空一掌擊於哀邪後背，眼前暴現一片血光，但他不喜反驚！難道自己一掌竟已取了哀邪性命？

哀邪身爲驚怖流之主，決不會如此輕易被殺！雖然方才哀邪與歌舒長空僅拚了一招便受傷非輕，右臂多半不保，但那只是因爲他未曾料到困於地下冰殿中的歌舒長空的武學修爲非但未退，反而突飛猛進，且極爲詭異奇特，竟同時集寒、熱氣勁於一身，更兼兩股氣勁皆已臻化境，猝不及防之下，哀邪才吃了大虧。

歌舒長空何等人物，乍驚之後，猛然醒悟，心中飛速閃過一念——三皇玔！

心念甫起，便覺腹部一痛，一道無形氣勁如凌厲利劍般劃過，拉開一道驚人的傷口，鮮血立時噴湧而出。

歌舒長空真力頓時渙散，狂呼一聲，倒跌而出。身形尚未落地，歌舒長空已迅速吸納玄冰寒氣凝於傷口處，瞬息間傷口已被凍結，鮮血頓止。

就在此時，一股狂猛無儔的氣勁已席捲而至，誓要趁歌舒長空受傷之際一舉取其性命。

歌舒長空竟不避讓，事實上，他亦避無可避。立即強聚已有些渙散的真力，全力迎出，兩股空前強大的氣勁在狹小的空間內悍然相擊，頓時引來驚人的嘯聲，其聲奪人心魄！轟然悶響聲中，歌

舒長空只覺腹部一熱，傷口再度崩裂，身不由己地重重撞在地下通道側壁，方止住跌飛的去勢。

但歌舒長空的臉上卻沒有挫敗感，因爲他相信對方決不比自己好過。同時，他亦爲三皇咒之詭異莫測而暗自心驚。

「三皇咒」與「紫微罡氣」同爲驚怖流絕學，但相較之下，三皇咒因爲更詭異，所以更可怕！而紫微罡氣最高境界乃「七大限」境界，目前驚怖流中包括哀邪在內，尚無人能達到這一境界。

方才歌舒長空一掌擊中，其實僅是由三皇咒逆亂陰陽五行幻化而成的虛影，連那漫天血光亦是幻景！修爲卓絕如歌舒長空者，亦不免爲此幻象所矇騙，由此足見三皇咒之可怕。

歌舒長空在自己出乎意料地一擊「擊殺」了哀邪時，心神難免爲之一懈，而這間不容髮的瞬間，足以成爲哀邪所需的時機。

因爲，身手超然如歌舒長空、哀邪者，他們的成敗生死僅繫於難以描述只能憑直覺捕捉的某一契機！

一時的大意使歌舒長空在占盡優勢的情況下受了傷，心中不由騰升怒焰，哀邪果然無力再主動進攻！歌舒長空在最短時間內回氣凝神，他的眼神再度恢復了原有的自負。

那虛幻的漫天血光已不復存在，他的目光毫無阻攔地落在哀邪的身上。

哀邪的面前表情在地下通道朦朧的光線下，顯得模糊不定，嘴角處有一抹血痕，與其蒼白的臉色相輝相映，顯得格外醒目。

但歌舒長空卻完全忽視了這一切。他的目光與哀邪的目光在空中相遇，突然有種被對方眼神刺痛的感覺。

哀邪的目光沉穩內斂，隱隱顯露出了無比強大的意志力，同時還有一絲得意之色，讓人感到一切都已在他的運籌帷幄之中。

歌舒長空心中莫名一動，似乎感到某種危險的氣息，但一時間卻又未能將之準確捕捉。

就在此時，只見哀邪嘴角浮現出一抹殘酷的笑意，左手食指、中指駢指如劍，徐徐揚起，以飽含恨意殺機之聲森寒地道：「爲我三皇咒化成的氣劍所傷，你已必死無疑！」

指劍在虛空中劃過綿綿相連的曲線，應是依循陰陽太極圖的軌跡，無情咒語已被祭起——

「紫微大帝，北極天神，八洞天丁，五嶽獰兵，大統大將，水火九靈，七曜七宿，黑殺天蓬，隨法隨敕，入吾印中，急急如律令！」

無情咒語化爲可怕殺機，潛於歌舒長空體內的三皇咒玄異氣機頓時爲之牽引，驟然發作。

歌舒長空驀覺本已密合的腹部傷口再一次爆裂開來，並有一股無形氣旋如巨鑽般由傷口處起向五臟六腑旋入，其勢之強，足以讓人心生不可抵禦之感！何況此變詭異不可捉摸，更易對人的心神形成極大的衝擊，在刹那間鬥志盡失，束手待斃。

縱是意志堅定如歌舒長空者，在最初的那一刹那，亦不免萬念俱灰，只感到自己的五臟六腑在片刻間即將被這無形氣旋化爲成碎末！

但歌舒長空能在這酷寒無比的地下冰殿中隱身近二十載，其意志之堅忍絕非常人可比。隱身冰殿二十載最可怕的其實並非酷寒，而是那份也許最終毫無結果的期待，以及在歲月流轉、人事變幻中自己卻獨自落寞於繽紛世界外的孤獨、失落的感覺。

但這一切歌舒長空卻忍受了！正是這堅忍若鐵的驚人意志力，使歌舒長空能夠在三皇咒猝然發難後，其精神未完全崩潰。

歌舒長空驚天動地一聲大喝，體內強大的內家真力迅速團聚如盾，誓要將三皇咒氣機禦於體外，同時試圖抽身急退！

哀邪見歌舒長空此刻竟仍能抽身而退，不由爲他修爲之深厚而倒吸了一口冷氣。在三皇咒這殘酷可怕的絕學當前，一旦爲其氣機所傷，尚從無一人能保全性命，無不因迅速膨脹侵入的氣機而亡！面對三皇咒，對方所能做的唯有不被三皇咒氣機化成的氣劍所傷，否則必然難逃噩運。

哀邪加緊催發三皇咒至更高境界。

「……天柱天時，天王天丁，二十八宿，十二時將軍，月使者，日神童，隨法隨敕，入吾印中！」

左手劍指倏然化掌，掌心呈紫色，豪光暴現！哀邪身形暴起，全然不顧自己亦受了不輕的傷，向歌舒長空當胸狂擊而去。

哀邪亦自知傷勢不輕，尤其是與歌舒長空的最後那記強拚，使他內息紊亂，真氣滯納，正因爲如此，哀邪方急於乘勢而進，一舉擊殺歌舒長空，否則一旦戰傳說與石敢當趕來救援，便會前功盡棄！

雙方皆心知肚明，生死如何，皆在這最後關頭！

哀邪來勢奇快無比，歌舒長空驀然厲聲長吼，其聲如鬼泣神嘯，他已豁盡全身功力，雙掌疾迎而出。

雙方強拚之下，哀邪一聲狂嘶，頹然跌飛數丈外方勉強止住去勢！

哀邪心知歌舒長空傷得絕對比自己更重，因爲在歌舒長空分神之時，三皇咒氣機必然趁機長驅直入。但此時石敢當、戰傳說已匆匆趕到，哀邪自知已是強弩之末，無暇細看歌舒長空是死是活，立即強撐著抽身速退。

當戰傳說與石敢當趕到這邊時，歌舒長空背倚地下通道的側壁，面如金紙，五官因極度痛苦而扭曲不堪！更可怕的是，他的腹部肌肉已扭結一團，深深凹陷，如同水中漩渦狀，且猶在蠕動不止，鮮血不斷地由傷口處湧出，滴落地上後，繼續沿著地下通道的斜坡流動，已流至數丈外的地方。

石敢當見狀神色劇變，失聲道：「好可怕的三皇咒，入體便如附骨之蛆，揮之不去！」

戰傳說關切地道：「該如何救他？」

石敢當皺眉道：「一時間老夫也無計可施……實不相瞞，此時老夫的功力恐怕僅剩四成了，否則『星移七神訣』或可一試。」

戰傳說見石敢當神情頹萎，心知他所言不假，當下道：「既然前輩說晚輩已功力大進，便讓晚輩試一試……」

「不可！」石敢當未等戰傳說把話說完便立即打斷道，「三皇咒太過詭異，能奪人心魂，一旦歌舒長空的意志不能堅持，那時最可怕的就不是他的死亡，而是他的心智爲三皇咒所控制，變得瘋狂嗜殺，因此爲他驅除三皇咒十分危險！」

這一番話，石敢當說得極快，且同時有意無意地擋在了戰傳說與歌舒長空之間。

戰傳說心知他是擔心歌舒長空如雷火般喪失心智驟然發難，所以擋在自己身前以防不測，心中不由一熱。

就在這時，歌舒長空低哼一聲，突然暴起，以迅雷之速向石敢當悍然撲至。

戰傳說失聲驚呼：「小心！」間不容髮之下，其詭異快捷絕倫的步法已在下意識中踏出，在極爲狹窄的空間裏，竟不可思議地在第一時間內自石敢當身側閃過，雙掌齊出，全力封阻歌舒長空。

戰傳說此舉快至鬼神莫測，讓人感到似乎本就是他與歌舒長空直面相對，而不是石敢當。

一切變化僅在電光石火之間，且毫無迴旋的餘地。

「砰……」戰傳說雙掌擊於歌舒長空的雙臂上，立感奇強無匹的力道洶湧而至，勢不可當，一股無形颶風憑空生起，激蕩於地下通道中。

戰傳說只感體內氣血翻騰，心中一驚，順勢倒掠而出，與此同時，石敢當亦感到歌舒長空情形異常，不可強阻，亦於同一時間急速閃身退開。

歌舒長空狀如瘋狂，一擊未能得手，第二擊已接踵而出，暴擊戰傳說前胸，聲勢駭人，加上他的腹部傷處肌肉虯結扭曲，血肉模糊，更讓人心驚！

戰傳說唯有閃避——一則歌舒長空的驚世功力實是可怕，二來戰傳說感念隱鳳谷對他有恩。憑藉父親戰曲所授步法，戰傳說隱隱閃過歌舒長空驚世一擊。

如此狹小的空間裏進退維谷，歌舒長空收勢不及，萬鈞重拳全力擊於地面通道的側壁上。

歌舒長空借助於戰傳說的血脈，加上石敢當的「星移七神訣」，其功力幾乎達到至高無上的無窮太極之境，此刻又因哀邪三皇咒的催發，功力在短時間內超越常理地暴增，此刻這一擊的力量之強大，絕非常人所能想像。

猶如天崩地裂的一聲轟然巨響回蕩於地下通道中，震耳欲聾，讓人感到整個地下通道已無法承受這巨響而即將崩坍。

重拳轟擊之下，由著力處開始如閃電狀向外延伸十數道裂隙，裂痕交織如網。

戰傳說抽身而退的同時，冷眼一掃，忽然發現在地下通道側壁的裂隙處，竟有水珠滲出。

他心中一驚！

但如影隨形而至的歌舒長空予他以極大的壓力，使之再難分神，無法加以細看。

就在戰傳說與石敢當自兩個不同方位向歌舒長空疾迎而上之時，驀聞奇異的尖嘯聲突然在歌舒長空身後響起，戰傳說與石敢當駭然發現被歌舒長空重拳擊出的裂隙中有水柱如勁矢般標射而出，其疾其快，無可言喻，尖嘯聲甫起，已射在歌舒長空後背之上。

一聲悶哼，功力高深如歌舒長空，被這「水箭」射中，竟身子一晃，幾乎向前撲倒。

「水箭」與歌舒長空的血肉之軀急劇撞擊之下，竟化爲一片水霧。

與此同時，戰傳說、石敢當已不分先後地予歌舒長空以重重一擊。

他們本無傷及歌舒長空之意，只是爲了自保而出手，但歌舒長空卻意外地被由側壁裂隙中射出的水箭擊中，並使其身形爲之所震撼，這一突如其來的變故使戰傳說、石敢當收勢不及，竟同時雙雙擊中了歌舒長空。

歌舒長空前後同時承受重擊，頓時鮮血狂噴！戰傳說、石敢當神色皆變。

驀聞「咯咯……」之聲響起，水箭與側壁相擊的聲音相間，整個地下通道似乎都在這「咯咯」聲中開始顫動，顯得格外驚心動魄。

戰傳說赫然發現被歌舒長空重拳擊中的側壁竟向外凸出一個弧度，幾股「水箭」亦化爲水柱，激沖而出。

未等他有更多的反應，便見呈弧狀凸出的側壁突然在頃刻間崩坍，大水挾著驚人的奔湧聲轟然沖出，如瘋狂的脫韁野馬，向戰傳說、石敢當、歌舒長空所在之地沖來。在間不容髮的瞬間，奔湧而出的水流已激增至大半個地下通道的高度。

歌舒長空的身形頃刻間便被激流完全吞沒，不見蹤影。

激流如閃電般撲至戰傳說這邊，他只覺眼前一黑，整個人便被席捲於激流之中。激流流速快得驚人，戰傳說被沖得踉蹌跌出。

突然出現的水流頃刻間將戰傳說完全淹沒，他無法得知石敢當與歌舒長空的情形如何。在這突如其來的變故中，戰傳說竟還保持著清醒，他想到了身後雖有寬敞的冰殿，但其空間終究是有限的，而這不知由何處冒出的激流卻源源不斷，也許不用多久，就會將冰殿完全淹沒，若是自己退入冰殿中，只怕再難脫身。相較之下，倒不如迎著激流而進，衝過噴湧出水流的地方，就有脫身的機

會了。

念及此處，戰傳說在水中竭力穩住身軀，並逆著水流方向前進。

僅走了幾步，水中的戰傳說就被一硬物重重一撞，正好撞於腰部，只感劇痛無比，幾乎忍不住痛呼出聲。他心中立時閃過一念：是坍翻後在水流作用下流動的巨石！

想到這一點，戰傳說立即思及也許此刻地下通道早已被亂石封住，而且倒坍的側壁極可能會不斷地延伸，若不及時避開，自己難免要葬身於此！

戰傳說暗一咬牙，雙掌平推而出，同時擊中身前滾動著的巨石，借著反衝之力，順勢向地下冰殿所在的方向疾游而去。

此刻，地下通道爲水流完全充斥，戰傳說僅能憑自身的內家修爲在水中潛行。地下通道曲曲折折，戰傳說雙眼無法視物，雖是隨著水流的方向而行，亦頗不容易，途中不知添了多少道傷口，所幸皆是皮肉之傷。戰傳說漸感無法支撐時，忽然身軀一沉，隨後立即上浮，一下子衝出了水面。

戰傳說已頭暈腦脹，這時方鬆了一口氣，大口大口地呼吸著空氣。

冰殿中亦開始積水，但冰殿很寬敞，水位尚不深，僅至人的腰部位置，不過卻在不斷地上升，因爲冰殿酷寒無比，所以雖然水流湍急，但在偏離入口處的地方，水面上竟已浮著尚未成形的冰屑。

戰傳說身上不著一縷，置身於冰冷的水中，竟未曾感到寒意太甚。

靜下心來，戰傳說想到了石敢當與歌舒長空。

他掃視整個冰殿，卻未見任何人影，正自疑惑間，忽聞驚人暴喝：「擋我者死！」

一個人影自冰殿的角落中倏然掠起，揮掌疾出，竟是擊向冰殿東側的一根環臂難抱的冰柱那邊。

赫然是歌舒長空！

戰傳說正在揣度歌舒長空攻擊的對手是不是石敢當時，歌舒長空已重拳擊於冰柱之上，冰柱雖環臂難抱，卻仍是不堪歌舒長空一擊。在驚人的巨響中，冰柱攔腰折斷，連同殿頂大塊冰岩一同墜下，落於水中，濺起驚人水花。

歌舒長空嘶聲狂笑，無形氣勁逼得飛濺至他身旁的浪花再度反彈而出。

冰柱倒坍，卻並未見有任何人影，戰傳說一怔之下，忽然想到：歌舒長空莫非已完全迷失了心智？

歌舒長空眼中閃著奇異的光芒，狂笑聲中，他忽然毫無徵兆地掠起，再度向另一根冰柱擊去。

就在此時，驀聞「嘩……」的一聲，一道水柱突然自水中如驚蛇般躥起，本是虛散的水柱竟可凌空屈捲舒展如繩索，向歌舒長空攔腰捲去。

猝不及防之下，歌舒長空竟被困縛住了，一股巧妙的力道將歌舒長空帶得斜偏少許，悍然一擊頓時落空。

這時，戰傳說聽得石敢當的聲音：「歌舒長空已迷失心智，你我必須設法制伏他，否則他將毀壞整個冰殿，以致刀冰完全坍陷，你我將葬送於此！」

戰傳說心中凜然一驚！

他尚未發現石敢當的隱身之處，顯然對方是以內息傳聲，所以聽到這一番話的，只有戰傳說一人。

歌舒長空受阻，頓時暴怒不已，高聲呼道：「我已是武界第一人，誰也不能阻擋我！」

狂呼聲中，歌舒長空身形暴旋而起，冰屑、碎石、積水被一股強大氣機所牽引，亦盤旋疾升。

誰也不知冰殿上面會不會就是遺恨湖，由地下通道瘋狂湧入的水流來看，這種可能性很大。若是冰殿頂部再遭歌舒長空毀壞，只怕會立時此來滅頂之災。

但戰傳說不知如何才能阻止歌舒長空。

就在這時，忽聞殿內響起一個女子的聲音：「歌舒長空，你將縞兒藏在什麼地方了？爲什麼我未見他？」其聲幽幽。

戰傳說聞聲一怔，不知冰殿之中何以曾有女子的聲音。

歌舒長空乍聞此聲，一聲驚呼，竟生生止住了自己的雷霆一擊，由動至靜的過程突兀至極。

歌舒長空甫一落下，立即脫口呼道：「西頤……」語氣中透著驚喜，但同時又隱隱顯得慌亂不安。

站在深已及腰的水中，歌舒長空向四周張望，繼續大聲道：「西頤，妳在哪兒？為什麼不與我相見？」

他的目光掃過戰傳說這邊時，竟未在戰傳說身上停留，對其視若無睹。戰傳說暗想歌舒長空口中的「西頤」又是什麼人？外人此刻已無可能進入地下冰殿，難道這個被稱做西頤的女人在我進入地下冰殿前，就已在此？但這卻不太可能……

只聽得那女子的聲音答道：「我再也不會與你相見了，你害死了縞兒，也害了我。」

「縞兒？」戰傳說心中一動，暗忖道，「所謂的縞兒，又會是誰？」

歌舒長空漫無目的地在齊腰深的水中走了幾步，高聲道：「不，縞兒不是我害死的，他是我親生兒子，我又怎會傷害他？」說到這兒，他忽然壓低了聲音，顯得有些神秘而傷感地道：「縞兒是病死的。」說完古怪地笑了兩聲，接道：「呵呵，隱鳳谷醫術獨步天下，卻眼睜睜地看著少谷主病死了。西頤，妳知道這是爲什麼嗎？」

那女子的聲音冷冷地道：「這是報應！我已因你而死，縞兒也死了，你空有神功又有何用？」

歌舒長空怔怔地站定原處，一臉茫然，半晌才喃喃地道：「西頤，妳……妳已死了？妳……真的死了？」說到此處，他忽然想起了什麼，臉色一下子變得煞白，惶然道：「不錯，妳早已死了，是我害死了妳！我空有天下最高的武學又有何用？」

戰傳說雖然不知詳情，但亦知歌舒長空這一番自言自語的背後有著某種鮮爲人知的內幕，而此時的歌舒長空，顯然已神志迷亂，不能分辨是非了，否則決不會相信一個「已死去多年」的人所說的話。

哀邪的三皇咒既未取歌舒長空的性命，亦未使他遭遇尹恬兒的侍從雷大相同的結局，莫非這與哀邪紫微罡氣的修爲尚未達到七大限之境有關？

這女子的話語雖然迷惑了歌舒長空，但其自相矛盾卻瞞不過戰傳說——死人決不可能對他人道訴自己的死亡！他仔細回味方才聽到的聲音，終於發現這女子的聲音很可能是僞造而成，雖然逼真，卻有一絲蒼老與沙啞揉合其中。

戰傳說恍然忖道：「定然是石前輩！他僞作的聲音雖有破綻，但因爲歌舒長空心智混亂，又被『西頤』的聲音所震撼，就難以察覺其中的破綻了！」

但如此說來，石敢當對歌舒長空鮮爲人知的往事豈非甚爲瞭解？而這一點，與石敢當拋開玄流道宗的大小事宜留在隱鳳谷，是否有著密不可分的關係？

歌舒長空依舊在自責而懊惱地自言自語，地下冰殿的水位卻在不斷地上升，戰傳說的意識不由又重新由歌舒長空身上轉移到越來越深的積水中。若是無法突圍而去，照此下去，無須多久，即使歌舒長空不再有所舉動，他們三人仍是難免一死。想到這一點，戰傳說不由暗自心焦。

沉吟之際，忽聞耳邊再度傳來石敢當的聲音：「這地下冰殿上面是遺恨湖，現在流入的水就是遺恨湖的湖水。但老夫不知地下冰殿與遺恨湖之間的岩層到底有多厚，合我們之力能否破頂而出？但願能從歌舒長空口中得知其他退路。」

戰傳說心知石敢當是以「傳音入密」、「心語」之類的方式向自己傳話，當下他輕輕地點了點頭，示意自己已明白了對方的意思。

這時，「西頤」的聲音接著對歌舒長空道：「你在這裏已困了近二十年，此刻你已不需再受寒冰制約，爲何還不離開地下冰殿，重入武界，實現你多年的心願？」

歌舒長空「呵呵」輕笑兩聲，搖頭道：「沒有退路了……沒有退路了……」說到這兒，他的身子忽然晃了晃，顯出搖搖欲墜之狀。

戰傳說心中不由爲之一沉，暗忖道：「此刻歌舒長空所言多半不假，看來真的是再無別的退路了！」

「你一定是受了重傷，對不對？你不是說只要能練成神功，你就是武界第一人，普天之下，沒

有你辦不成的事嗎？正是爲了這一點，你才與尹夕成親。可是，如今你豈非又將落得一無所有？真是天命不可違，你能擺脫堅冰的約束，卻終是無法離開這冰殿，地下冰殿救了你，亦毀了你！」

歌舒長空緩聲道：「我……一無所有？」

「不錯，如果你無法從這兒離去，那麼你這麼多年所做的一切全是枉費心機！」

歌舒長空嘴角一陣抽搐，他頹然抱著自己的腦袋，嘶聲道：「怎會如此？怎會如此？」

尹歡手中的「長相思」與其說是一件讓人側目的奇兵，倒不如說更似一縷飄逸的清風，一個難以捉摸的夢境。

驚怖流的人悉數倒下之時，「長相思」亦悄然隱沒。

每個人都知道「長相思」在尹歡身側，卻沒有人能看出「長相思」究竟隱於何處，它彷彿已成了尹歡身體的一部分，密不可分。

驚怖流死者的血仍在緩緩流淌，匯作一處，最後流入了湖中。殷紅的鮮血注入水中之後，在水中以複雜不可描述的方式不斷地擴散開去，形成大片大片的血紅色。

尹歡的神情淡然，淡然得出人意料，彷彿片刻間奪取數十性命與他毫不相干。

「雕漆詠題」趨步近前，道：「谷主，現在是否該前往石殿？」

先前匆匆趕來稟報哀邪闖入石殿一事的人也眼睜睜地望著尹歡，他不明白谷主尹歡何以能在聽說石殿遭襲後仍氣定神閒。

尹歡淡然一笑道：「你們何必如此緊張？有石老在，定不會有什麼差錯。環視樂土武界，能勝過石老者，實是無幾。遺恨湖中隱有極爲重要之物，一向是隱鳳谷防範的重中之重，決不可輕易中了他人的調虎離山之計！」

「雕漆詠題」道：「那我們現在該怎麼做？」

「等待！」尹歡不假思索地道。

他望著已恢復了平靜的遺恨湖，臉上有了古怪神秘的笑意：「除了闖入石殿中的人之外，驚怖流襲擊隱鳳谷的人都已被殺，那麼如今我們所應做的，除了等待，還有什麼？我們只需等待石老將入犯石殿的人一併除去即可。」

一人道：「可是萬一……」

話未說完，尹歡已冷冷地將他的話打斷道：「我心意已決。石老諸人的安危固然重要，但隱鳳谷數十年的基業更爲重要，相信石老亦會贊同本谷主所作的選擇。遺恨湖四周加強防範！雕漆詠題，你去石殿那邊助冒矢一臂之力！」

眾人見尹歡心意再無更改可能，當下只有從命。

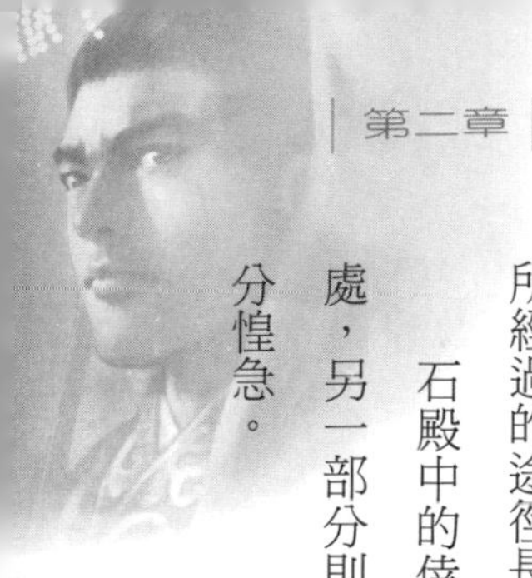

自始至終，尹歡從未提及過父親歌舒長空。顯然他是避重就輕，欲將眾人的注意力集中於石敢當身上，使大夥忽視了要不要前往石殿救援與歌舒長空的安危關係最爲密切。

真正的雕漆詠題早已被驚怖流所殺，此刻在隱鳳谷中的「雕漆詠題」，其實是驚怖流「青衣紅顏」中的青衣，從不失手的青衣！

青衣奉尹歡之命匆匆趕至石殿。

雖然假借雕漆詠題的身分進入隱鳳谷已有數日了，但青衣對石殿內的情形依然一無所知。若在平時，青衣進入石殿後，必然很快露出破綻。石殿中的通道曲折複雜，行走其間，青衣與真正的雕漆詠題之間定有很大的區別。雕漆詠題乃隱鳳谷十二鐵衛之一，對石殿中的情形應十分熟悉。

但今日青衣卻無須顧慮，因爲哀邪此前衝入石殿，已予石殿以毀滅性的衝擊，青衣大可循哀邪所經過的途徑長驅直入。

石殿中的倖存者在冒矢進入地下冰殿之後群龍無首，正茫然不知所措，一部分聚守於正門入口處，另一部分則在石殿四下尋找突然失蹤的尹恬兒。此時的尹恬兒如水分蒸發般了無蹤影，眾人十分惶急。

這時，青衣趕至石殿，他甫一出現，幾名隱鳳谷弟子立即迎上前道：「雕漆衛，你來了就好，冒衛追蹤驚怖流逆賊進入地下通道後，至今未見出來，我等身分低微，不敢犯禁前去探察詳情。還有，小姐本是在石殿中，現在卻不見其蹤影了……」

說話者說到尹恬兒失蹤的事時，聲音壓低了很多，略顯怯意，畢竟此事非同小可。眾人雖不言語，卻都不約而同地向青衣身後張望，他們不明白石殿這邊發生如此大的變故，谷主何以只派來「雕漆詠題」一人。

青衣微微頷首，低沉而有力地道：「谷主已妥善部署一切，諸位只需各司其職便可，不必慌亂，倒是小姐的安危令人擔憂。」他環視眾人一眼，又道：「不知是誰最後見到小姐？」

略略沉默了片刻，一人答道：「我最後見到小姐時，她是在……大少主生前所生的房內……」

青衣心中一動：尹歡的大哥尹縞？臉上神情卻沒有絲毫變化，只是略作意外地「哦」了一聲。

那人繼續道：「……小姐進入大少主的房中後，石殿便有人闖入了，之後或許是因為過於混亂，並無兄弟見她離開那間屋子，但我們再去那間屋內尋找時，卻無小姐蹤影。」

青衣正待讓人同他一道前去察看，忽聞石殿中有呼喝聲傳來！

眾人神色一變，所有的目光「刷」地一下子落在了青衣的身上。哀邪強闖石殿時顯露的驚世駭俗的修為對眾人震撼極大，此刻仍心有餘悸。「雕漆詠題」在十二鐵衛中雖然排名靠後，但冒矢不

在場，「雕漆詠題」自然被他人寄以厚望。

青衣一聽呼喝聲，立即判斷出是門主哀邪在石殿中出現了。青衣不明白哀邪爲何要一反事先早已定好的謀略，而硬闖入石殿中，但他很瞭解哀邪的武功，他相信地下通道中只要有一人能活著離開，那麼此人必定是哀邪！

青衣只對身旁的人說了句：「我去看看，你們不要分散，以免被敵各個擊破。」言罷，他立即循聲疾掠而去。他從眾人的神色言語中聽出他們對哀邪已有懼意，因此自己所說的話必然能打動他們，使自己有更大的迴旋餘地。

此時，石殿中更顯空蕩，青衣長驅直入。很快，他便接近了廝殺聲傳出的地方。就在青衣迅速接近時，廝殺聲倏地戛然而止，他的腳步不由爲之一緩。

就在這時，忽見一人扶著不遠處的一扇殘缺的木門門框跌跌撞撞而出，渾身浴血！青衣定睛一看，不由大吃一驚，此人赫然是他的門主哀邪！

青衣從未見過哀邪如此狼狽之相，驚駭之際，他下意識地快步上前。

哀邪雖憑藉三皇咒重挫歌舒長空，但他自己亦已戰至力竭，真力虛浮，傷勢非輕，強支著離開地下通道後，甫出洞口進入石殿，立即遭遇守候在外面的隱鳳谷弟子的圍殺。若在平時，這些人根本不堪哀邪一擊，但今日哀邪卻好不容易才將圍殺他的人悉數除去，自身亦已再添數道傷口。

這時，哀邪感覺到有人向自己接近，心中一驚，不假思索疾掄方才自隱鳳谷弟子手中奪來的一柄長刀，自腋下斜斜劃出。

他終是宗師級高手，縱是已力竭難支，在下意識狀態劃出的一刀仍是玄奧莫測，驚心動魄，憑此一刀，足以爲他贏得時間！

刀勢奇快！

卻無功而返！

哀邪凜然一驚，暗忖來者的修爲遠在方才其他隱鳳谷弟子之上，莫非，來者竟是尹歡？

心中轉念，他的身形已動，刀走空後的刹那間斜斜倒滑出一丈之距。這看似平淡無奇的舉止，但因爲是在一刀揮斬、力道已盡之時完成，卻於平淡中顯示了驚人的實力！哀邪能在重傷後做到這一點，殊不簡單。

對手卻並未如他想像的那般乘勢而進，只聽得一個熟悉的聲音低聲道：「門主，是我！」

哀邪本已繃得很緊的心神立時鬆弛了下來，青衣易容成雕漆詠題的事他自是知情。但對於雕漆詠題的容貌，哀邪畢竟不熟悉，在高度緊張的狀態中，不免有了疏忽。

哀邪見青衣敢開口表明身分，便知四周暫無隱鳳谷的人，心中稍安。

青衣一邊留意著周圍的情況，一邊道：「門主，你受傷了？」

哀邪低聲道：「現在不是說這些的時候，你已見識了尹歡的武功，今日你我有無勝算？」

青衣聽得此言，立知哀邪傷得極重，否則以哀邪的自負，決不會如此發問。

青衣與哀邪保持著一定的距離，並以身體擋在過道入口與哀邪之間，這樣可保證萬一有人接近，第一眼看到的不會是哀邪。他道：「尹歡絕非外人所知的那麼簡單，門主的武功自然在他之上，但這是在隱鳳谷中，而如今紅顏又已落入他們之手，依屬下之見，門主還是先設法脫身，待我想法救出紅顏後，再作打算。」略略一頓，又補充道：「若聖座能出手，也許又另當別論。」

哀邪的腦海中閃過異服女子的身影以及她形影不離的弧形長匣，他暗一咬牙，忖道：「莫非她只願坐享其成？」

歌舒長空破冰而出，功力大進；戰傳說的出現；尹歡藏巧露拙，隱藏實力——這一切，都在驚怖流意料之外，以至驚怖流此次行動已漸顯不利。但事已至此，亦只有全力一搏。而驚怖流最大的勝算，似乎唯有將希望寄託在異服女子的身上了。

哀邪低聲吩咐道：「聖座亦在隱鳳谷左近，但不知她爲什麼遲遲不出手……」正說話間，忽然有嘈雜的腳步聲傳來，由腳步聲可以聽出來者正向這邊靠近，且來人甚眾。

哀邪、青衣相互交換了一個眼色後，哀邪對周遭情形略加打量，便悄然退入一間房中。

青衣的目光追隨哀邪，忽然發現那間房的門前上方竟掛著一串風鈴，他的目光不由一跳！在這森嚴的石殿中，怎會有此物?!

未及多想，六七名隱鳳谷弟子已出現在轉角處，其中一人道：「離漆衛，小姐就是進入這間屋子後失蹤的，誰也沒有留意她什麼時候離開這間屋子。而離漆衛的追蹤術我們一向十分佩服，相信一定能在屋子裏找到蛛絲馬跡。」

說話的人用手指了指，所指之處，赫然是哀邪方才隱入的那間房子。

青衣心中「咯噔」一聲，頓時明白這門前掛著一串風鈴的房子，就是尹縞生前的居住之所。

隱鳳谷弟子越來越近，青衣此時已明白他們見自己在此，誤以爲他是爲追查尹恬兒的下落而來。看樣子，他們已準備入尹縞的房內。

青衣靜靜地站在原地！

他心中已萌殺機！

只要隱鳳谷弟子進入尹縞的居所，青衣就唯有將他們悉數除去。

第三章　異武奇兵

遺恨湖。

「驚」字號水舍外的連廊上，尹歡正獨自佇立。

他是隱鳳谷谷主，但他竟似乎對隱鳳谷的諸多風雨變幻漠然視之。

此時，他的目光正投向遠處即將完全落下的夕陽，神色是少有的凝重，而他的眼神最深處，卻有著不易察覺的奇異光芒。

雖然隱鳳谷已挫敗了驚怖流的進攻，但尹歡並沒有如釋重負的感覺，他相信驚怖流的實力決不僅止於此。

何況，等待鳳凰重現的，決不僅僅只有驚怖流！誰也不知道隱鳳谷將因此而需得面對多少對手……

忽然，有極爲輕微的「沙沙……」聲在尹歡腳邊響起，收回目光，低頭下望，卻並無異常，直到看見湖中一株睡蓮的圓葉在微微搖動，尹歡才猛然發現本應是與水面平齊的睡蓮葉，此時有不少已高出水面少許，而「沙沙……」聲響或許就是蓮葉與水面相離時發出的。

尹歡心中不由閃過一個念頭：「難道是睡蓮在短時間內迅速長高了？」

但他很快發現事實上是湖水水位在悄然下降，因爲不遠處有少許水波在湧動。尹歡頓時明白，湖水在向下滲漏，而唯一可能的去向唯有地下冰殿！

他的神情不驚反喜，眼中奇異的光芒更甚！

這時，一名剽悍精幹的隱鳳谷弟子在鄰近的另一水舍上向尹歡恭身施禮道：「谷主，萬斤香木已備齊，在湖岸準備妥當！」

尹歡道：「好！再過三個時辰，我就要焚香火以候鳳凰重現！」

「可惜你已沒有機會等到鳳凰重現之時了！」

一個平淡得不帶絲毫情感的女子的聲音傳入尹歡的耳中，那聲音赫然是來自尹歡的上方！

這時，四周響起眾隱鳳谷弟子的驚呼聲、怒喝聲。顯然，來者是在眾人絲毫沒有察覺的情況下迫近尹歡的。

讓尹歡心寒的是，連他自己亦毫無預知！

一個頭戴幔笠、身著異服的女子穩穩地立於「驚」字號水舍舍頂，居高臨下地俯視著尹歡，俯視著四周驚愕失措的隱鳳谷弟子。

尹歡臉色由白轉青，眼神中有無盡殺機與萬丈怒焰，這與他俊朗的容貌形成了一個鮮明的對比。

他的理智似乎因朦朧怒火而喪失，一字一字地咬牙道：「沒有人可以凌駕我之上！」

沒有回答，只有異服女子的冷冷一笑。

尹歡身形暴起！

身形掠起的同時，驚世奇兵「長相思」已以不可思議的方式閃現於他的手中。

沒有人能看清他的「長相思」隱於何處，也沒有人能看清他拔出兵器的過程——連異服女子也不例外！

異服女子心神爲之一震！

絲絲縷縷的森然氣勁自幻化莫測的「長相思」透發而出，看似無凜然之勢，卻具有超乎常人想像的穿透力！異服女子身下的水舍頓時四分五裂。

異服女子如紙鳶般飄然掠起。

「長相思」在迅速逾越空間距離的同時，其運行軌跡亦發生著不可描述的變化。「長相思」激蕩虛空，形成了嗚咽般的尖嘯聲，讓人聞之驚心動魄。

寒芒如煙如霧，席捲向異服女子，頓將異服女子下方所有的空間完全封殺。

「相思入骨，最難揮去。」

隱鳳谷中人目瞪口呆，為他們谷主所顯露的武學驚愕當場。此刻，每個人心中都升起一個念頭：「難道，這真的是平時奢靡浮華、不思進取的谷主？」

「長相思」的光芒在極短的刹那間飛速擴張延伸，其無可阻擋的氣勢頓時予他人心神以極大的衝擊！眾人的視野已被這閃爍莫測的光芒完全充斥。

先前尹歡從容擊殺數十名驚怖流屬眾，予眾人以極大的驚喜，而此時他們更是一掃心中的陰影。

一聲清越如龍吟的脫鞘聲倏然劃斷每個人的思緒。一道完美無缺的光弧驀然自那片似可涵蓋天地萬物的光芒中疾劃而過，其軌跡既道盡了天地至理，又飽含了世間最深不可測的玄機。所有的呼吸在那一刻頓止！

每個人在那電光石火的一刹那都已明白，在這驚心動魄的光弧之後，定隱含有超越他們想像的驚世力量！甚至莫名的感覺告訴他們，這種力量的存在方式已不再屬於他們所知道的武學範疇！

沒有驚惶！沒有絕望！只有身為武者對通神之境的修為的本能膜拜！

何況，一切斗轉星移式的變化，已非常人所能及時做出反應。

如玉碎般的連串脆響中，似雲似霧的光芒突然潰不成形，悉數渙散！尹歡一聲低沉而短促的悶哼聲後，仰身倒跌而出，血灑長空，好不淒厲！

那道驚天駭神的光弧卻一閃即沒！與此同時，異服女子如影隨形般朝尹歡倒跌的身形長射而去，玉掌如刀，以不可逆違之勢疾斬而出，驚人刀勢已蘊於掌刀，勁氣破空之聲如裂帛，驚心動魄。

尹歡竟一觸即敗！這一結局讓場上所有隱鳳谷弟子怔立當場。

眼看即將殞命當場的尹歡一聲穿雲破日般的厲嘯，雙臂憑空生起一股強大的吸扯之力，剎那間，湖水水面上標射出無數水箭，水箭齊齊向湖面上方的虛空射去，奇疾奇快，最終自各個方位、角度彙於一處——這一處，正好在尹歡與異服女子之間！

區區水浪化成的水箭絕對奈何不了異服女子，尹歡自己亦知這一點，但他的真正用意卻非憑藉水箭傷著異服女子。

只見數十道水箭齊齊彙於一點之時，極大的撞擊力頓時使之化爲一團水霧，一下子遮擋了異服女子的視線。

「長相思」借機再出，封住了最爲致命的幾處攻擊線路，同時憑藉自身與湖水彼此間的吸扯之力，尹歡重重墜落水中。

浪花四濺，散而復合，水面上出現了一團巨大的血色之花！

異服女子凌空虛踏，竟猶如踏足實地，從容落在「驚」字號水舍的連廊上。

「驚」字號水舍的舍體早已被尹歡的強大氣勢破壞無遺，所以立在連廊上，四周情形無遮無擋，一覽無餘。

尹歡落入水中後，久久未見他再度浮出水面！異服女子胸有成竹地立於連廊上，只要尹歡再一露面，就絕對逃不過她的最後一擊！

周遭的隱鳳谷弟子似乎也意識到了這一點，紛紛不約而同地自四面八方向這邊圍攻而至，更有人以所攜暗器射向異服女子。

面對如飛蝗般射至的暗器，異服女子絲毫不爲之所動——事實上，就是隱鳳谷弟子自身，亦預知此舉定然毫無意義。

形形色色的暗器在距異服女子一丈之外的地方便再也不能前進分毫，紛紛墜落，落於水中，激起無數漣漪，蔚爲奇觀。

驀地，離此六七丈距離的湖面一陣波動。

無論是異服女子還是隱鳳谷弟子，所有的目光都不約而同地同時投向那邊，一旦尹歡破水而

出，便將面臨前所未有的致命殺機。

但事實的發展完全出乎眾人的預料之外！

只見方才發生波動的水域忽然傳來驚人的聲響，這種聲音與平時所能聽到的水聲完全不同。正當眾人爲之一怔之時，突見一處方圓達十丈的水域出現了漩渦狀的流痕，急速盤旋，水面因此而出現向下凹陷的漏斗狀。

異服女子大感意外，他人更是大惑不解。

就在此時，只聽得「嘩……」地一聲驚天水浪響起，一個人影倏然破水騰空掠起，身形掠起之時，挾裹沖天浪花！

異服女子心頭一震，腦中迅速閃過一個念頭：「沒想到尹歡被我擊傷之後，非但能逃脫性命，眼下更能克服這漩渦向下的吸扯之力，實是不可小覷！」

心念急閃之時，她沒有片刻停滯，身形幾乎是與那人影破水而出的同時疾射而出。

她有絕對的自信，無論過程如何，尹歡都難逃這最後一擊！

隱鳳谷弟子唯有以絕望的心情等待不可避免的結局——他們自知面對異服女子，無論他們如何努力，都是極爲蒼白無力的。

異服女子以快不可言的速度急速縮短與尹歡的距離。

她的左手扣在了弧形長匣的彈簧上！

一切都已水到渠成，取尹歡性命，就如同瓜熟蒂落般自然而不可更改。

雖然尹歡是一個重要的對手，但在她的心目中，尹歡卻還不是一個值得她產生興奮的對手。

所以，縱然知道尹歡必死無疑，她的心情仍是一片平靜。

但——

就在她的左手食指即將壓下彈簧那間不容髮的一剎那，突然被自己眼前清晰所見的一幕驚呆了，一聲驚呼，腦中頓時一片空白！因爲她赫然發現破水而出的人，根本不是尹歡！而是一個全身赤裸的年輕男子，雖然在那年輕男子的肌膚表層不知爲何佈滿了龜裂，但仍掩不住其偉岸而充滿力感之美！

在金黃色的餘暉映襯下，在無數如珠玉般跳躍著的水花襯托下，使那年輕軀體充滿了如天地初開般無比清朗的潔淨美。

何況，他的出現是那般突兀而不可預知！

異服女子雖身懷驚世駭俗的修爲，但在這一刻卻也心神大亂，竟在這生死懸於一線間本能地閉上雙眼，縱然她一招挫敗如尹歡這樣的絕世高手，卻是難以免去少女羞澀的天性。

在閉上美眸的最後一瞬，年輕男子那俊朗絕倫的容貌深深地映入了她的目光中！

雖是驚鴻一瞥，但她竟清晰地看到了——也許，是感覺到對方驚愕的眼神。

那是一雙如星月般的眼睛，在那一瞬間，那雙明亮的眼中，除了驚愕之外，竟還有歉意！他的眼神是那般真誠，毫無掩飾做作，頓使異服女子感到他的歉意是因爲他驚嚇了她。

不知爲何，縱是閉上了雙眼，那雙亮麗真誠的眼睛仍是清晰無比地在她眼前閃現，以至於她忽然萌生一念：也許自己會很快忘了對方的容貌，卻可能永遠也無法忘了他的目光！

「他是誰？」異服女子的思維在出現短暫的空白後，立即升起此念。

戰傳說與石敢當在知道連歌舒長空也再無退路時，只有選擇最後一種途徑：從地下冰殿中破頂而出！

戰傳說不知道以他們的力量，是否能衝破地下冰殿與遺恨湖之間的冰岩，也不知道即使能以掌力震開，遺恨湖湖水的巨大水壓會對他們形成怎樣可怕的威脅，但他們已別無選擇。

爲了最大限度地減少危險，戰傳說等到水即將完全漫過地下冰殿時才全力出擊，這樣即使遺恨湖的水會從缺口處一沖而下，但因爲地下冰殿的水很快就可積滿，那麼湖水下沖所持續的時間就極爲有限，一旦停止，地下冰殿中的水與遺恨湖之水即聯作一體，其時由缺口處脫身就輕而易舉了。

就在他們等待水位上升的時候，冒矢的屍體浮上了水面。冒矢本來並沒死去，只是被哀邪擊成重傷而暈迷過去，但後來歌舒長空、戰傳說、石敢當三人先後爲追擊哀邪而離開地下冰殿後，性命懸於一線的冐矢如何能抵抗地下冰殿中的酷寒？

隨後歌舒長空擊毀地下通道的側壁，湖水疾沖而入，戰傳說、歌舒長空、石敢當三人一下子被沖散開來，不能動彈的冐矢更是被水流不知沖向地下冰殿的哪個角落裏。

水流注入地下冰殿後，水面上很快出現冰屑，雖不至於立即結成冰層，卻阻擋了人的視線，所以戰傳說、石敢當都未能及時發現冐矢所在。等到冐矢的身子自動浮上水面時，已是氣息全無。

戰傳說見冐矢的屍體浮了上來，雖然冐矢的死與他無關，亦不免有些內疚傷懷，有些後悔不該只顧追逐哀邪。

隨著水位的快速上升，戰傳說、歌舒長空以及一直隱在暗處的石敢當都漸漸被水逼到更小的範圍內，好在地下冰殿中的夜明珠相繼被水淹沒了，光線極爲暗淡，否則石敢當現身後，歌舒長空見之說不定會受到刺激而生出不可知的變故。

歌舒長空時而茫然，時而煩躁不安，黑暗中不時響起被他淩厲掌風擊坍冰岩墜入水中的轟然響聲，並雜有他呼喚西頤的聲音，空間越來越小，喊聲沉悶異常。

戰傳說心道：「歌舒長空如此狀況固然讓人感到棘手，但他若是清醒過來，恐怕更是不妙……」

他身無寸縷未感到寒意太甚，但石敢當卻已漸漸難以支撐，尤其是其衣衫被水浸透之後，酷寒加上所受的傷，使之內力損耗甚巨。故此，事實上要破頂而出，所能仰仗的其實只有戰傳說一人了。

天無絕人之路，戰傳說在最後一刻將自己的功力提至最高極限，向冰殿頂部連轟三掌！

此刻戰傳說的內家功力比之進入地下冰殿前已激增無數，全力轟擊之下，無數碎冰裂岩紛紛墜落，強大無比的氣勁激得地下冰殿中的積水洶湧澎湃，水石相擊，泛起無數浪花，使狹小的空間頓時完全浸沒於如沸騰般的水浪及驚人的驚擊聲中，彷若整個地下冰殿即將坍毀。

此時此刻，戰傳說已別無選擇，他的鬥志因洶湧濺射的浪襲以及震耳欲聾的拍擊聲而激昂無比！既然已到了最後一刻，是生是死、是成是敗，誰也無法預知，戰傳說反而沒有了任何顧慮，一掌甫出，挾驚世力道的第二掌、第三掌接踵而至，轟然重擊於同一位置。

驚天徹地的掌力終於轟開了數尺厚的岩層，湖水挾著碎石一下子如排山倒海般沖了下來，此時正是戰傳說力道已竭新力未生之際，立時被洶湧瀉下的湖水沖落水中，並深深沉下！

但因爲地下冰殿剩下的空間本就十分狹小，所以被擊開的洞口處很快恢復了平靜。戰傳說在水底冰柱上一借力，立時由洞口疾衝而上，衝出冰殿，並穿過遺恨湖的湖水，直至破水而出。

破水而出之時，戰傳說尚未來得及感受劫後餘生的喜悅，立時感覺到有空前強大的殺機以驚人之速向自己迫近。

目光所及，赫然看到一快捷絕倫的身影正凌空飄射而至，雖然那人頭戴幔笠，但由其身形仍可一眼看出她是一年輕女子。

她那顯得慌亂失措的驚訝聲使戰傳說猛然意識到自己還裸露著身軀，不由大爲自責，慌亂中卻又不知如何是好。

偏偏那衣飾奇異的女子竟美眸微閉，略略別過臉去，而她快絕武界的身法卻使她在這一刻依舊以令人嘆爲觀止的速度掠向戰傳說這邊。

從戰傳說破水而出，到異服女子驚覺認錯了人，再到她本能地閉目以回避讓她羞赧不已的情景，不過僅在彈指之間發生。雖然戰傳說與異服女子皆數度轉念，但在旁觀者眼中，卻並非如此複雜。他們所看到的只是戰傳說突然破水而出，異服女子似欲予對方致命一擊，但不知爲何，雙方最終皆未出手，亦無其他任何舉措，便匪夷所思地重重撞在了一起。

此時夕陽已落，光線暗淡，隱鳳谷弟子修爲有限，無法與戰傳說、異服女子相比，他們的視線模糊不清，一時間眾皆如墜雲裏霧裏，心中一片茫然，不明白何以意料中的血腥一幕未曾出現，只是眼睜睜地看到兩個人凌空相撞後，竟一同急墜而下。

若非親見，誰也不會相信可一招挫傷尹歡的異服女子，此刻竟連尋常習武之人的反應能力亦有所不及！

戰傳說見異服女子疾射而至，未及轉念，已近在咫尺！

此刻，無論他們誰搶先出手，都足以一舉擊殺對方！對於他們這般級別的高手而言，如此近的距離絕對是致命的距離。

但戰傳說卻只是及時扣住對方一臂，暗運巧力，卸去對方驚人的來勢，以免撞得兩敗俱傷。

此時此刻，他們皆未清楚對方的身分，任何舉動其實皆是在下意識中完成。

戰傳說的左手堪堪扣住對方的右臂，異服女子的右手已閃電般自腋下插進，右臂一絞，雙腿以令人眼花撩亂的線路凌空疾出，似劈似鉤，戰傳說尚未回過神來，已如被一巨大的枷鎖加諸身上，非但動彈不得，而且他的周身每一處重要關節竟都承受了強大的逆向之力。戰傳說感到呼吸急促，全身關節「啪啪……」直響，奇痛徹骨。

他幾乎立時暈死過去！

戰傳說知道這定是一種貼身擒拿術，他以前雖然亦習練過，但卻遠不及此女高明，而且他感到對方的手法極爲獨特，與他所知的大相徑庭。

兩人緊緊地盤作一處，如隕石般墜入湖中。

原來，異服女子在腦中一片混亂時，突感右臂被扣，立時在第一時間做出了反應。

落入湖中後，異服女子頓時清醒過來，猛地意識到自己制住的人不是尋常之人，而是一個裸身年輕男子！

想到此時自己正與對方緊密無間地纏作一處，她不由又驚又怒又羞，一咬牙，倏出狠招！

戰傳說突然感到緊困自己的力道鬆開了，心中大喜，但未等他有所舉措，驀然間胸口處忽遭重重一掌，力逾千鈞，他的身軀立時高高拋出水面，在湖面上劃出一道長長的弧跡，這才落入水中，並徑直下沉，被湖水完全吞沒。

異服女子強把身軀借著水的反彈之力，如蛟龍般沖天而起。

身形猶在空中，她的目光已落在了遠處兩個人的身上。

石敢當與尹歡！

他們此時正在離「驚」字號水舍有十幾丈距離的另一間水舍上，此水舍更接近遺恨湖的縱深處，顯然他們也是剛剛自水中脫身，兩人皆是臉色蒼白如紙。隱鳳谷弟子又驚又喜，已無暇去想何以接二連三有人自遺恨湖下莫名出現，紛紛自各個方向趕向這邊，同時又有人搶在了異服女子可能落腳之地。

異服女子一聲冷至徹骨的輕笑，向離她最近的水舍遙遙掠去，從容飄逸，優美之極。

十餘件兵器在她的身下織成了一張風雨不透的光網，森然逼人。異服女子毫不避讓，如一陣清

風掠過。一道奪人心魄的光弧一閃即逝，在沉沉暮色中，猶如一道劃空而過的流星。

沒有金鐵交鳴聲，沒有嘶喊慘呼聲。如噩夢般不可抗拒的光弧一劃而過後，十數名隱鳳谷弟子不分先後地仰首倒下，栽落水中，生命在無聲中終結，竟更顯驚心動魄！

異服女子絲毫不受阻擋地全速推進，如入無人之境！浮橋、連廊處試圖攔阻者的性命，在這一刻顯得如此脆弱。

石敢當急忙高聲道：「不可強阻，佈陣！」

遺恨湖中三十六水舍本就是暗蘊陣法，一旦啓動陣法，定能將對方阻擋一陣子！此前尹歡之所以被異服女子輕易接近，就在於她的修爲已超出尹歡甚多，以至於可以在眾人毫無察覺的情況下闖入陣中，接近尹歡。如此一來，即使此陣再如何神奇玄奧，也是枉然了。

異服女子揚聲長笑：「區區陣法根本無濟於事，今日我就讓你們賴以保命的三十六間水舍蕩然無存！」

她的左手扣在了身後弧形長匣上，肅然道：「鳳凰即將再現，天照神刀，是你名動樂土之時了！」

「天照出匣！」

一聲清叱，隨即便聞一聲清越激昂如鳳鳴之脫鞘聲，驀然在混亂不堪的遺恨湖上空劃過。

一道豪光沖天而起，直入雲霄，剎那間風雲變色，天地間似乎被那清越的聲音完全充斥，再不聞其他聲音！所有的目光亦被那道驚人光弧所懾，欲罷不能！

異服女子亦於同一時間沖天而起，迎向那道似將破碎夜幕的光弧。

眾人心神皆驚之際，異服女子已雙手高擎一柄彎如弦月的長刀，凌空直迫而下！

四年前，千島盟刀道高手千異攜天照刀踏足樂土，在樂土武界中掀起了一場軒然大波，諸多高手紛紛慘敗於天照刀之下，直至戰曲與千異在龍城龍靈關巔峰一戰。

那一戰，為武界百年歲月中最為重要的驚世決戰之一，樂土武界各大勢力無不對之密切關注，尹歡亦不例外。

尹歡與他人一同親眼目睹了那驚世一戰中，那柄以不可思議之速劃空直射東方，最終消失於無限蒼穹的弧形長刀！

那一幕對尹歡的心靈震動極大，那把有著完美弧度的刀的形狀，亦深深地映入了尹歡的腦海中。

今日，異服女子所祭起的兵器，使尹歡立刻聯想到那柄曾讓樂土側目的刀！

他一眼認定此刀是真正的天照神刀！

天照刀與龍之劍一樣，已是人皆盡知的不凡兵器。對於龍之劍的模樣，世人已頗為熟悉，因為

龍之劍一直在龍城龍靈關，劍身有一半插入一塊巨石之中。雖然因爲有不二法門修持弟子守護，常人不可觸摸，但卻可在它周圍仔細端詳瞻仰。至於天照刀，卻無人能真正描述出它的形狀，每個人的記憶中最深刻的就是天照刀所具有的完全無缺的弧度！

但這種弧度已不再僅僅是天照刀的「形」，更是它的神，已深深地烙入了它的刀魂之中！即使完全依照它的形狀精心鑄造成另一件與之形狀不差絲毫的兵器，卻仍是只具其形，而無法擁有天照刀至高無上的王者氣息。

龍之劍；天照刀，它們就如同超脫於芸芸眾生之上的王者般，有著高貴而傲然的靈魂，正是這種王者般的兵器之精魂，賦予它們以凌然萬物的不世之力量！

它們儼然已是百兵中的王者！

王者氣息無可掩飾，無法僞作，所以尹歡一眼就認出了異服女子手中的刀，正是曾引動武界風雲的天照刀！

天照刀四年後突然再現樂土，這究竟曾預示著什麼？

天照刀驚現，對尹歡震撼極大，而石敢當四年前雖未親眼目睹天照刀的風采，但對此早有所聞。此刻天照刀一出，果有開天劈地的氣勢，兩人同時色變。

天照刀凌空長劈而出，若一道穿越無限蒼穹而至的驚電，挾雷霆萬鈞之勢，銳不可當！

異服女子身形嬌美，誰也沒有想到她竟有如此可怕的內家修爲！凌厲氣勁透刀而發，與天照刀滅世鋒銳相輔相成，形成可斬破虛空的力量。剎那間，刀勢所及，竟將下方方圓二十餘丈的範圍完全籠罩其中。

除了尹歡、石敢當外，其餘的人皆爲這一刀深深震懾，頓時腦中一片空白，呆立當場！唯有石敢當、尹歡尙能保持清醒，兩人雖已各自身受重傷，但此時亦以自身絕學全力施爲。

石敢當以重傷之軀，將自身殘餘功力催至極限，「星移七神訣」之玄門絕學傾力而出，立時引動身下遺恨湖湖水，激起丈餘水浪，怒浪交相撞擊，幻化成隱約可見的太極圖，密密實實地擋在了石敢當身前。

尹歡手中的「長相思」在其功力的全力催發下，竟發出鬱鬱嗚聲，其聲顯得淒婉沉鬱，讓人不忍多聽。「長相思」遍體驟然暴現的幽亮光芒將「長相思」自身隱於其中，使之難辨其形，更將尹歡本就有些蒼白的臉映得陰沉不定。

刀勢如虹，破空而至！

刀未至，刀氣已若無形巨刀，急速掠過驚人的空間。

「轟……」無形刀氣以滅絕萬物之勢縱貫遺恨湖，在湖面上留下一道深達丈許的「刀痕」，湖水如萬千怒矢沿著「刀痕」向兩側疾射而出，聲勢駭人！

刀氣所及，兩座水舍及方圓二十丈內的浮橋如被摧枯拉朽，立時崩坍斷裂，沉入湖水中。

石敢當以水浪化成的強勢太極在一刀之下竟立時渙散，同時，他的身軀更被震得倒跌而出，撞入本已破敗不堪的水舍木板之中。

尹歡的情況未必好得了多少，他雖然勉強站定，但胸口如遭重錘悶擊，忍不住鮮血狂噴，狀如血人，讓人不忍目睹。

異服女子穩穩落在離尹歡數丈外的一根木樁上，長笑道：「咯咯咯……三十六水舍已被擊散數座，何以成陣？」

尹歡一言不發，眼神泛著可怕寒光，彷彿是來自於地獄中的鬼神！

異服女子身子微微一震，如弦月般的天照刀自肩臂處緩緩送出，刀尖遙遙指向尹歡，沉聲道：「很好！你接我兩招後，還能站在我的面前，總算沒有令人太過失望！」

尹歡嘴角處浮現出一抹奇怪的笑意——他能在此時現出笑容，就足以讓任何人爲之驚愕！

他的右手拇指內扣，輕輕地貼在「長相思」上。

「長相思」的形狀介於刀與劍之間，只是世人習慣上把它稱爲劍，這正是它能列於當今四大奇兵之一的原因。「長相思」與尹歡的肌膚緊緊相依，儼然已成了他肌體的一部分。

戰傳說被異服女子重擊後沉入水中，再未見其浮出，定然凶多吉少；而石敢當亦傷得極重，再難對異服女子構成威脅；隱鳳谷的普通弟子此刻在異服女子眼中形同虛設。因此，尹歡此刻已成孤軍奮戰之勢。

面對異服女子如此可怕的對手，他只有祭出最後一種應對之策！

只見尹歡忽然將「長相思」交於左手，隨後他做出了一個讓異服女子爲之心神劇震的舉動——他竟將「長相思」向自己右手掌心緩緩刺去！

「長相思」一寸寸地沒入他的掌中，泛射出如夢般的光暈正一點一點地隱沒，直至完全消失。

尹歡竟將「長相思」沿著掌心縱向深深地插入他的右臂中！

自始至終，他的掌心沒有流出一滴血跡，臉部也沒有痛苦的表情，有的只是一臉殘酷的微笑。

他的目光落在了自己右手掌心處，掌心處有一道疤痕，顯然已存在了很多年，以至於這疤痕更像是他掌心處的一條褶皺。他的右臂彎曲自如，若非親見，誰也不會相信此刻在尹歡的右臂中存在一件兵器，一件被武界中人視爲四大奇兵之一的「長相思」！

「相思入骨，最難揮去。」尹歡右臂裸露風中的肌膚漸漸呈現出一種奇異的炫亮紅色，一種充滿了生命感與動感的紅色，那是烈焰的顏色！

尹歡的整條右臂似乎正在熊熊燃燒，其情形詭異之極。

此時，石敢當已勉強支身而起。異服女子手中的天照刀讓久經風霜的石敢當心中也不由泛起寒

意，這並非因爲他對天照刀的畏懼，而是他隱隱覺得天照刀的出現，定是預示著武界中的一場血光之災，猶如四年前千島盟千異挾天照刀出現樂土之時一樣！

至少，今日的隱鳳谷已在天照刀下一潰千里！

如今的尹歡與石敢當一樣，已成強弩之末，歌舒長空則始終未見他自地下冰殿中脫身出來，生死難卜。當戰傳說擊穿地下冰殿頂部與遺恨湖之問的岩層後的短時間內，地下冰殿中一片混亂，石敢當受傷最重，能夠獨自脫身出來已是不易，若是要照應歌舒長空談何容易？何況歌舒長空在三人之中雖然功力最爲深厚，但他能否脫身的關鍵並不在於功力如何，而是取決於神志不清的他能否在生死的關鍵有所清醒！

最讓石敢當擔心的還是戰傳說。白戰傳說以三掌轟開遺恨湖冰殿頂部岩層的修爲來看，其功力的確已臻絕頂高手之境，即使並不能真的具有與歌舒長空完全相等的修爲，但以之對付異服女子，縱然落敗，也不至於一觸即敗。

而事實卻出乎石敢當的意料之外，戰傳說竟在頃刻問被異服女子擊沉水中，極可能已遭不測！

其實，非但戰傳說如此，尹歡亦是如此。若僅論內力修爲，尹歡決不會比異服女子遜色太多，但異服女子的武學招式及其天照刀的霸氣，卻是戰傳說與尹歡所遠不能企及的。

尤其是戰傳說，自從其父向他傳授劍道之日起，其進展就極不如人意，與其父曠世劍道修爲相去千里。今日他雖因禍得福，平空增進無數功力，卻仍是難免落個敗亡之局。

此刻石敢當見尹歡的舉止變化，心中頓時升起一種異常的感覺。他在隱鳳谷已近二十載，對隱鳳谷中許多事宜即使未全知，至少十有八九是知情者。他對尹歡的瞭解，也許並不在歌舒長空之下，此刻他斷定尹歡要孤注一擲，與異服女子決一高下了。

石敢當本欲讓隱鳳谷弟子乘一小舟前去戰傳說落水處查看其生死，但環顧四周，竟無一人。眾人似乎怯於異服女子驚世刀道的修為與千軍辟易的氣勢，竟不由自主地退出異服女子殺機籠罩的範圍之內。

石敢當心中暗嘆一聲，心忖戰傳說生死如何，只有聽天由命了。

尹歡右臂的火紅之色越發炫亮，他的衣袖亦鼓蕩而起，終於「嘶……咧……」數聲，右臂衣袖突然碎裂如亂蝶，片片飛落。尹歡的整條右臂頓時完全顯露於眾人的目光下！

石敢當一見，不由倒抽了一口冷氣。

只見尹歡右臂上，平時未被衣袖遮擋的手腕部分光潔如常，只是透發出詭異紅光。但在平時被衣袖所遮掩的上半部分，卻有凸起的如盤虯般的疤痕，在那如同烈焰般的紅光映襯下，顯得格外觸目驚心。一個人的同一條手臂上出現如此截然不同的情形，實是匪夷所思。

異服女子手中的天照刀突然震鳴不已，顯得極為興奮強烈，一種前所未有的感覺由天照刀傳入

異服女子的軀體。

她的嬌軀不由爲之微微一震，忽有所悟，脫口道：「你的兵器，是源自於……鳳凰？」

尹歡出人意料地並未否認！

他神色肅穆地道：「鳳凰是天地間最高貴、最傲然、最執著、最專一的精靈，所以，只要是有經脈之生靈，其經脈必然盤枝錯節，唯有鳳凰通體只有一條經脈！鳳凰太過高傲自潔，以至於牠對自身蒙上了世塵間的污垢後也無法原諒，所以每過五百年，鳳凰便集香木自焚之，在火中涅槃重生，重獲一個無比聖潔的軀體！而牠擁有與天地間所有生靈皆不同的經脈，因爲那是蘊涵牠無比高貴、執著的靈魂所在，所以無比堅韌，即使以香火焚燒三日三夜，亦完好無損。我的『長相思』就是由鳳凰的經脈幻化而成，唯有它，才可以與人的血肉之軀共融，才可以彌補我的殘疾之軀！」

「殘疾之軀？」石敢當聽得此言，亦不由爲之一驚。他的目光落在了尹歡那條詭異可怖的右臂上，心潮起伏，似有所惑，似有所悟。

異服女子倏然長笑，笑聲中充滿了欣然之情，笑罷，只聽她道：「你們樂土有一句話，叫『踏破鐵鞋無覓處，得來全不費工夫』，此時這話正中我的心懷！」

尹歡、石敢當及其他隱鳳谷弟子聞聽此言，皆神色一變，石敢當忍不住道：「如此說來，妳並非樂土中人？」

異服女子略略沉默了片刻，也許她這才意識到自己欣喜之餘，道出了一個本不該透露的事實。

略作沉默後，她以平靜的聲音道：「不錯，我來自最早見到朝陽的千島盟！」頓了頓，她又接著道：「我本不該把這一點透露出來，不過將秘密告訴一群即將死去的人，其實亦無關大局！」高傲自負之情顯露無遺！

石敢當強忍內傷劇痛，沉聲道：「閣下如何稱呼？」

「小野——西——樓！」異服女子一字一頓地道。

尹恬兒終於將大哥尹縞臨終時留下來的信箋看完了，她竟難以支撐地軟軟癱坐於地，身上的衣衫在不知不覺中已被冷汗濕透。

尹縞所說的一切，使尹恬兒突然發現自己先前所知道的許多事，此時都已被完全顛覆。

原來尹恬兒與尹歡是異父同母的兄妹，而尹恬兒與尹縞則是同父異母所生，只是尹縞與尹歡之間其實並無任何血脈之親。

數十年前，隱鳳谷僅僅是一個有著特殊意義的地名而已，那時隱鳳谷有一人名爲離崖，離崖祖上世世代代都居住在隱鳳谷一帶，與世無爭，家族亦人丁興旺。離崖水性極好，族中只有他一人能潛至遺恨湖最深處的湖底，加上其性情和善寬厚，在族中素有聲望。

後來，一場瘟疫突然降臨，族中不時有人病亡，離崖心急如焚，他日夜苦思良方，在方圓百里之內尋找各種奇花異草，以求能找出一種藥方可救族人。可瘟疫來勢洶洶，離崖仍是唯有眼睜睜看著族人一個個相繼死去，族中謠言四起，開始有人逃離隱鳳谷。

後來族中有老者說，遺恨湖乃鳳凰涅槃前沐浴之處，在湖底有一種水草，是感應鳳凰靈氣而生，形如鳳羽，只要得到這種水草，瘟疫便可被除。其時，族人已亡故大半，離崖雖不知此言有幾分真實性，但他仍是毫不猶豫地潛入遺恨湖中。

一日數次下潛，卻一無所獲，離崖不肯放棄這最後一線希望，接下來的日子中，他一心一意地在遺恨湖中尋找鳳羽狀的水草。每當夕陽西下，離崖一身疲憊地回家時，就會聽到新婚不久的妻子尹夕憂傷地告訴他，族人中又有幾人被瘟疫奪去了生命。

到了第九天黃昏，尹夕忽然發現族中一片死寂，整個族中死的死，走的走，竟只剩下她一個活人！尹夕悲從心來，放聲大哭，向遺恨湖奔去！若不立即見到丈夫離崖，她擔心自己會立即崩潰！

當她趕到遺恨湖時，只見離崖正向她這邊跑來，他的腳步輕快，臉上竟有喜色！當離崖聽完妻子尹夕的訴說之後，頓時呆若木雞，喜色全無，忽然間，他向遺恨湖轟然跪下，放聲大哭。

後來尹夕大病一場，但最終，她卻並未如其他族人一樣病重而亡。對此尹夕很是不解，問離崖是何緣故，離崖卻總是搖頭不語。

尹夕病癒一個月後，隱鳳谷忽然來了兩個人，其中一人年約三十，另一人則是他年僅兩歲的兒子。這二人便是歌舒長空與尹縞，只是當時尹縞尚是隨父複姓歌舒，名為歌舒縞。

歌舒長空與歌舒縞的出現，使離崖、尹夕皆大感意外，此時的隱鳳谷已恍若地獄，而歌舒長空父子本非隱鳳谷一帶的人。歌舒長空自稱世代行醫，聽說這一帶發了瘟疫，特地趕來，希望能消除此患，沒想到卻來遲了一步。

離崖、尹夕大為感動，見歌舒長空言行舉止不同凡響，歌舒縞又聰明伶俐，此前離崖夫婦日日沉浸於悲痛孤寂之中，心如枯槁，此時因歌舒長空父子再現生機。感動之餘，離崖便挽留了歌舒長空父子二人。離崖為族人尋藥數月，已頗通醫術，與歌舒長空交談醫道，歌舒長空將醫道之術說得深入淺出，辟易入理，使離崖茅塞頓開，大感相見恨晚。

數日後，歌舒長空與離崖二人不知為何同去遺恨湖中。三個時辰後，歌舒長空竟抱著離崖的屍體失魂落魄地回來了。他說，離崖自稱已找到了如鳳羽般的水草，並自告奮勇地要潛入水中找出來，讓歌舒長空一睹真面目，沒想到卻被毒蛇咬中，浮出水面時已毒發身亡，歌舒長空有一身醫術，亦於事無補。

尹夕見離崖死後，手中還握著一束如鳳羽般的水草，只感造化弄人，蒼天無情，立時暈死過去。歌舒長空將尹夕救醒之後，好生勸慰，照顧得無微不至。尹夕如今已是孤苦無依，對歌舒長空

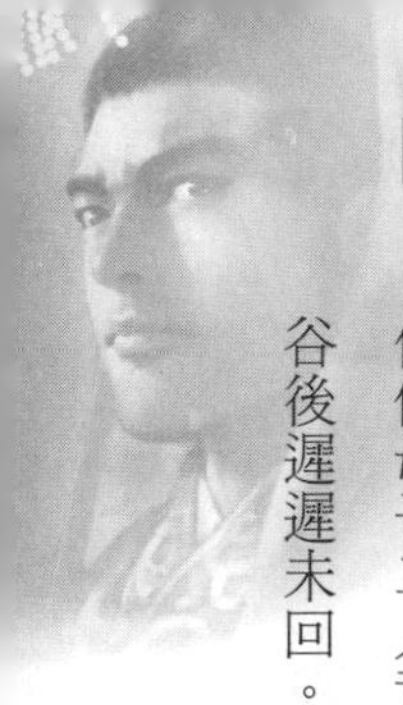

的照顧暗暗感激，時日一久，兩人漸有同甘共苦、相濡以沫之感。加上歌舒長空此前就已告訴離崖夫婦其妻已病亡，他正是因遺恨不能救自己妻子性命才四處行醫，尹夕對歌舒長空既敬佩又感激，後來，他們終於摒棄顧慮，結爲夫婦。

尹夕不會想到，歌舒長空所言多屬謊話，她已墜入圈套，而歌舒長空的目的，則在離崖遺腹之子——亦即後來的尹歡身上！

那一場瘟疫使隱鳳谷方圓百里之內皆無人煙，所以當尹夕臨盆之時，唯有歌舒長空伺候左右，或許是因爲那一場重病使尹夕體質虛弱，生產後暈眩過去。醒來後，她才知其子雖然保住性命，但因爲受母體曾患重病的影響，經脈淤塞，氣血不暢，歌舒長空全力救治保其性命，並冒險爲其子以刀術正其經脈，雖暫時無恙，但卻不知以後會有如何情形。同時，因爲尹縞年幼，恐他會被尹歡身上傷口血污所驚駭，故歌舒長空在這段期間已將他送往別處托人照應。

尹夕見尚在襁褓中的稚子吹彈可破的右臂果然已包紮過，稚子已無力哭泣，臉色發青，奄奄一息。目睹此景，尹夕心如刀割，但她想到此事歌舒長空定是不得已而爲之，實是天意冷酷。

尹夕由於擔心稚子，加上體弱，產後時常暈厥，而小尹歡更是如風中之燭。出人意料的是，他們母子二人竟然雙雙活了下來。三個月後，歌舒長空自言要去將愛子尹縞接回，孰料他離開隱鳳谷後遲遲未回。又過了三個月，歌舒長空方才返回隱鳳谷，此時他不僅帶來了尹縞，而且與他同來的尚有兩個被他稱做「大俠」的中年男子，他告訴尹夕，此次返回隱鳳谷途中，多虧這兩位大俠相救，否則他只怕早已亡命山賊刀下。

兩位中年男子果然身懷武學，他們對隱鳳谷的景致大加稱讚，歌舒長空便盛請他們在此長住，聲稱既然他們本有意擇一名山奇水處傳幫立派，何不就選擇隱鳳谷？二人竟欣然答應下來。從此，前來投奔隱鳳谷的人絡繹不絕，短短數月已有數百人！

奇怪的是，雖然他們聲稱是仰慕被稱做「風大俠、扁大俠」的人而來，但最終卻是歌舒長空被他們共推爲隱鳳谷谷主，眾人對他皆唯命是從！

尹夕此時亦看出了事有蹊蹺，但她生性善良，毫無心機，無論如何也想不到從歌舒長空出現之日起，一切都是歌舒長空精心部署的結果。她所看到的，只是歌舒長空領著數百人將隱鳳谷經營得井井有條，一片欣欣向榮；所看到的只有歌舒長空對她及尹歡母子二人仍是一如既往地眷顧關護。她卻不知道在極短的時間內，隱鳳谷已在武界中名聲赫然，而歌舒長空在進入隱鳳谷之前，就已是名動一方的絕頂高手。

隱鳳谷已完全失去去了昔日的安寧，尹夕對這一切只感到無所適從，所以她除了照顧尹縞、尹歡之外，對其他的事極少過問。而事實上，她已很少有見到尹縞、尹歡的機會了，她雖然成了所謂的「谷主夫人」，但她所感受到的卻是極度的孤單。之後，尹夕忽聞歌舒長空身染重疾，需在地下

靜養，她急忙前去探望，但她這個「谷主大人」根本無法進入那宏偉而森嚴的石殿，更不用說見到歌舒長空了。

大半年後，尹夕產下一女，即尹恬兒，僅過了半年，就鬱鬱而終。至死，她都未能真正弄明白在隱鳳谷究竟發生了什麼。

這些事情，大多本已爲尹恬兒所知，但她卻不知道在這些事情的背後隱藏的真正事實，而這也正是尹縞留下的信箋中所要告訴她的。

直到閱畢信箋，尹恬兒才知道二哥尹歡的右臂自幼就有一道傷口，而這道傷口並非如父親所說的那樣，是爲了救尹歡而留下的！

尹縞在信箋中寫道：

「父親求武心切，以至於在得到『太隱笈』時，立知它爲千古奇書，立即匆忙習練，卻忽視了『太隱笈』末頁的警語，原來此秘笈竟是由傳說中的武界神祇所傳下的。傳說中，武界神祇有威仰、栗怒、招拒、光紀四帝，而這『太隱笈』正是由栗怒一支傳下的，唯有栗怒的子民——火鳳族的後人方能習練。除此之外，他人染指，十年之後必然爲此絕學中潛藏的無窮火勁所傷，精血竭枯，爆體而亡！要解除此厄難，唯有以極寒之物壓抑火勁，再等待龍鳳靈氣交彙之機，方可無恙！

待父親知悉這一點後，已悔之莫及，驚惶之下，父親想到了隱鳳谷。武界之中早有關於隱鳳谷的種種傳說，說此谷乃四大靈獸之一『鳳凰』最後一次在世間出現的地方，此谷隱有與鳳凰有關的玄機！武界中人為此獸，在相當長的一段時間裏，對此谷明察暗訪，卻一無所獲，漸漸地，世人對隱鳳谷便失去了興趣。而父親卻知道隱鳳谷是唯一可能拯救他的地方，於是他在隱鳳谷周圍悄然出沒數月，卻失望地發現居住於隱鳳谷的人與傳說中的火鳳族毫無相同之處，而父親本是將希望寄託於火鳳族血脈之人的身上！

父親絕望之時，那場可怕的瘟疫到來了。父親遠離隱鳳谷的人，加上已有極深的內力修為，竟未被瘟疫殃及。但隱鳳谷到後來只剩下三四十人，其中就有二弟尹歡的生父生母。

正當父親打算離開之時，忽然打探到尹歡的生父離崖在遺恨湖尋找到了一種如鳳羽狀、據說與鳳凰傳說息息相關的水草，父親便打消了立即離去的念頭。接下來的事，正如恬兒早已聽說的那樣，尹歡的生父尚未找到這種水中靈草，瘟疫就已奪去了除他與妳娘之外所有隱鳳谷人的生命。

事實上，妳娘所患的那一場重病就是染上了瘟疫，是尹歡的生父離崖將她救起，而離崖也的確找到了那種奇異的水草，但真正使妳娘化險為夷的，其實根本不是這種水草！尹歡生父離崖在遺恨湖中下潛時，一定曾遭遇過一件奇事，正是此事使他有了救自己妻子的能力。

而這件事，不知為何，他連結髮妻子也未曾向她透露，至於有沒有告訴我們的父親，卻不得而知。但有一點是無疑的，那就是即使離崖前輩未將真相告訴父親，父親也已察覺！正是因為這一

個秘密，導致了離崖前輩的死亡。離崖前輩也許根本不是被毒蛇噬咬而亡，他極可能是被父親所殺害！」

當尹恬兒閱至此處時，頓感全身一片冰涼，一股寒意刹那間湧遍了她的全身！她無論如何也無法將大哥尹縞所說的以及她所知道的往事，與她心中敬愛的父親歌舒長空聯繫在一起。

「尹歡出生後右臂多出的傷口，其實並不是他出生時便經脈岔道氣血不暢，父親不得已才爲他施以刀術而留下的。事實上，尹歡右臂的少陽經是被父親截斷取出，並轉接至我的右臂上，正因爲如此，尹歡自幼體貌舉止皆猶如女子！而父親此舉的目的，就是要犧牲尹歡來造就我。

父親認定離崖前輩在遺恨湖中的奇遇，對其遺腹之子的精骨天賦有莫大的影響，而這種影響使尹歡有與火鳳族相近的稟賦。父親嗜武如癡如狂，他自知與『太隱笈』極可能是無緣無分的，於是便將希望寄託於我身上，希望憑藉自尹歡軀體的少陽經，可以造就一個能與『太隱笈』共融的我……

父親爲達到這一目的，可謂不擇手段，對於與他毫無血脈淵源的尹歡的性命，他已毫不憐惜，只是他沒有料到，尹歡最終竟能倖存下來！父親自信他所做的一切都是極爲隱密的，尹歡不會知道真相，所以他便將尹歡撫養成人，但內心深處，父親對尹歡顯然是毫無親情，甚至有排斥之心。

父親進入隱鳳谷十年後——也就是在妳出生前一年，他便發覺『太隱笈』所說的隱患開始有發作的徵兆，父親不知用什麼手段，於是在隱鳳谷地下營建了一個極寒的地下殿堂，父親便棲身於地下冰殿中，而將隱鳳谷的事宜交與我。父親之所以讓我居於這戒備森嚴的石殿中，就是要我在這間地下室中秘密修煉『太隱笈』的驚世絕學，事實上，我的武功也的確進展神速。

若如此發展下去，也許我真的會如父親所願，成為武界至高無上者。那時，或許憑我的力量還可以解除父親的痛苦。妳出生之後不到一年，妳娘便去世了，從此妳對大哥我更為依戀。在妳十歲那年，我遇見了一個人，從此，我一下子墜入了痛苦的深淵中，此人就是我的親生母親！

原來，我的生母並未如父親所說的那樣早已病逝。我生母有著極為特殊的身分，這注定了她與父親聚少離多，在我隨父親到隱鳳谷之前就是如此。當時我年僅兩歲，故對生母的印象十分模糊，以至於與你們一樣，相信了父親所說的我生母已病故的說法。與生母離奇相遇之後，我才得知一些原先不知的真相，才知道我與父親在隱鳳谷中其實是極不光彩的角色，是隱鳳谷的罪人。

此後的日子，為兄我是度日如年，寢食難安，想到父親對妳娘、對離崖前輩、對尹歡所犯下的罪孽，想到在我的身體之中所隱藏的秘密，我便極為愧疚。既然我已無法改變這一事實，那麼，我只有以結束自己性命的方式，來結束這一場噩夢。只要我一死，尹歡就成了隱鳳谷唯一的傳人，那時父親就別無選擇，即使尹歡與父親無血脈關係，父親也唯有全力扶持他了。這樣一來，我多少可為父親贖回一些罪過。

寫下此信之時，大哥我心中矛盾萬分，生是錯，死亦是錯，將此真相告訴妳是錯，不告訴妳又何嘗不是錯？若無父親之過，妳、我、尹歡三人本當若同胞手足，但如今只能祈盼來生，珍重、珍重……」

結尾處，尹縞的筆跡已顯潦草零亂，顯然是因爲他的心情複雜所致。

信中雖未說明，但尹縞是自盡而亡已是可想而知，隱鳳谷所屬以爲他身患奇症，卻不知尹縞真正的癥結是在其心而不在其身。

尹恬兒想到自己與大哥之間的點點滴滴，想到大哥所承受的負罪感，以及有關父親歌舒長空的諸多內幕，她只覺悲、恨、痛、怨齊糾心間，百感交集，渾身無不戰慄如風中枯葉。

大哥尹縞爲人耿直善良，又是身爲人子，他所說的有關父親的一切，決不會是無中生有。但大哥遇見他的親生母親時，其母究竟告訴了他一些什麼？使大哥知道這驚人的一切後，更對此深信不疑？離崖前輩在遺恨湖中又曾有過怎樣的離奇遭遇？他真的是被父親所殺嗎？

諸多疑問浮上尹恬兒的心間，千頭萬緒難以理清。尹恬兒無助地倚於地下室牆角處，只感到全身若虛脫般無力，牆體涼意如水，悄然侵蝕著她的肌膚，卻毫無感覺。

「啪……」似是水滴滴落的聲音，尹恬兒微微一怔。緊接著，她感到頸部一涼，有一滴水滴落在她的頸上，尹恬兒下意識地伸手一摸，很黏稠！還有一絲淡淡的血腥之氣，是血！

尹恬兒一驚，在這鮮有人踏足的房內，怎會有鮮血滲入？上面究竟發生了什麼事？

尹恬兒從錯綜複雜的往事中清醒過來，想到驚怖流，想到自己進入地下室的那一刻聽到的轟然倒塌聲，她頓時警惕之心大起。

尹縞生前居住的屋中屍首狼藉，微甜的血腥之氣充斥了整個空間。

哀邪以複雜的目光看了看青衣。青衣的出手比往日更爲快捷、有效，他總是能在每一次出手之際，都予人以「士別三日，當刮目相看」的感覺。今日的青衣，決不同於昨日的青衣，這正是哀邪最欣賞他的地方，同時，這也是哀邪最忌憚的。他不知道青衣會在何時突然有超越他的力量，儘管無論是「紅顏」還是青衣，都對他忠心不二，但哀邪仍有些莫名擔憂。

當然，此刻哀邪的神色間決不會流露出這種擔憂，他道：「這幾人死在這兒，那此處則不宜久留，你先行離開，將欲到這邊來的人引向他處。」

青衣卻以手指向地面，「門主，你看。」

哀邪懷滿狐疑地循著青衣所指的方向望去，只見青衣所指的赫然是積於牆角處的一灘鮮血，是眾死者身上流出匯於一處而形成的，尚未淤結。

只聽得青衣冷靜地道：「那兒地勢低窪，鮮血皆流向那邊，但那一灘鮮血增多的速度卻極爲緩慢，這說明此屋下面極可能有地下室！」

哀邪目光一閃，略作沉思後，「在這石殿下方就有一條地下通道，鮮血下滲也許與此有關。何況即使真有地下室，也難以成爲我的隱身之地，因爲此處有地下室對隱鳳谷的人來說並不是什麼秘密。」

「既然如此，屬下先行一步，門主保重。」青衣頷首施禮後，悄然閃了出去。

「小野西樓」此名對尹歡、石敢當等人來說，都是從未聽聞的。石敢當追問一句：「閣下與千異有何淵源？」

小野西樓道：「千異王爺曾是天照刀的主人，小野西樓則是天照刀今日的主人。」

這一番話對石敢當的問題似答非答，顯示了小野西樓的智謀。

石敢當索性再追問道：「妳所謂的『踏破鐵鞋無覓處』，所覓又是何物？」

小野西樓直言不諱地道：「『長相思』！其實，千異王爺四年前踏足樂土，一則是爲了挑戰樂土武界，同時也是爲了引出『長相思』及擁有『長相思』的人。千異王爺四年前的心願，小野西樓今日可代他實現！」

尹歡目光寒冽地迎著小野西樓，沉聲道：「看來妳對樂土的事情瞭解頗多，只是『長相思』與我已融作一體，恐怕妳會一無所獲地退回千島盟！」

小野西樓緩緩搖頭，以極爲自信的語氣道：「樂土除了被視作武界第一人的『不二法門』元尊之外，沒有人能阻擋我做任何事，『長相思』我勢在必得！」

尹歡沉默無言，面對水火不能共容之局勢，言語毫無意義。

遺恨湖岌岌可危的形勢，使更多的隱鳳谷弟子被吸引過來。小野西樓的目光掃視四周後，一聲清嘯，橫刀遙遙拍向尹歡。

尹歡的衣袂被刀氣激得飄飛狂舞，而他的身軀卻如泰山般穩穩逆風屹立！在這一刻，他人從尹歡身上再也感受不到如女子般柔和的一面，而會猛然間意識到他是勢壓一方的隱鳳谷主！

強橫刀氣直迫而至，尹歡身下的遺恨湖激得形成一個方圓數丈的巨大凹陷，他清冷的目光倏然暴現驚人光芒，大喝一聲，右臂倏揚，如逆流而上，迎著重重刀氣，迎著天照刀絕世鋒銳！

「噹……」驚天動地的激響，在天照刀與尹歡右臂相交的那一剎那間響起！

在天照刀斬金斷鐵無與倫比的鋒銳下，尹歡的右臂竟完好無損，硬生生接下了小野西樓勢在必得的一擊！如此詭異之事使小野西樓爲之一怔，而此時，尹歡左肘已借機閃電般疾撞向她的肋部。

小野西樓凝於刀身的力道由劈變壓，借著此力，她凌空倒飄而出，險險避過了尹歡的肘擊。

小野西樓鬥志反而空前激揚，自她踏足樂土以來，尚無人能將她逼退一步！天照刀在虛空中劃

出一道完美無缺的光弧，自不可思議的角度暴進！揮刀一斬，已有氣吞日月之勢。

天照刀與虛空之氣摩擦所產生的側壓力，使天照刀在長驅直入的同時，衍生出無數微小難辨、錯綜複雜的變化，而這一切難以捉摸的變化，卻又完全在小野西樓的運籌掌握之中，並最終形成絕對可怕的一擊！

目睹此情形，觀者無不聳然動容，爲之色變。

尹歡卻有著出乎眾人意料的頑強不屈的意志，面對如此驚世駭俗的刀法，他竟無絲毫退縮之意，而是毫不猶豫地當頭迎上。

在小野西樓滅天絕地般的刀勢下，對手所擁有的空間無疑已極小。而尹歡的右臂則在這極小範圍內飄掠閃掣，在間不容髮的瞬息間，與天照刀已攻擋了無數次。

密如驟雨般的撞擊聲中，尹歡右臂在無比強大的殺機牽引下，迸發出更爲奪目的豪光。此刻，他的右臂儼然已是一件真正意義上的奇兵！

唯有尹歡自己知道，這件「奇兵」的造就，他忍受了多少艱辛，多少屈辱與苦難，萬般屈辱此時化爲無情怒焰的迸發！尹歡出擊一招比一招凌厲狂儔，與其說他是要予小野西樓以最可怕的回擊，倒不如說他是在向殘酷不公的命運施以最強的反擊。

小野西樓感受到了尹歡狠辣攻勢中所蘊涵的沖天怨恨之氣與讓人心寒的殺機，縱然她有絕對的自負，亦感到心中凜然。

一陣密集得令人心驚肉跳的劇烈金鐵交鳴聲後，小野西樓好不容易才擺脫尹歡絲絲入扣的貼身攻勢，反震之力使雙方驟然分開。小野西樓自忖近身搏殺的身手絕對不俗，正因爲如此，她才可在戰傳說甫一近身之際，立即以迅雷不及掩耳之勢將之挾制並最終予他以致命一擊。但尹歡的近身搏殺能力竟還在她之上，這與其右臂既有臂膀的靈活，又有兵刃的殺機不無關係。

小野西樓身形甫退，已返手一刀斜斜斬出！刀法化繁趨簡，每一招每一式都盡可能地直接、辛辣。

僅僅是斜斬一刀，對剛剛掩殺至小野西樓身後的一名隱鳳谷弟子來說，卻已構成了致命的威脅！大驚之下，他下意識地將手中短槍橫封，同時屈身倒滾而出。

「噹……」一聲金鐵交鳴聲響起，天照刀挾小野西樓所向披靡的刀勢，刀身一傾，其刀背重擊於長槍上，一股驚人的力道立時由槍身傳至雙臂，此人雙臂骨骼立時被生生震碎。

痛呼未起，天照刀已如行雲流水般順勢一抹，輕輕吻過了她的頷下，呼聲立時被冰涼的刀鋒封於喉底。而小野西樓已借著天照刀與長槍撞擊之力沖天而起。天照刀化縱爲橫，捲起一團炫目得有些詭異神秘的銀色光芒，奪人心魄的光弧以居高臨下之勢，徑直斬向尹歡的腰間。

小野西樓既知對方長於近身搏殺，刀勢即取大開大合之勢，刀芒縱橫之間，寒意森然，涵括了

驚人的空間，尹歡的身軀完全被吞沒其中。

尹歡頓覺自身如處於刀氣漩渦之中，凌厲刀氣無孔不入，予他心神以極大的壓力。這極大的壓力非但沒有摧垮尹歡的意志，反而使尹歡積蘊了多年如山如海的怒氣全面爆發！

尹歡清秀的五官在這一刻扭曲不堪，近乎猙獰！一聲厲嘯，聲動山嶽，他已如旋風般疾射而出，右臂挾其極限修爲與無邊怒焰，以一往無回的氣勢，傾灑揮擊！

第四章　玄開天幕

小野西樓手中的天照刀頓起變化，倏然顫鳴聲，刀身以瞬息千里之速進退吞吐，觀者僅能看到一團銀白色的光芒席捲著一片火紅色，如裂帛般的破空之聲激蕩著每個人的心靈。

空前強大的氣機終於超越了兩人身下水舍的承受力，驀然爆成無數碎片。一聲撕雲裂帛般的厲呼聲中，尹歡鮮血狂噴，仰首跌飛而出；與此同時，一道奪目光芒自他的掌心處疾射而出！

是「長相思」！

但「長相思」所取方向竟不是小野西樓，而是遺恨湖湖心處！小野西樓對「長相思」勢在必得，一驚之下，立時捨棄尹歡，身形如流星般劃空而過，向「長相思」全速追去。

其速之快，駭人聽聞，小野西樓已將自身修為全力催至巔峰境界，如鷹隼般標射出十數丈之外後，腳尖向下疾踏，水花四射，而她的身軀已借著這一踏之力，再度急速飄掠，身法從容灑脫，讓

人嘆為觀止。

小野西樓的絕世身法震撼了眾人，誰都相信她能在「長相思」落入水中之前趕至，所幸尹歡可借此得以喘息之機。

其實眾人並無人真正瞭解尹歡的心思，尹歡與小野西樓悍然強拚之下，雖然他的右臂依舊完好無損，但兩人身形甫分之時，早已潛隱在尹歡右臂中的天照刀刃勁這才全面迸發，在這強大得無以復加的刀勁牽引下，本是與尹歡的軀體融為一體的「長相思」突然變得充滿了與尹歡完全違逆的力量，不可駕馭。

尹歡只覺右臂如刀刃加身，奇痛徹骨！更重要的是，「長相思」再也沒有與他心靈共通的感覺——「長相思」赫然成了他軀體外的異體！

尹歡心知若不當機立斷，結局將不堪設想，他自忖一生之中，唯有「長相思」才與他真正同呼吸、共命運，他視「長相思」如親人，如朋友，沒想到最終「長相思」仍是背叛了他！

驚恨交集之下，尹歡唯有放棄了「長相思」，但他雖已無法駕馭「長相思」，卻亦不願讓別人得到，所以在最後關頭將「長相思」擲出。他感到遺憾的是，他已無力將不能為他所擁有的「長相思」親手毀去，至於他自己的性命卻並不被他十分重視。

小野西樓亦自認為可以得到「長相思」。但很快她突然發現，雖然她的身法已快不可言，但她與「長相思」之間的距離非但沒有縮短，反而在不斷地加大。

這一點，旁觀者或許難以察覺，但小野西樓卻清晰無比地察覺到了。

她自忖自己的身法並未減緩，按理與「長相思」的距離應不斷縮減才對。之所以兩者距離拉大，只能說明「長相思」飛射而出的速度非但不是在遞減，而是在不斷地加快。

顯然，這決不符合常規。

莫非，除尹歡的一擲之力外，還另有一股力量在牽引著「長相思」？

小野西樓心中剛閃過此念時，「長相思」已「嘩……」地一聲深深沒入湖水中。

小野西樓暗自喟嘆一聲，身形一偏，整個身軀幾乎與湖面平行，甚至有少許水花濺到了她的身上，帶給她絲絲涼意。就在那一剎那間，天照刀以一個幾乎與湖面相平的角度橫掃而出，借著刀身與湖水間的平推之力，小野西樓的身形如輕羽般盤旋而升起數丈高。

此時，她為了追逐「長相思」，已與最近的可落腳處也相距六七丈遠。

尹歡立時察覺到這是可以狙擊小野西樓的絕好機會，但他已有些力不從心，而他的屬下亦是難以成功。眼看著最後一線希望即將落空，剛剛墜落水舍上被部屬扶起的尹歡極為沮喪，他知道一旦小野西樓安然踏足穩妥之時，那麼隱鳳谷就回天乏力了。

幾名隱鳳谷弟子亦意識到了這一點，不約而同地有所舉措，他們或以暗器或以兵器，自小野西

樓最有可能落腳的地方射去。

石敢當更是拚盡最後的功力，疾步搶前，率先搶在小野西樓可能落足的地方，準備在她立足未穩之際予以重擊。

以石敢當宗師級的身分，實是不宜有如此舉措，但想到小野西樓來自東瀛島國，又以四年前曾爲樂土帶來軒然大波的天照刀爲兵器，他感到今日一戰也許將關係樂土武界的大局，故不再顧忌身分。

小野西樓一聲冷笑，伸手摘下頭上的幔笠一揚，幔笠疾射出去，同時，整個身形如影隨形般隨之而出，在幔笠力道將竭開始下落時，她的右足一探，正好踏於幔笠之上，身形再度沖天而起。

此時，她與石敢當及其他幾名隱鳳谷弟子相距已不過丈許，幾枚暗器及飛擲而來的一刀一槍立時落空。此刻，誰都明白最後一個可以利用的機會也因爲對方暗施手段而化爲烏有。

一道奪目光弧驀然在眾人上方的夜空中劃過，刀氣如虹疾貫而出，刀光過處，又有幾人如朽木般倒下。

石敢當的胸口亦添了一道足有半尺長的血口子，他手捂傷口，想要支撐著，卻覺眼前一黑，腦中一片空白，重重地向前撲倒過去。

左近僥倖未死的隱鳳谷弟子及尹歡終於目睹了小野西樓的廬山真面目！在幽幽月色下，一張有著令人魂牽夢縈、絕世之姿的清麗玉容出現在眾人的眼前。

遺恨湖有那麼極短的一瞬忽然變得無比靜謐，所有雜亂的聲音忽然一下子退去了，只剩下輕輕的水浪聲。

恍惚間，眾人幾乎忘記了此刻是在做生死搏殺的緊要關頭，忘記了眼前的絕色女子是挫敗他們的人。雖然眾人早已猜測到幔笠下必然有一張不俗的容顏，但當他們親眼目睹她美至近乎毫無瑕疵的俏臉時，仍不由有愕然失足之感。

而最讓眾人心神劇震的是她眉心處的紅色印記，竟是如鳳羽狀，這非但未成爲她臉上的缺憾，反而使她更顯高貴與光彩照人，充滿了足以讓人心生頂禮膜拜的誘人力量。

剎那間，無數關於鳳凰美麗而神秘的傳說一下子浮現於眾人的腦海中，在朦朧的月色下，她的目光滿是自負，儼然就是傳說中最自負、最執著、最美麗的精靈——鳳凰！

對於生活在隱鳳谷中的人而言，有關鳳凰的種種傳說他們自然是聽得最多的，鳳凰的傳說對他們的影響也是最大的。

尹歡怔怔地立著，心神茫然間，他已忘記、忽視了自身的傷痛。忽地，他聽得身後傳來「撲通……」一聲響，尹歡猛地清醒過來，回首一看，只見一名隱鳳谷弟子竟迎著小野西樓恭然跪下，一臉仰慕之色。

尹歡又驚又怒，心中殺機頓起。

就在此時，只聽得小野西樓冷冷地道：「你們已沒有反抗我的能力，由此時起，我已是隱鳳谷的主人，妄圖反抗者，唯有一死！」

在她四周，皆是隱鳳谷的人，隱鳳谷雖然傷亡慘重，但尚有百餘人有完整的戰鬥力，可此刻充滿勝者霸氣的竟是小野西樓！

眾人心中莫名的茫然頓時消失了，小野西樓的話使他們一下子清醒過來，他們與這美至極致的女子之間，除了仇恨，再也沒有可以容納別的東西的空間！

遺恨湖湖面上動盪不安，湖底深處卻一片寧靜，在遺恨湖最深處，戰傳說面部向下，一動不動地靜靜臥著，如同湖底一塊已亙古千年的石頭。

他的身上，是平展如鏡的岩石，岩石表面光滑平整得不可思議，血從嘴裏緩慢而不停歇地流出，受小野西樓全力一擊，他的五臟六腑幾乎完全破碎。

鮮血從他口中溢出後，竟未被湖水沖散開來，而是緊緊地依附於他身下的平滑的岩面上，並沿著岩面如網狀地擴散開來。在這陰暗無聲的世界裏，沒有人能看到這奇異的一幕，即使目睹了這一幕，亦不會有人知道這一切，又預示著什麼。

整個隱鳳谷已在小野西樓的掌握之下。

即使有人猶有反抗的勇氣，亦難有作爲了，因爲尹歡、石敢當的性命皆已握在小野西樓的手中；當天照刀掠過守於尹歡身側幾名隱鳳谷弟子的胸膛後，冷冷地架於尹歡的頸部時，隱鳳谷屬眾的抵抗之心，終徹底打消。

尹歡未再做反抗，儘管被異服女子操縱是一種屈辱，但他卻是一個早已習慣了在屈辱中求生存的人。從他知道自己因右臂缺少少陽經，而難有男人的偉岸乃至其他更重要的東西的那一刻起，他就一直生活在壓抑著仇恨與屈辱之中，只是最初他所能仇恨的只有命運，直到有一天，尹縞將可怕的真相告訴他之後，他的仇恨便轉移到了歌舒長空身上。

甚至，他對尹縞也充滿了莫名的恨意！他恨尹縞充滿力量感的偉岸身軀，恨尹縞的寬宏豪邁，他感到正是因爲有尹縞的存在，才使得自己失去本該爲他所擁有的東西，他認定尹縞把真相告訴他是一種挑釁，直到尹縞死後，尹歡對尹縞的仇恨方才略減。

其時，隱鳳谷的大權理所當然地落在了他的身上，對於處於地下冰殿中的歌舒長空，他自信可以有至少十種以上的方式取其性命，爲自己的親生父母報仇，但他卻一直沒有出手；這並不是因爲他對尹縞所說的事實尚有懷疑之處，而是因爲他不願讓歌舒長空那麼輕易地死去。

既然歌舒長空在進入地下冰殿時曾說過，只有等到二十年後他才有脫身而出的機會，尹歡便要他在死亡前再經歷二十年不見天日的痛苦，並在歌舒長空好不容易等到可以破冰而出重見天日時，再終結其性命。

無論如何殘酷地對待歌舒長空，尹歡都覺得決不爲過。

只是，雖然尹縞已死，歌舒長空又困於地下冰殿，但尹歡卻並非毫無忌憚，他所忌憚的就是石敢當，他不知石敢當與歌舒長空之間究竟有什麼誓約，只知道有石敢當要保隱鳳谷二十年平安這一句話，就足夠讓他不得不謹慎從事了。

爲了迷惑石敢當，尹歡始終以奢靡且不思進取的一面示人，使隱鳳谷所有人都認定他是個荒淫無能的谷主。與此同時，尹歡又暗中苦練武學，也許當年歌舒長空是爲掩人耳目，抑或認定尹歡因周身經絡中缺少「少陽經」而絕難成氣候，所以他在傳授武學時，對親生長子尹縞與對尹歡並無區別。

而尹歡因爲自幼便膚白貌俊，幾近女子，他深以爲恥，故在尚未由尹縞口中得知真相前，他在習練武學時，就顯得格外刻苦執著。年幼的他在心中暗下決心，要以超然的武學修爲使世人不敢對他起絲毫小覷之心。

尹歡被小野西樓挾制時神色的從容，使其部屬不知是應爲谷主的無畏而欣喜，還是應爲谷主的平靜而羞愧。

小野西樓無意理會眾人的複雜心理，她讓隱鳳谷立即放出斷紅顏。斷紅顏得以自由後，即奉小野西樓命令向其他驚怖流屬眾傳訊。早已在隱鳳谷三里之外隨時準備接應的百名驚怖流屬眾，立時在第一時間趕到隱鳳谷，將隱鳳谷牢牢控制了。

除了由青衣易容而成的雕漆詠題外，其餘的隱鳳谷中人被迫服下可使人功力渙散無法反抗的藥物，連尹歡與石敢當也不例外。十二鐵衛中排名第十的哲文及另一名隱鳳谷弟子不肯相從，立時被驚怖流的人圍殺，身中無數刀劍而亡。

青衣未得到哀邪號令，並未顯露真實的身分，他與其他隱鳳谷弟子一樣，倒負雙手，齊刷刷地跪伏於遺恨湖畔的一片空地上，四周是披堅持銳、一臉肅殺的驚怖流弟子。

原先隱伏於隱鳳谷三里之外的驚怖流人馬除了可接應進入隱鳳谷的人外，還有一種意圖，就是切斷隱鳳谷可以與外界相聯繫的唯一通道。加上雕漆詠題已死，他的灰鷹已為青衣所用，這樣一來，隱鳳谷即使發生了驚天動地的事，外界也無法得知了。

驚怖流之所以做如此安排，當然是因為他們不欲太早讓人知道驚怖流已捲土重現。

哀邪與小野西樓在臨時搭建的高臺上並排而坐。在他們眼前，便是屏息凝氣跪伏著的隱鳳谷一百餘人，而這一百多名隱鳳谷弟子的身後，即是遺恨湖。隱鳳谷此時雖已竭盡全力，但因實力有限，以潰敗告終。

出人意料的是，當驚怖流屬眾喝令石敢當跪下時，小野西樓忽然微揚玉手，道了一聲：「不可！」便將那人制止了。

小野西樓站起身來下了高臺，行至石敢當面前，竟出人意料地向石敢當施了一禮，「石宗主身爲樂土玄流道宗宗主，竟能爲了一言之諾甘願隱姓埋名，我十分欽佩。聽說石宗主曾答應保隱鳳谷二十年平安，爲此事亦盡了全力，但今日隱鳳谷將不復存在，其諾言不復有兌現的可能，石宗主不必再拘泥於些許小節。只要願意，我可讓你即刻安然離去！」

無論是哀邪，驚怖流屬眾，還是隱鳳谷的人，都不由爲之大感意外。

石敢當白鬚白髮皆被鮮血沾染，神容更顯枯瘦蒼老，但他看似平和的目光中卻有著不可思議的從容凜然。因爲服下了可渙散功力的藥丸，他已無法憑內力與巨大的傷痛相抗衡，剛欲開口，便一陣劇烈的咳嗽，臉色頓時變得一片灰白。

喘息稍定，石敢當呵呵一笑，低緩地道：「二十年來，連老朽自己也說服不了自己放棄諾言，何況他人？」

小野西樓一震，若有所思地望著石敢當，沉默了片刻，緩緩背轉過身去。

這時，一名驚怖流部屬大聲道：「隱鳳谷尚有歌舒長空與其女不見蹤影，請聖座、門主示下！」

哀邪的身軀幾乎完全埋入了巨大的交椅中，他輕輕地擺了擺手，雙目微合著道：「紅顏領十人繼續在谷中尋找歌舒長空的女兒，至於歌舒長空本人，多半有死無生。」看來他對邪道武學「三皇咒」極有信心，不過他自己的傷勢也著實不輕，僅是說出這一番話也頗爲吃力。

頓了頓，哀邪接著道：「鳳凰重現的吉時將至，主公對此事極爲關注，爲求萬無一失，主公已暗中傳來一道密令，我等自當遵令而行。」

言罷，他自懷中取出一份手簡，徐徐展開，沉聲念道：「擊敗隱鳳谷後，即刻將隱鳳谷所屬人馬一併誅殺，不可延誤！」

他的聲音輕緩，但在隱鳳谷眾弟子聽來卻不啻一記驚雷，立時有人懊惱不該束手就擒，早知無論如何難免一死，不如與他們拚個玉石俱焚。剎那間，眾人既怒且悔，暗自咬牙切齒，卻又徒呼奈何。

小野西樓亦頗感意外，她立即道：「他們已是囊中之物，根本不足爲慮。」

哀邪乾笑一聲，「此令主公親手所書，聖座與我只需依令而行即可。」右手輕揚，一道手諭向小野西樓飄然而至，不疾不徐。

小野西樓伸手接住，只看了一眼，便知道哀邪所言沒錯，一時無語。

哀邪略略欠了欠身，右掌如刀平平推出，臉色森冷而毫無表情。

「鏘……」森寒刀劍不分先後地脫鞘而出，向跪伏於地、已失去反抗能力的隱鳳谷弟子捲去，猶如平地席捲而起的一股死亡之風。

寒刃如霜，在夜色下閃耀出淒迷的光弧，光弧所及之處，一道道血箭標射而出。眨眼間，已有三十餘名隱鳳谷弟子如朽木般悄無聲息地向前倒去，就地斃命。

無聲的屠殺更顯驚心動魄，極爲有限的幾聲短促的呼聲與漫天血腥之氣混作一團，而使氣氛顯得凝重沉悶。

驚怖流本就是一個血腥的名字，隱匿數十年後甫出江湖，便已顯露出它絲毫未減的嗜殺無情。每個人的殺人手法都是那麼嫻熟而簡練，對哀邪的一個手勢一個眼神，驚怖流中的人皆能心領神會，並在第一時間付諸行動。

突如其來的滅頂之災使隱鳳谷中人皆駭然失色，不知所措。

天地間只剩下利刃破空之聲，以及在人的血肉之軀中進退摩擦的「嘶嘶……」聲，那是來自於地獄中的聲音。

石敢當萬萬沒有料到驚怖流在完全掌握了主動後，竟然仍會有如此瘋狂的舉措，眼見一個個隱鳳谷弟子在毫無反抗的情況下就已斃命當場，只覺一股熱血疾沖腦門，腦中「嗡……」的一聲，鬚髮皆張，但全身功力根本無法提聚，急怒交加之下，氣急攻心，內傷全面迸發，立時暈死過去。

尹歡臉色蒼白得可怕，彷彿他周身的血液突然間完全流失。此刻，他與其他惶然四向奔逃的隱鳳谷弟子不同，他依舊如雕塑般跪伏於地，一動不動，而眼中卻有著讓人爲之心寒無限的仇恨，怨毒如蛇！

但此時此刻，即使尹歡再有心計，也是問天無力了。

周圍的屬下接連倒下，鮮血不時噴濺於尹歡的臉上、身上，而他對此似已完全麻木不覺。夜空中，烏雲聚散分合，月色因此明暗不定，照得尹歡的面目斑駁變幻。

小野西樓沉默著，但她的眼神顯示出其內心決不平靜。

哀邪靜靜地坐在寬大的椅子上。

眼前這慘絕人寰的一幕使曾在冰殿中遭受挫折的哀邪身心鬆弛下來，甚至連所受的內傷之痛也緩痛了不少。他在心中道：「這才是我哀邪應當所處的美妙狀態——隨心所欲地左右著他人的生死！」

他的目光幾乎是帶著欣賞的意味，看著眼前的一幕，猶如男人在欣賞著美酒與麗人。

哀邪當然已察覺到小野西樓異常的神情，甚至也猜測到了對方心中的念頭，但他並不太在意。

既然這一切是主公的安排，那麼，小野西樓就決不會違逆，也不敢違逆，無論是哀邪還是小野西樓，在他們眼中，「主公」就如同神靈一般，神的意志是決不可違抗的！

極度的空靈。無限的輕盈。

這是戰傳說在冥冥中的感覺，這種感覺使他相信自己一定已死了，唯有在另一個世界裏，才會感到生命如此空靈與輕盈，就如同兒時夢見自己行走於雲端時一般。

「我，真的死了嗎？」這個念頭本身也顯得那麼模糊不定，戰傳說決定用肉身的感覺來判斷，但他很快發現，他已無法意識到自己軀體的存在了。既然無法感覺到軀體的存在，自然也無法讓也許根本不存在的軀體做出任何舉動。

「威郎……威郎……」一個仙樂般溫柔優美的女性聲音忽然在天地間響起。不，也許並非是在天地間響起，而只是迴響於戰傳說縹緲的思緒中，因爲這聲音是那麼的輕柔，猶如耳語。

「威郎是誰？呼喚他的女子又是誰？記得我是被人擊傷後墜入湖中的，若還活著，在湖中又怎麼會有他人的聲音？也許，果真是在另一個世界了！」

戰傳說雖不畏死，但他的心中仍是不由升起了惆悵的感覺。

「威郎，你爲何不應聲？啊，你受傷了？是光紀使你受傷的嗎？」戰傳說靜靜地聽著，那柔美的聲音有著無比動人的魅力，使人如聞天籟，陶醉其間。

戰傳說聽著這令人心曠神怡的聲音，已懶得再去思忖自己究竟是生是死，他心道：「這威郎究竟是何方高人？……或是……神仙，才能得她這般關切。而那被稱做『光紀』的，又是什麼人？」

正自思忖間，忽然他突覺有一隻溫暖柔滑的手輕輕地撫在他的臉上，一股異樣之情剎那間流遍了戰傳說的全身，他暗自「啊」了一聲，頓時有一種被人從夢中驚醒過來的感覺，一下子睜開了雙眼。

當他睜開眼後，立時被自己的處境驚呆了，顯然，他仍在湖水中，湖水靜靜地擁簇著他的每一寸肌膚，他的雙眼亦與清涼的湖水親密無間地相觸。奇怪的是，在湖水中，他並未感覺到無法呼吸，甚至他根本就沒有意識到自己是一個需要呼吸才能生存的人。

在清冽的水中，戰傳說竟沒有絲毫的不適應，與置身於空氣中似乎毫無區別。而這並不是最讓他吃驚的！讓戰傳說最為吃驚的是：映入他眼簾的赫然是一片幽幽的藍色，晶瑩而不炫目的藍色，如同一塊巨大的藍色玉石，而他正伏身向下，靜靜地臥於這藍色的「玉石」上，「玉石」平整之極，像是經過了精心的打磨一般。

但這決不會真的是玉石，因為戰傳說同時還看到絲絲縷縷如網狀的紅色線條正在向這片藍色中不斷滲透，紅藍相映，格外醒目。

戰傳說忽然意識到那呈網狀向藍色中滲透的，是他的鮮血！而血液又怎能透入玉石之中？

這一情景，戰傳說看得真真切切，那幽幽藍色竟隨著戰傳說的血液的滲入，而不斷地變淡。

戰傳說有意要伸手去觸摸身下的這片奇妙的藍色之物，但他驚訝地發現，這僅僅只能停留於一個念頭而已，他的身軀似乎仍不復存在，無法完成任何動作。

此時，他對外界的感知，只有依賴於他的視覺與聽覺，而他所能感知的一切，都那麼詭異而不真實。

就在戰傳說感到真幻莫辨的時候，在逐漸淡化的藍色深處，突然顯現出一個年輕女子的形體，雖只能瞧見其模糊輪廓，卻自有驚魂攝魄的美感，僅僅是若顯若隱的光與影，就充滿了奪天地造化的無窮魅力。

戰傳說游移飄忽的心緒忽然一下子變得無比寧靜，原有的疑惑煙消雲散了。他相信自己的確已不在人世間，因爲人世間決不會有如此完美無缺的美麗。

藍色越來越淡，到後來，戰傳說就如同置身於一團沒有實體的藍色光暈上，與此同時，那女子的輪廓卻越來越清晰。

戰傳說惑然忖道：「方才觸我臉上肌膚者又是誰？難道會是我身下的女子？可她與我之間分明隔著異物。」

胡思亂想之際，那女子的容貌越來越清晰，戰傳說看到了一雙亮如明月星辰的美眸。此刻，那美眸中隱有晶瑩淚光，更顯動人之極，正脈脈凝視著他，似有無限情意盡在凝眸之中，似喜似嗔。戰傳說頓時癡了，零亂的思緒片刻間消失得無影無蹤。

這時，與戰傳說相距只隔著一片淡淡幽藍色相對而視的絕世麗人的嘴角處，忽然有淺淺笑意蕩漾開來，隨即她輕抬雙臂，玉臂輕舒，狀如要以雙手撫摸戰傳說的臉頰。

戰傳說呆若木雞，不知回避，亦無回避之力。何況他與她之間終究還隔著異物。

果然，她的雙掌在離戰傳說尚有一尺之距時，就被那淡藍色的神秘之物擋住了。

但就在那一瞬間，戰傳說臉上竟再度有被輕柔撫過的感覺。他駭然變色，幾至失聲驚呼！被溫柔撫摸的感覺，竟真的來自這極為神秘的女子。但她的雙手分明沒有觸到戰傳說的肌膚！

戰傳說覺得自己的思維變得極為遲鈍。

那美豔絕倫的女子亦有了驚愕不解之色，動人的淺淺笑意消失了。

戰傳說清晰無比地聽著那柔美的聲音傳入他的耳中：「威郎，你怎麼了？是我弄痛了你的傷口了嗎？」語氣自責而不安，與此時那美麗女子的神情正好完全相符。

「我聽到的聲音果然是她發出的，而她所呼喚的威郎居然是我！若說一個人被擊成重傷墜入水中後，在水中還會有人將他認作是他人，這未免太匪夷所思，但這匪夷所思的事卻偏偏被我遇上

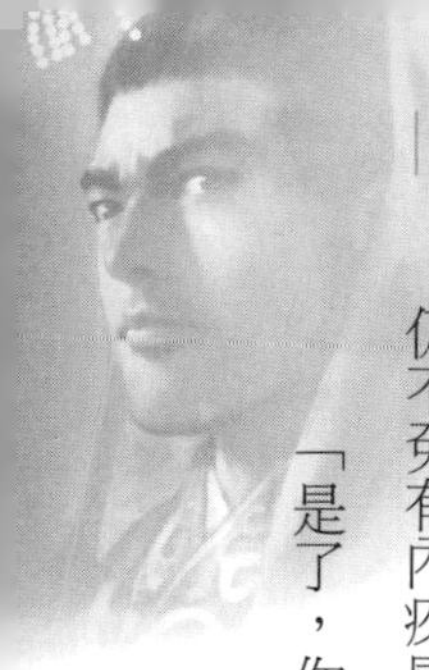

了。」

「哧……」一聲異響打斷了戰傳說的念頭，但見一物以奇快之速破水而至，帶起一串如銀鏈般長長的水花泡沫，最後落在戰傳說身邊，與他的身軀相距不過二尺來遠。

戰傳說一驚，憑視線的餘光，他看到此物遍體泛散著奪目的血紅色，與他身下的幽藍色交相輝映，更爲醒目，其形狀難以窺清。

忽聞那美貌的女子驚呼道：「是父王的神器！快，威郎，這是千載難逢的機會，用它劈開困住我的『天幕棺』，你我便可重聚了！」

她的語氣中既有驚喜，亦有焦急，讓人難以拒絕。戰傳說難以明白其中曲折，但既然她向他求救，他自不會拒絕。

但他根本無法做出任何動作，包括去取被她稱做是「父王的神器」之物。

「威郎，此神物在此，我父王必在附近，不能再耽誤時間了，難道你不想與爻意團聚嗎？威郎……」

戰傳說無法再正視那雙充滿了期盼的目光，雖然他知道自己並非是真正的「威郎」，但心中竟仍不免有內疚感。

「是了，你一定是受傷太重，讓爻意助你一臂之力！」

「爻意？好奇怪的名字。」戰傳說不由忖道，忍不住將目光再度投向那自稱是「爻意」的女子，不知她會如何助自己一臂之力。

但見她右掌輕揚，一圈一送，戰傳說赫然發現本是如網狀向幽藍色深處不斷滲透的血液，突然不可思議地開始向上退縮，如同正在迅速乾涸的河床。他正被這奇異的一幕所深深吸引時，倏覺一股莫名的力量迅速遊竄全身！

驚喜之中，戰傳說本能地試圖挪移猶如磐石般一動不動的身軀。

他竟成功了！本已像是不屬於他的身軀重新被他的思維所控制，戰傳說這時才真真切切地感受到湖水的存在。在此之前，他只是憑雙眼所看到的情形知道自己的處境，而他的軀體對此卻不會有絲毫的感知。

恢復了一些力量後，他反而如正常人一樣，對置身涼水中難以適應，無法呼吸，行動滯緩，且有無形的壓力壓迫著身軀。

縱然如此，戰傳說仍是毫不猶豫地伸手向那通體血紅色之物抓去。甫一入手，一種奇異的感覺頓時使戰傳說如遭雷擊，全身劇震。

隱鳳谷弟子的性命此時就如秋葉般脆弱，隨時都會消亡於秋風中。

死亡之風捲席，最後必不可避免地降臨於尹歡的身上。

終於，隱鳳谷已僅剩十幾名活口了，而這時，一柄長刀毫不留情地斬向尹歡。

小野西樓略略側身，她的目光投向了遠方隱隱綽綽的起伏山巒。

她知道，沒有人能改變尹歡被殺的命運。儘管若依她自己的意願，她決不會在對手根本沒有反抗力的情況下出手，但她卻沒有反對哀邪這麼做的理由。

在死亡即將降臨前的一瞬，尹歡的眼中突然精光暴射，似乎下了很大的決心！

也就在那一瞬，遺恨湖湖心處驀然巨響，一道藍色的光柱自湖水中直射蒼穹，頓時將周圍映照得一片幽藍！

突出奇變，眾皆大愕！

尹歡動了。

當長刀在虛空中劃出的弧線即將與他的身軀相交的那一剎那，尹歡動了！

那揮刀斬殺尹歡的人倏覺手中長刀力道忽變，竟如鬼魅般向自己反斬而至！

大駭之下，那人急欲撒手，卻已遲了，只覺胸口一痛，長刀斜斜砍入，斬斷了他數根肋骨，幾乎將他整個身軀一刀劈爲兩半。

誰也沒有料到在最後的關頭尹歡還有反抗之力，更沒有想到他的身子仍如此敏捷絕倫。

尹歡已反手抽出砍入對方身軀的長刀，在對方的身軀尚未來得及倒下時，他的長刀已順勢撥飛離他最近的一杆長槍，沉肘一帶，刀刃處再添一抹熱血。

尹歡決不戀戰，以刀背強行撞出，硬生生將一名欲攔阻他的驚怖流弟子連人帶劍撞飛而出，鮮血狂噴。

當眾人的注意力皆爲遺恨湖驚現的光柱所驚擾時，唯有尹歡例外，因爲他全部身心都已完全沉浸到思索如何脫身這一問題上。

尹歡強行撞飛一人之後，離遺恨湖湖岸已很近，而且在他與遺恨湖之間，再也沒有可以攔阻他的驚怖流弟子，於是尹歡如旋風般向遺恨湖衝去！

哀邪，小野西樓諸人此時已回過神來，皆爲尹歡竟仍能死裏逃生、衝突而出感到大吃一驚，當下又有數名驚怖流弟子急速包抄而上，欲在遺恨湖畔將尹歡圍殺。

就在這時，人群中有人失聲驚呼，顯得惶然不安。

如天崩地裂般的轟鳴聲在驚呼聲中驀然從遺恨湖中炸響，響徹天地！幽藍色的光柱消失了，卻見遺恨湖湖心處憑空捲起高近十丈的可怕巨浪，並以風捲殘雲之勢向四面八方疾捲過去。

聲勢驚天動地，其速快如迅雷，整個隱鳳谷突然被可怕的怒濤呼嘯聲所充斥，山川撼動，大地戰慄！縱是在萬里海疆，也不能常見有如此可怕的浪濤，何況是在兩山相峙間的湖泊中？頃刻間，整個遺恨湖如同發生了海嘯，高近十丈的巨浪甚至將眾人的視線也遮蔽了，一時天昏地暗、星月無光。

巨浪以萬鈞之勢，狂野之極地向這邊飛速撲至，尹歡正欲躍入湖中，巨浪如一座小山般呼嘯壓至！此時，尹歡竟顯得那麼渺小，猶如滄海一粟！已戰至力竭的他，在這排山倒海般的湖水衝擊下，整個身形立時身不由己地被高高拋起。

與他一道被捲入瘋狂奔騰的湖水中的，還有遍地屍體以及追殺他的驚怖流屬眾！平時悍戰嗜殺的驚怖流屬眾在這突如其來的怒浪前，亦心生怯意，剛要抽身而退，卻已被捲飛！

哀邪「騰」地自坐椅上立起。幾名高臺左近的驚怖流高手如群起鷹隼，迅速掠上高臺，守護於哀邪周圍。

欲吞沒一切的怒濤向小野西樓悍然撲至，如猙獰異獸。小野西樓深感這怒濤狂浪出現得太不可思議，這四面環山的湖泊一向是平緩如鏡，若非外力，決不會有這驚濤駭浪。但究竟是什麼力量能使整個遺恨湖如翻江倒海？

眼見巨浪如一座小山般當頭壓至，小野西樓冷哼一聲，驀然沖天掠起。

區區浪濤，決不能使小野西樓屈服，縱然驚濤駭浪，聲勢奪人，小野西樓亦要凌駕於它之上！

一聲清嘯，天照刀再度出鞘！小野西樓高擎天照刀，迎著滔天巨浪，全力劈出！

驚人刀氣以一往無回之勢，劃破長空，如小山般的巨浪在這強大得無以無復加的刀氣下，頓時硬生生被劈出一道濠溝，兩側水峰陡峭如刀削斧劈！水中濠溝向前延伸，頓使小野西樓的目光可以不為巨浪所阻攔，直視湖心！

小野西樓看到湖心處的湖水赫然已深深凹陷，在四向巨浪對比之下，更顯低陷，整個遺恨湖儼然已成了一個空前巨大的漩渦。

臨時搭建的高臺被巨浪一捲而沒，岸上所有的人皆淹沒其中，武功不濟者立時被捲出老遠！一時驚呼聲與湖水咆哮聲混作一處，場面一片混亂不堪。

巨浪聲勢迅猛，但退得也快。在眾人尚未醒過神來時，湖水已迅速消退，捲起了遍地的屍體與血腥，沿湖的石堤被潮水沖蕩後，潔淨如洗，湖岸上有不少樹木已攔腰折斷。

隱鳳谷在短暫的瘋狂後，顯現出肆虐後的寧靜。天地之間都如混沌初開之時，湖面舒緩平展，不起一點漣漪，朗朗星月竟重新懸於夜空中，將一層氤氳之氣灑於遺恨湖上，連微風似也被浪潮洗滌過一般，暗含微甜的芳香。

這靜如處子的隱鳳谷使人不由恍生錯覺，以為方才所見可怕的驚濤駭浪不過只是一個噩夢，並不曾真實地存在。

隱鳳谷十餘名僥倖未亡於驚怖流刀下的屬眾被巨浪沖出老遠，他們在被迫服下藥物後，功力盡

失，面對突如其來的巨浪，他們的力量顯得極爲渺小。也正因爲這一點，才使他們與驚怖流的人之間拉開了距離，暫時脫離了驚怖流屬眾嚴密的包圍圈。

但哀邪等人的注意力卻並未投向他們，畢竟他們已是毫無反抗之力的刀下魚肉。哀邪身下的高臺雖被沖毀，但他自身卻未受到多少衝擊。此刻，他的目光正落在不遠處一個背倚一棵老樹的人身上，此人正是尹歡。

尹歡的手中依舊握著那柄奪來的長刀，他的頭髮披散著，再也沒有了先前的驕逸華貴。

尹歡的目光與哀邪的目光在空中相遇，哀邪感到尹歡的眼神中有一種莫名的亢奮、激動，這讓他暗覺驚訝。

只聽得尹歡低聲「呵呵」怪笑數聲，沉聲道：「你們的末日就要到了，因爲你們激怒了鳳凰！」

他的話語中充滿了無限肅穆氣息。

「剛才就是鳳凰對你們的警告與懲誡！這是鳳凰之神祇，你們將會爲自己的褻瀆付出代價！」

哀邪默然無語。他當然不會相信方才的驚濤駭浪是傳說中的鳳凰的警告，但此事的確充滿了無盡玄機，決不可等閒視之。

斷紅顏見哀邪沉默不語，便在一側提醒道：「門主，此人服下藥物後，仍有驚人的戰鬥力，決不可忽視，便讓屬下替門主殺了他，以絕後患……」

話音未落，忽聽得「嘩……」的一聲，是物體破水而出的聲音，傳入眾人耳中。其聲並不甚響，但此時遺恨湖本就靜謐，加上尹歡所說的一番話，以及方才可怕的經歷，使眾人的心神已繃得極緊，乍響此聲，竟讓大多數驚怖流屬眾陡然色變，循聲望去。

但見遺恨湖岸邊的一道水線處，忽然出現了兩個緊密相依的身影，一個高大偉岸，另一人高挑曼妙，顯然是一男一女。那女子身著薄衫，被湖水浸透後緊裹其玲瓏身軀，將其美妙曲線顯露無遺。奇怪的是，她的右臂著寬大的衣袖，左臂卻袒露於溫柔的月色下。

很快眾人便明白過來其中緣故，但見這女子正半挽半扶著那高大雄魁的男子，而男子近乎未著寸縷，只是在腰間繫了一塊布，其顏色質地與那女子的衣衫完全相同，顯然，這便是女子缺少的那隻袖子。

岸上眾人鴉雀無聲，只聞「嘩嘩……」淌水聲，那女子攙扶著男子向岸上走來，男子的頭始終低垂著，不可辨認。

星月依稀，夜色朦朧，本無法看得細緻，岸上眾人亦無法將那女子的容貌看得清楚，但不知為何，僅是在驚鴻一瞥間，每一個人竟都感到眼前女子驚心動魄的美！

也許，真正的美，並非一定要以目視之，亦可以「心」視之，以感覺觸摸。美至極致，便會有

失去了實體的神秘質感。

尹歡的驚愕之情更勝他人，唯有他可以立即斷定這女子絕非隱鳳谷之人，既然如此，她又怎麼會突然出現於遺恨湖中？

那女子攙扶著男子，緩緩地涉水走來，湖畔的森然殺氣她似乎視若無睹，舉止從容而自然。

「你們是不是木帝的子民？」那女子忽然道：「木帝已受了重傷。」

哀邪與小野西樓相視一眼，兩人皆有錯愕之色。

斷紅顏冷聲喝道：「妳是什麼人？在此故弄玄虛！我等是驚怖流中人，從不知有什麼木帝、火帝！」

那女子「咦」了一聲，顯得很驚訝地道：「木帝、火帝乃神祇四帝之二，妳竟不識？」隨即欣然道：「既然如此，我就不用擔心你們知道我的身分了，我正是火帝栗怒的女兒爻意公主。」

斷紅顏一怔，旋即冷笑道：「妳敢戲弄驚怖流的人？今日我便殺了妳這個爻意公主！」話音未落，劍已出鞘，斷紅顏要將自己被擒的怒火全發洩於這個自稱爲公主的女人身上！

平時斷紅顏自視甚高，今日卻在眾目睽睽之下被擒，實是被她視爲奇恥大辱！此刻，她出手更爲辛辣凌厲，劍身隨身形長射而至，相距丈許，冷劍已破空疾出，萬般殺機凝於一劍之中，如毒蛇般直取爻意美麗的胸膛。

劍出之時，斷紅顏突然發現爻意的眼神之中竟只有茫然不解，而無絲毫驚駭之色，似乎她根本沒有意識到自己將面臨的是必死一劍！

冷如斷紅顏，亦不由爲之動容。她生平第一次在對敵之時萌生猶豫的心理，但她卻分不清這種猶豫是源自爻意毫無戒備的眼神，還是因爲她感到對方的深不可測，但劍勢一出，便如離弦之箭，絕無收回之理。

斷紅顏忽然聽到一聲微嘆，以及一個平靜至極的聲音：「妳又何必如此動怒？」

就在斷紅顏的劍即將沒入爻意美麗的軀體的那一刹間，爻意玉手輕揚，曼妙如拈花，竟以美如白玉的手掌直接擋於斷紅顏的劍尖所及之處。

這是一個稚氣得可笑的動作，即使是堅石韌鐵亦將在斷紅顏這穿雲破日的一劍下洞穿，何況是如此嬌嫩的肉掌？

冷劍毫無滯凝地長驅直入，與斷紅顏所預想的完全相同，這本就是如太陽的東升西落般不可改變的事實。

斷紅顏冷酷如冰的心竟也不由微泛悔意，她沒有想到這顯得有些神秘的女子竟絲毫不會武功，而且對她也沒有任何戒備之心。

當然，這種悔意僅在她心中一閃即逝，「青衣紅顏」永遠是「青衣紅顏」，他們是驚怖流中最

可怕的殺手。

但爻意沒有倒下，她依舊穩穩地立著，攙扶著那個被她稱做「木帝」的男子。

與此同時，斷紅顏聽到身後岸上傳來同門的齊聲驚呼！斷紅顏本能地感到有些不妙，定神一看，赫然發現爻意的手完好無損，她的劍根本沒有洞穿對方的身軀，竟然只剩一半握於手中！

更不可思議的是，手中殘劍絕非被外力折斷，因爲在殘劍的最前端並無折斷時必然出現的稜角，在殘劍的前端，竟光滑如同球面，像是經過精心打磨一般。

斷紅顏心中之吃驚難以言喻，以至於竟在短暫的怔神之後，方駭然倒掠而退。逕自退出數丈開外，她方略鬆一口氣，但卻已冷汗涔涔！

對方既然可以在彈指間以詭異莫測的手法毀去她的劍，就必然有驚世駭俗的修爲，那麼方才自己的略一錯愕，就足以使自己淪於萬劫不復之境。

奇怪的是，自稱「爻意公主」的女子並未出手，而這更使斷紅顏感到對方深不可測。

因爲過於輕敵，斷紅顏尚不如旁觀者對方才一幕知悉更多。眾人亦如斷紅顏一樣認定爻意必死無疑，即使是哀邪也沒有把握在倉促間接下斷紅顏蓄滿氣勢的一劍。

孰料就在斷紅顏的劍與爻意纖手玉掌相觸的那一剎間，她的劍突然發生了匪夷所思的驚人變化，竟由劍尖起如冰融雪化般熔化，化爲鐵水，滴落水中。

目睹這一情景，一向喜怒不形於色的哀邪亦為之色變，驚怖流屬眾更是心泛寒意！他們心中升起一個同樣的念頭：斷紅顏毫無理由地對對方施以致命殺招，無異於將驚怖流與對方置於相敵對之境。而此女子這一手熔金斷鐵的可怕修為，足以證明她的武學修為決不在被世人公認的武界第一人不二法門元尊之下！

有此對手，實非驚怖流幸事。

哀邪心念急轉，想到爻意本可在斷紅顏全身而退之前將她一舉擊殺，但爻意卻未出手，由此看來，她對驚怖流應無敵意。念及此處，他向爻意拱手道：「爻意公主的武學修為我等佩服之極，我乃驚怖流哀邪，驚怖流的人對爻意公主有冒犯之處，還望能海涵。」

為了避免與這高深莫測的爻意結下仇隙，哀邪竟肯屈意致歉，足見其梟雄本色，能屈能伸。

尹歡知道來歷神秘蹊蹺的爻意已是他最後一線生機的希望所在，他正思忖著如何使爻意與驚怖流成敵對之勢時，忽聽得爻意攙扶著的男子斷斷續續地道：「驚……怖流是武界中最為……邪惡的門派，姑娘切莫……上了他們的當。」

尹歡乍聞此言，心中大喜過望！這一番話立即使哀邪的企圖破滅了，更重要的是，尹歡聽出了此人的聲音，竟是「陳籍」！

戰傳說進入隱鳳谷時自稱「陳籍」，尹歡對他有恩，有戰傳說在，那麼爻意必然與驚怖流為

敵，已至絕境的尹歡得此強援，驚喜之情可想而知。

哀邪諸人卻是一震！爻意所顯露的武學修爲，對驚怖流屬眾有著極大的震懾，哀邪深感爻意是一個不可戰勝、不可逾越的對手，若是與之爲敵，必然落得慘敗。但在眼見勝券在握時撤身退出隱鳳谷，亦絕非哀邪所願意，一時間，他深陷於矛盾之中，躊躇難決。

倏聞小野西樓道：「我久聞樂土高手如雲，但自踏足樂土以來，卻從未遭遇值得我全力一戰的對手，實是大失所望。」說到此處，她美麗而冷傲的目光直視爻意，沉聲道：「但願妳能讓我不再失望！」

哀邪頓知小野西樓要與神秘女子爻意一決高下，心中又喜又憂。自小野西樓出現後，其冷傲使早已習慣了在驚怖流中高高在上的哀邪頗感不適，他隱隱感到就連自己這驚怖流門主也未被小野西樓真正放在眼中，而今日偏偏正是小野西樓力挽頹局，反敗爲勝，以一己之力克敵制勝，使哀邪更感臉面無光。爻意武功高深莫測，小野西樓縱然刀道修爲已臻化境，也未必能勝出爻意，借爻意挫一挫小野西樓的傲氣正合哀邪心意。

但同時他又想到，一旦小野西樓敗亡，那麼在自己身受重傷的情況下，驚怖流將根本無法與爻意相抗衡，屆時必然會前功盡棄。無論如何，哀邪既無勸阻小野西樓的理由，同時也知道小野西樓是勢在必戰，他絕對勸阻不了。

對於小野西樓而言，挑戰真正的高手是她最大樂趣。而能被小野西樓視作真正高手的人，環視宇內也寥寥無幾，可遇而不可求，所以小野西樓決不會放過任何一次機會。

爻意攙扶著戰傳說繼續前行，對小野西樓的挑戰，她竟像未曾領會，小野西樓並未動怒，依舊冷靜地注視著爻意的一舉一動。

驚怖流屬眾如同為魔力所懾，亦眼睜睜地看著爻意、戰傳說越來越近。

爻意上岸後，向四周看了看，最終她選擇尹歡所在的方向，向那邊走去。戰傳說傷得太重了，他身體重心的大部分都依賴於爻意的攙扶，腳步虛軟無力，如醉酒之人。

哀邪見爻意向尹歡那邊走去，不由一驚，猶如大夢初醒！他立刻想到，一旦尹歡與爻意會合，那自己要殺尹歡也不易了。

想到這一點，哀邪便要暗中下令先除去尹歡，但小野西樓似已察破了他的心思，只聽她道：「哀門主是否對我小野西樓沒有信心？」

哀邪反問道：「聖座何出此言？」

「若我勝了，諒尹歡也難逃一死。」頓了頓，小野西樓接著又道，「高手之戰，不容有絲毫分神，我不希望為了區區一個尹歡，而使我與爻意的一戰成為不公平的決戰！」

哀邪心中升起一股怒意，但他卻將之強行壓下了，只是「哈哈」一笑，道：「哀邪怎會掃了聖

座的興致？」

當爻意、戰傳說二人與驚怖流眾人錯身而過時，眾人突然發現在戰傳說的手中，竟執有尹歡的「長相思」！此前無人發覺，是因爲戰傳說握著「長相思」的一臂正好隱在爻意的身後，遮擋了他人的視線。此時眾人可以望見戰傳說的背影，「長相思」亦落入眾人的視線中。

「長相思」墜入湖中是眾人親眼所見，故見此情形難免大感意外。

小野西樓除了執著於武道外，對其他事物皆顯得漠然，唯獨「長相思」對她而言卻是勢在必得之物，此時見本已墜入遺恨湖的「長相思」重現於戰傳說手上，亦甚覺意外。

尹歡本已筋疲力盡，難以支撐，此時見爻意、戰傳說走向這邊，頓覺精神大振，踉踉蹌蹌地向前邁出數步，「陳兄弟，沒想到……你還活著，真是蒼天有眼！」

爻意這才將戰傳說扶到了那棵古樹下，讓他倚著樹幹半倚半坐。

一陣劇烈的咳嗽後，戰傳說方吃力地睜開眼來，望了尹歡一眼，苦笑一聲，「我……也沒想到再見到尹……谷主之時，已是群賊環伺之際！」

尹歡自被小野西樓擊敗後，備受屈辱，時刻處於生與死的邊緣，加上手下弟兄幾乎被誅殺殆盡，使他心中早已鬱積了無限怨恨。此刻聽戰傳說當著眾驚怖流高手的面直呼對方爲群賊，頓時感到痛快淋漓，說不出的舒暢，他不由哈哈大笑，邊笑邊道：「痛快！痛快！陳兄弟能視驚怖流群魔如無物，尹某自嘆弗如！哈哈哈……無論群魔如何猖獗，在陳兄弟眼中不過一群賊子而已……哈哈哈，哈哈哈……」

他的笑聲幾近嘶啞，如癡如狂。

戰傳說方才所言，本無深意，只是深知驚怖流邪惡狠毒，便不假思索地將他們以「賊子」相稱，聽得尹歡所言，不由先是一怔，隨後被尹歡的情緒所感染，不顧一說話胸口便陣陣劇痛，「驚怖流之人心如蛇蠍，與蒼封神無異，不是賊魔又是什麼？」

戰傳說自涉足江湖後，所遇到的事最讓他難以忘懷的，一是六道門門主蒼封神為得到「大易劍法」，竟不惜以陰毒手段對付晏聰一家；另一件事就是在地下冰殿中，哀邪與石敢當一戰時，為了奪得先機，竟以尚未死去的隱鳳谷「十二鐵衛」中的冒矢為活生生的兵器，使石敢當因顧忌會傷了冒矢而難以全力施展身手。

在戰傳說看來，世間之陰毒莫過於如蒼封神、哀邪之輩，方有剛才的那一番話。

尹歡心知戰傳說此言一出，驚怖流必欲除戰傳說而後快，神秘女子爻意與戰傳說的關係似非比尋常，如此一來，他與戰傳說、爻意儼然結成了同仇敵愾的一體。

與此同時，那十幾名僥倖未死的隱鳳谷弟子被浪濤捲走後，有的被捲出老遠，有的不幸被捲至驚怖流的人附近，水浪一退，前者趁機隱於四周草木亂石之中，伺機逃脫，後者則當場被驚怖流的

人誅殺。因爲爻意的出現，使他們一時無暇追殺其餘的人。

逃脫的隱鳳谷弟子共有七人，他們隱於暗處，目睹了爻意舉手投足間挫敗斷紅顏的情形，此時見門主尹歡與爻意、戰傳說極可能聯手對付驚怖流，不由爲之大振！只是數十名驚怖流的人虎視眈眈，一時間他們尚沒有勇氣現身與門主尹歡會合。他們卻不知這麼做並未能免去他們的殺身之禍！

七人中隱藏地離尹歡最近的名爲連諤，他的整個身子深埋入雜草叢中，因爲秋草乾枯，略一挪動便會引得雜草「沙沙」作響，所以連諤便像是在土中生了根般一動不動。

其實連諤並非貪生怕死之人，他之所以一反平時性情，甘願忍氣吞聲隱匿於此，是因爲到現在誰也不知道尹恬兒生死如何。尹縞生前與連諤友情甚厚，猶如兄弟，連諤與尹縞一樣，對尹恬兒關懷甚切，只是尹恬兒是隱鳳谷的大小姐，而自從尹歡成爲谷主之後，對備受尹縞器重的連諤自是加以壓制排斥，使他的地位遠不如尹縞生前，所以連諤對尹恬兒的關護，也只能是埋藏心中。

今日眼見隱鳳谷大勢已去，連諤本已抱著必死之心，但想到尹恬兒一直蹤跡全無，他只有強耐性子隱匿下來。他決定，無論尹恬兒是生是死，都要設法找到她再作計較。

此時此刻，連諤正透過草叢留意著尹歡諸人的情景，忽聞身後有輕微的異響，他心頭一凜，回首向後望去，借著淡淡月色，隱隱識出正躬腰借著灌木掩護向這邊而來的，是十二鐵衛中的雕漆詠題，連諤這才鬆了一口氣，重新回過身來。心中琢磨著一件事：雕漆護衛也與我一樣被迫服下了藥物，武功蕩然無存，但他的灰鷹卻在，能否利用他的灰鷹查找小姐的下落？他與灰鷹心靈相通，或許此計可行……

此念未了，他倏覺有寒意侵體，旋即涼意穿透身軀，自身後透胸而出。低首之際，連諤駭然發現自己胸前竟有一截寒刃露出。

一驚之下，他忽然感到自己的身子沉重無比，並向一個無底的深淵中不斷墜落，思緒變成一片空白……

在驚怖流諸人劍拔弩張的時候，爻意卻從容得讓人哭笑不得。

爻意安置好戰傳說後，吁了一口氣，俏臉有了滿意的笑容，笑容恬美自然，看著她的淺淺微笑，連驚怖流之人的心神也不由鬆弛少許，神色亦為之一緩。

唯有哀邪陰鷙依舊，小野西樓冷漠依舊。

爻意站起身來，以沒有絲毫敵意與戒備警惕的目光看了驚怖流諸人一眼，柔聲道：「既然你們都不是神祇的人，就請速速離開此地吧。」她指了指戰傳說手中的「長相思」，接道：「我父王的神物在此，說明我父王亦在左近，父王因為我與威郎的事，性情變得更為暴躁，若是讓他撞見你們，定會遷怒於你們，爻意於心何忍？」

她的神情誠摯懇切，沒有絲毫戲謔之意，但愈是如此，愈是讓驚怖流的人感到她有意捉弄他們。

小野西樓沉聲不悅地道：「雖然妳的武學修為不俗，但也未免太狂妄了！試問天下何人可讓我小野西樓望風而逃？縱是不二法門元尊，小野西樓亦可破其不滅神話！」

傲然萬物之氣勢溢於言表，她毫不回避地正視著爻意，凜然接道：「拔出妳的兵器來！小野西樓涉足樂土，遇到的第一個值得尊重的對手亦是女子，實是大快人心！」

場中男子頓時皆有汗顏之感，但他們亦知小野西樓此言並非妄自尊大。

卻聽爻意出人意料地淡淡一笑，「姑娘說笑了，舉世皆知爻意不諳武道，又何來武學修為不俗一說？」

此言一出，戰傳說「騰」地一下將依在樹幹上的身軀挺直了，幾乎驚呼失聲。身子一動，立時胸口悶痛，氣血翻湧，身形一軟，又癱倚在樹旁，他心中卻思緒難平，連聲暗呼：「她竟說自己不諳武學？若她不諳武學，那麼相形之下，我的武學豈不是猶如兒戲一般？」

斷紅顏攻擊爻意時，戰傳說雖然不能動彈，卻也感受到了奇強無比的殺機，讓人心生不可抵禦之感，沒想到爻意卻於輕描淡寫中挫敗斷紅顏，讓戰傳說既驚且喜，佩服之極，心中早已認定爻意不但是天底下最美麗的女人，同時也是天下武功最高的女人。沒想到她竟聲稱自己根本不會武學，這如何不讓戰傳說大驚失色？

這與爻意自稱是天下最醜的女人又有何異？

哀邪、尹歡諸人亦無不爲之愕然，每個人都難以相信自己所聽到的。

小野西樓亦顯得有些意外，但很快她的神情便恢復如常，只聽她緩緩說道：「莫非妳不願意出手？可於公於私，妳我一戰亦勢所難免，今日我就逼得妳不得不出手！」

她的左手輕輕地扣於弧線長匣上，直視爻意道：「我的天照刀尚未先於對手出擊過，今天，天照要爲妳破例了！」

「了」字吐出，小野西樓的內力亦已將天照刀激得脫鞘飛出！

幽幽光芒讓場中每個人的心裏都泛起一絲寒意，唯有爻意的神色最爲平靜從容！

小野西樓伸手一抄，天照刀穩穩地落在她的手中，同時嘴角處浮現出一絲滿意的笑意，爻意的從容平靜讓她沒有失望。

小野西樓感到自己的生命已與天照刀融爲一體，當天照刀在手時，她便會清晰地感受到生命的充盈與無比強大。

但是此刻，她忽然覺得自己的肌膚與天照刀相觸時，竟失去了往日靈犀相通的感覺，在她與天照刀之間，似乎有了一種難以言述——也只有她才能感受到的隔膜！

這是一種只可意會不能言傳的感覺，而且淡如輕雲，極難捕捉。但對小野西樓而言，自四年前她在天照神廟中第一次看到天照刀的那一刻起，就從未曾有過這種隔膜之感。

小野西樓心中隱隱不安！而不安之情更是使她的戰意如狂，她相信唯有勝利，才可以消除她與天照刀之間的隔膜之感。

無形殺機由天照刀身透發而出，如水銀般無孔不入地向四周空間延伸，且不斷增強，如同潮水般一浪高過一浪地瀰漫開來，十丈之內，已完全在這無比強大的刀勢的籠罩下，讓人感到一切的生機都在她的運籌帷幄之中。

熟悉的感覺再度回到小野西樓的心中，她隱隱感到自己的一呼一吸乃至所有的氣機，都已以不可捉摸的方式與無限蒼穹遙相呼應，原有的不安完全消失，她再度恢復了無比自信的必勝之心。

天照刀光芒更熾，其光芒甚至使刀的本身形跡被掩隱了，仿若眾人所看到的，已不再是一柄實質的刀，而只是刀的魂魄！

強大的刀勢與小野西樓凌駕萬物的氣勢完全無缺地揉合在一起，頓時予人以極大的震撼。在其驚世駭俗的氣機牽引下，眾人心中皆有不適之感，驚怖流中武功不濟者幾乎魂飛魄散，不由駭然倒退。

第五章　沉睡千年

爻意輕輕嘆息一聲，「妳的勇氣著實讓人佩服，在知道我的身分後還要出手。看得出妳手中的兵器絕非凡兵，憑我的玄級異能斷不能熔化妳的兵器，最終必為妳所殺。所以，在妳出手之前，我有一個請求，不知妳能否應允？」

小野西樓清冷的目光中閃過詫異的光芒，她略略沉默後，「妳說吧。」

爻意不假思索地道：「請妳放過木帝。」頓了頓，她又補充道：「何況妳應當知道，木帝威仰麾下有『四靈』，對木帝無比忠貞，一旦妳殺了木帝，那麼妳永遠也逃不過『四靈』的追蹤，連我父王都對木帝麾下『四靈』的追蹤術甚為忌憚。所以，妳應該答應我。」

小野西樓目光掃視了戰傳說一眼，冷哼一聲，不屑地道：「妳竟稱這等人為木帝？」

爻意肅然道：「威仰是神祇當之無愧最年輕無畏的木帝。」她的語氣中充滿了無限的自豪之情。

戰傳說心中嘀咕道：「她是在故弄玄虛，還是真的將我錯認是什麼『木帝』威仰了？……不過，她一心要保全我的性命卻是不假。但爲何她如此不自信？連那武功高至令人咋舌之境的美人也視她爲值得尊重的對手，可她卻自暴弱點，認定了自己定會被對方所殺，讓這些人放過我，豈不是與虎謀皮？休說我手下根本沒有所謂的四靈，就算有八靈、十六靈，在他們見到我之前，我也早已被這美人大卸八塊了……」

正轉念間，卻聽小野西樓道：「好，只要妳能全力與我一戰，我可以不殺他——取出妳的兵器吧！」

爻意卻道：「慢！」轉而對戰傳說道：「威郎，我本以爲自被父王封於『天幕棺』後，就再難與你有相見之日，沒想到你竟親手將我救出，使你我重聚，爻意已無所憾。今日爻意一死，或許你與我父王之間的仇怨也可就此了結，這未嘗不是一件好事。你是無畏的木帝，神祇大業才是你生命中最重要的，爻意死後，你切莫悲傷，要以大業爲重……」

戰傳說靜靜地聽著，起初他感到爻意的一番話不著邊際，不由覺得有些可笑，但後來他察覺到爻意的神情語氣都極爲認真誠摯，不由癡了，待他見爻意的眼眶中有盈盈淚水時，他心頭不由一震。

這時，爻意已直面小野西樓，平靜地道：「我沒有兵器，唯一可以護身的，只有天照神賜予我的玄級異能。」

「天照神?!」小野西樓神色倏變。

爻意頷首道：「不錯，我是火帝的女兒，天照神當然會賜予我異能。」她似乎並未留意到小野西樓極度詫異的神情。

小野西樓驀然冷笑一聲，「天照神乃我千島盟子民崇仰千百年的大神，妳非千島盟子民，豈能得大神所賜異能?分明是一派胡言!」

爻意的神情比她更爲驚訝不解：「我乃爻意公主，我父王是天照神麾下之中流砥柱，爲何不可賜我玄級異能?倒是妳所說的所謂『千島盟』讓我百思不解，況且天照神成爲神祇主人也只有五十年，你們尊天照神千百年又從何說起?」

這一番話在小野西樓聽來，無疑是無禮的戲謔與侮辱!小野西樓美目倏睜，殺機凜然地冷聲道：「辱及天照神，唯有一死!」

刀芒一閃，戰傳說忽然感到天照刀有極短的一瞬間似乎憑空消失了，待天照刀再現於他視線中時，小野西樓連人帶刀已不可思議地迫進爻意一丈之內。

戰傳說大駭，渾然忘了自身的傷勢，不知由何處生出了一股力量，「騰」地一下子自地上彈

起。

天照刀在極小的空間內劃過一道奪人心魄的弧線，疾斬爻意側腰。爻意赫然如同面對斷紅顏的攻擊時一般，右掌徑直迎向驚世駭俗的一刀。

戰傳說的呼吸止於剎那之間！

小野西樓刀道修爲之高，足以使這一擊具有石破天驚之攻擊力。爻意竟徒手相迎，無異於自取滅亡！場中所有人當中，唯有戰傳說親眼目睹了龍城龍靈關一戰，他知道，天照刀能與父親的「龍之劍」相抗衡，證明它必是有絕世鋒銳，正因爲這一點，此刻戰傳說才如此絕望！

尹歡亦是心頭一涼，有大勢已去之感。

不過誰也沒有料到，此時小野西樓心中的驚愕之情，決不在任何人之下。天照刀疾斬而出時，她忽然發覺刀身突然無故萌生出一股強大無比的力量，竟與她的攻擊方向完全相反，而且天照刀一反平時得心應手，小野西樓要以極大的努力才能把握住手中的天照刀，使之不至於脫手而出。

這種感覺，對於小野西樓來說，是完全陌生的！人與刀之間的靈犀相通蕩然無存，此刻的天照刀竟似要背叛主人的意願。

小野西樓好勝之心反而因此而更爲強烈。

這一刀，看似快如驚電，但在小野西樓的感覺上，卻是沉滯無比，尤其是人與刀之間不協調，使稱天照刀爲自己生命一部分的小野西樓精神上備受重挫！躁怒之下，刀法狂烈有餘，但其精妙內蘊卻不及往日。

只是，諸多感受實非外人所能知悉，包括戰傳說在內的場內所有人，都料定爻意難以避過此刀。

天照刀如一抹咒念，在間不容髮的剎那間掠過虛空，予爻意完美的玉掌以死亡之吻！

一聲悶哼，小野西樓赫然連人帶刀斜斜飄出。

如此結局實是大出眾人意料之外！

但戰傳說尚未來得及吁一口氣，小野西樓凌空強擰身軀，整個身子幾乎是貼地而飛，天照刀在堅硬的地面上急速劃出，立時火星四濺，並以驚人的速度向前延伸，宛如盤旋飛舞的火龍！

小野西樓借此再度徑取爻意，她已將刀勢蓄至最高境界，在氣勢所籠罩的空間內，氣機如同被拉至極限的弓，眾人頓時有種透不過氣來的感覺。

爻意神色極爲凝重，雙掌互爲陰陽交疊，一團火紅色的異芒驀然暴現於她的雙掌之上，宛如一團滾滾燃燒的光球。

光球在極爲短暫的時間內飛速膨脹，剎那間已將爻意的身形罩裹其中，炫目而變幻莫測的光芒映射著貌如天仙、美不勝收的爻意，使她的絕世容顏更添神聖不可侵犯的高貴與雍容。

戰傳說目瞪口呆！

倏地，他突然感到手中的「長相思」像是注入了生命般顫鳴躍動，未等他做出更多的反應，「長相思」驀然脫手而飛，急速射入瀰漫於爻意身側的那團如火焰般的光芒之中！

光芒更盛！爻意儼然如火中鳳凰，無比聖潔，美麗而高貴！

戰傳說心中忽然閃過一個念頭：難道爻意就是傳說中的鳳凰？

也就在他甫出此念之時，小野西樓的天照刀已無情地斬入那團炫目的光芒之中。

「轟……」一刀之下，竟聲如驚雷，驚心動魄！天照刀倏然發出可怕的震鳴聲，像是蓄滿了無比的憤怒。

「啊……」小野西樓一聲驚呼，仰身倒跌而出！天照刀赫然已脫手而飛，飄向茫茫夜色之中。

縈繞於爻意身側的光芒逐漸暗淡，很快恢復如常，爻意僅是向後退出數步。

目睹這一幕，哀邪驀然色變！

小野西樓心中之驚怒更是無以復加，自她見到天照刀的那一刻起，便再也沒有與天照刀分開片刻。人刀相融的感覺，對一個崇道的武者來說，可謂是一種幸福與自豪，但今日天照刀竟如中魔咒，在最後關頭突然不可思議地掙脫她的雙手，脫手而飛，其力道的岔逆使小野西樓體內真力自相衝突，五臟六腑承受了幾股不同力道的衝擊，一時胸口如遭重擊，氣血翻湧，幾至吐血。

小野西樓此時已被憤怒完全佔據了內心，她決不能接受被爻意挫敗的現實！

只聽她厲聲叱道：「沒有天照刀，我也要擊敗妳！」小野西樓不顧逆亂的真力尚未平復，再度強行全力攻擊，揮掌遙遙劈出，暗蘊其極限功力與絕世刀道修爲的一擊，其氣勢仍是不可小覷。

她整個人儼然如一柄一往無回的狂刀！電光石火間，小野西樓已挾驚人刀勢急速迫近爻意！

無論是戰傳說、尹歡，還是哀邪，都料定既然擁有天照刀時的小野西樓都無法取勝，那麼這一次自然更是將落敗無疑！

小野西樓如刀之掌挾凌厲殺機閃電般切入那團炫目的光芒中。若玉碎冰折般的奇異響聲倏然傳入每個人的耳中，密集而驚心動魄，恍惚間，似整個蒼穹已在這驚人一擊中破碎。

爻意身旁的光芒倏然消失。

兩個身影同時如風中柳絮般倒飄而出，小野西樓尚未落地，便已噴出一口熱血。

而爻意眼看就要重重跌墜於地時，其下墜之速突然變得極爲緩慢，緩慢得完全超越世人所能想像的境界！因爲她此時毫無可借力之處，本是不可違逆的力道的規律，此刻在爻意的身上竟被突破了。

目瞪口呆的戰傳說見此情形，本能地想衝上前去扶她一把，沒想到只邁出一步，立覺眼前一黑，心口如被無形巨手重擊一掌，便身不由己地向前頹然倒去，重重地摔倒在地。

待耳邊嗡嗚聲消失略略清醒時，戰傳說驚訝地發現爻意已毫髮無損地穩穩立著。

小野西樓臉色蒼白，心高氣傲的她自涉足樂土以來，尚從未遇到真正的對手，更遑論有人能擊敗她。而這一次，卻在數招之內，勝負已定——她敗了！

失敗的感覺，對小野西樓來說已難以承受，何況還有天照刀對她的背叛？

「嘩……」短暫的沉寂忽然被破水聲打破，只見一個雄渾的聲音高聲呼道：「我又見到月亮了！我重見天日了！哈哈哈……哈哈哈……沒有什麼可以困得住我歌舒長空！」

「歌舒長空」四字落入眾人耳中，不啻於一記驚雷，尤以哀邪心中的震愕最甚。

遺恨湖中，歌舒長空立足於淺水處，張臂狂呼，如癡如醉，如瘋如癲。對於一個在堅冰中封禁了近二十年的人來說，當他重獲自由，可以與正常人一樣自由地呼吸時，無論怎麼激動興奮，都是在情理之中。

哀邪倒吸了一口冷氣，忖道：「沒想到歌舒長空老匹夫在中了我的『三皇咒』之後，居然未死！僅一個爻意已夠棘手，如今再添上一個歌舒長空，只怕驚怖流在此多加逗留更凶多吉少了！」

想到這一點，他心中頓生退意，在心裏斟酌著該如何勸阻小野西樓。他知道小野西樓性情孤傲自負，若是以保全性命爲理由勸她撤出隱鳳谷，她定然不會答應。

「哀門主，看來今日我們已難有成功的希望，不如先退出隱鳳谷，日後再作打算吧。」小野西樓忽然開口道。

哀邪沒有料到竟會是小野西樓主動提出此事，大覺詫異，以至於怔了一怔，方道：「聖座言之有理！」

對爻意已大為忌憚的驚怖流屬眾聞言如遭大赦，紛紛依言而退。

尹歡不甘心讓對方就這麼輕易離去，欲對爻意說什麼，卻見爻意輕輕擺了擺手，將他的話頭止住了。尹歡唯有眼睜睜地看著小野西樓、哀邪等人全身而退。

當小野西樓重執天照刀時，不知為何輕輕喟嘆一聲，神情複雜。

驚怖流數十人完全消失於夜色中後，尹歡長長地吁了一口氣，既有慶幸之感，亦不免有些遺憾。他早已留意到戰傳說手中的「長相思」，但當時局勢危如壘卵，他無暇顧及「長相思」。此時，他見爻意靜靜地站著，手中握著「長相思」，不由得記起「長相思」突然自戰傳說手中脫手而飛的情形，心頭暗暗吃驚。

卻聽得爻意望著歌舒長空顯得有些奇怪地道：「此人是誰?為何在此大聲喊叫?」

尹歡忙道：「他是在下的父親……家父因為一種奇病，被迫困於寒冰中近二十年，今日才重獲自由，難免高興非常。」

爻意「哦」了一聲，看了看歌舒長空，又看了看尹歡，臉上有了少許疑惑之色。也許她是不明白，為什麼在尹歡的臉上卻看不到多少喜悅之色，難道他父親重獲自由也不能使他激動萬分？

忽地，爻意記起了什麼似地低呼一聲：「威郎！」急忙轉身，卻見戰傳說正倒在地上，一臉痛苦之色，眼中卻有笑意。

爻意急忙上前，將他扶起，欣慰地道：「威郎，沒想到你我還能活著在一起，以前你總說我的玄級異能不堪一擊，但我今天卻借玄級異能擊敗了強敵！」

她若清山秀水般美麗的玉容帶著少許自得，一絲喜悅，動人之極，戰傳說呆了呆，才道：「姑娘的神功蓋世，怎會是不堪一擊？」

他說這句話，自是肺腑之言。

爻意卻似嬌似嗔地道：「威郎明知爻意根本不會武功，何必取笑爻意？」

戰傳說心中連道三聲：「有趣。」心想：妳這算是絲毫不會武功的人嗎？若是如此，那武界中數以百計的高手全都該投河上吊了。口中卻道：「姑娘，在下姓……陳名籍，並不是什麼木帝、威郎。」

有尹歡在一旁，他不便把自己的真實姓名說出，只好再撒一次謊，好在他因為傷勢較重，語速本就緩慢，頓滯之間，尹歡也未留意到有何異常。

「陳籍？」爻意怔怔地望著戰傳說，片刻後忽又展顏笑了，「威郎，你何必哄我？你的眼、你的眉、你的唇，都證明你就是我的威郎。舉世之間，唯有你的熱血才可能穿透我父王的『天幕棺』，才能喚醒我，因爲你的血是天地間最熱的。」

她如秋水般的美眸凝視著戰傳說，款款柔情已可融化一切。此時雖有尹歡在旁，爻意卻視他若無，以天籟之音娓娓道來，足見她對「威郎」的無限深情。雖然戰傳說不是「威郎」，卻亦大爲感動，只覺熱血沸騰。

但這份感動亦更堅定了戰傳說的決心，他再一次道：「爻意姑……公主，在下的確是陳籍，若是不信，公主不妨問隱鳳谷尹歡谷主便知真假。」他心忖她這麼美麗，稱其爲公主也不爲過。

不料，尹歡卻沒有輕易附和戰傳說的話，他想到無論是爻意的出現，還是她的驚世武學，以及她的言行，無不顯示出她的神秘，即使她與陳籍之間是誤會，那麼這種誤會的背後極可能隱瞞著一個驚人秘密。

當下他並未急於下結論，而是道：「依我看來，時間一久，真假如何，爻意公主自能看得分明。驚怖流決不會善罷甘休，顯然在驚怖流身後有高人，如何應付驚怖流捲土重來才是我們目前最要緊的事。」

「有我歌舒長空在，驚怖流又有何懼？」只見歌舒長空不知何時已涉水上岸，向這邊走來。

尹歡心情複雜地迎上前去，施禮道：「爹，你能擺脫頑疾困擾，重獲自由，孩兒實是萬分高興。若爹能早日脫離地下冰殿，隱鳳谷也不會如此死傷慘重，孩兒無能，辜負了爹的重託，請爹責罰！」

歌舒長空腳步頓止，若有所思地望著尹歡，一時無言。

尹歡暗自不解，心中隱隱不安。

唯有戰傳說知道，歌舒長空之所以會如此，是因爲他的神志已混亂不清。想到這一點，他不由在心中暗嘆一口氣，忖道：「不知尹歡的胞妹尹恬兒如何了，這一次，隱鳳谷的遭遇不可謂不慘烈！」

果然，歌舒長空怔了片刻，方遲疑道：「縞兒？縞兒？你還活著嗎？」他忽然搶上兩步，伸出雙手一下子扣住了尹歡的雙肩，興奮地道：「縞兒，爹爹我已重獲自由了，爹的武功已達到無窮太極之境，從此隱鳳谷便天下無敵了，哈哈哈……哈哈哈……」

歌舒長空笑得瘋狂開懷，得意之極，尹歡的心卻一陣陣緊縮，一幕幕往事迅速閃過他的心頭，他的臉色越發蒼白！

爻意似乎忘了戰傳說的矢口否認，她壓低了聲音道：「威郎，尹……尹谷主的父親爲何如此？他也是與我一樣，被困在這湖底嗎？」

戰傳說暗暗苦笑，卻也不再急於分辯自己不是「威郎」，他搪塞道：「一言難盡……」事實上，他對隱鳳谷的事也的確知之不多。

歌舒長空忽然「咦」了一聲，「縞兒，你好像不開心？」

尹歡古怪地笑了笑，笑聲嘶啞而充滿了悲愴之意，他幾乎是一字一字地道：「我不是你的縞兒，我——是——尹——歡！你的縞兒早已死了！」

言罷，他正視著歌舒長空的雙眼，神情看似平靜，但他的目光顯得殘酷而憤怒！

以尹歡的心計，很快便發覺歌舒長空的神志已錯亂，而歌舒長空在神志不清時將他認作是尹縞，更勾起了他的仇恨！他自知自己的身材容貌與尹縞相差甚遠，歌舒長空將他誤認作尹縞，一定不是身材容貌相似的緣故而混淆，而是因爲自己稱他爲「爹」！

換而言之，在歌舒長空的內心深處，他只有尹縞一個兒子，當他神志不清，被人稱其爲「爹」時，他本能地想到的就是尹縞。

尹歡的目光刺痛了歌舒長空的神經，他神情變了變，似乎想起了什麼，慢慢地鬆開雙手，後退一步，喃喃自語道：「死了……死了……」

尹歡背向著戰傳說，所以戰傳說沒能看到他的怨毒目光，不由提醒道：「尹谷主……令尊在地下冰殿與哀邪相戰時，被哀邪的……咳咳……邪門武學『三皇咒』所傷，恐怕有些神志糊塗了。」

說完這些話，戰傳說感到頗爲吃力，他心道：「那衣飾古古怪怪的女人武功好可怕，僅是一擊，就差點讓我葬身魚腹。」

尹歡道：「是嗎？」他轉過身來，嘆了一口氣，接著道：「我父親一生委實坎坷，在地下冰殿自困近二十年，剛剛有重獲自由的機會，卻又遭此重創。」

戰傳說沒有聽出尹歡言語中充滿報復感的快意，他安慰道：「令尊功力深厚無比，也許過些時日，便會恢復如常的。」

尹歡目光一跳，沉默了片刻方道：「但願如此。」

這時，離眾人數丈外的草叢中忽然傳來輕微的呻吟聲，戰傳說、尹歡幾人同時一驚，尹歡脫口道：「還有人活著！」

「簌簌……」聲中，一個人影自草叢中緩慢而吃力地爬出幾步，似乎想支撐著站起，卻反而向前跌撲過去，再也不能動彈。

尹歡搶步上前，將匍匐地上的人扶轉過來，借著月光一看，驚喜地道：「離漆詠題？」

尹歡所見到的離漆詠題自然是由「青衣」易容而成的。

青衣聲音微弱地道：「左向……石老……」言罷，他雙眼一閉，暈死過去。

尹歡這才記起石敢當，石敢當暈迷過去之後，便是巨浪席捲而來之時，當時情形混亂而危險萬分，石敢當定是在那時被浪濤捲走的。

尹歡知道「雕漆詠題」所說的，定是要指出石敢當所在的方位，他心中飛速轉過數個念頭後，便依雕漆詠題所指的方向走去。

戰傳說亦聽到了青衣的話，他忖道：「石前輩一直沒有露面，難道他也遭了不測？」石敢當諸人被驚怖流完全控制時，戰傳說尚在水中，故有此疑問。

尹歡朝左向走出數丈後，俯下身來，過了頗長的時間，他站起身來，腳步略顯蹣跚地向這邊返回。

戰傳說有些緊張地望著尹歡，尹歡走至離他三四丈遠的地方站定，「石老應無恙，不過仍在昏迷當中。」

鳥鳴蟲啾，月明星稀，時辰應在子丑之間。

戰傳說、尹歡、爻意、歌舒長空、石敢當、青衣六人聚於清歡閣中，六人中，除了爻意外，其餘的人或輕或重皆負了傷，其中尤以青衣、石敢當、戰傳說爲重。石敢當、青衣雖相繼甦醒過來，但一時只能在內室中臥床靜休，青衣的腹部有一刀傷，傷口不大，但很深，所幸沒有傷中要害。尹歡發現他時，青衣身下土地已被鮮血浸透。

誰也不會料到這一刀，其實是青衣自己的傑作。

青衣雖與斷紅顏同爲驚怖流最可怕的殺手，但他們之間卻有很大的不同。唯有青衣，才會在驚怖流已完全控制了局面時，仍不顯露身分。他那不可思議的耐心使其能在經歷風雲變化後仍留在隱鳳谷，留在尹歡的身邊。

當然，他能夠做到這一點，與哀邪對他的瞭解和信任不無關係。正是基於對青衣行事風格的熟知，哀邪才在自以爲即將大功告成之際，仍聽任青衣自行其事，沒想到在最後的關頭，尹歡突然不可思議地出手，而戰傳說、爻意、歌舒長空亦相繼驚現遺恨湖中。驚怖流受挫退出隱鳳谷後，留在尹歡身邊的青衣，顯然已成了驚怖流極爲重要的一顆棋了。

青衣能成爲哀邪最爲倚重者，除了他的武功外，其智謀亦是重要因素。

青衣冒險留在尹歡身邊，一則試圖弄清尹歡的底細。尹歡所顯露的武學修爲遠在哀邪諸人估計之上，尤其是在服下藥物後，其他人皆無反抗之力，而尹歡的功力卻未因爲服了藥物而消失，顯然他決不是外人想像的那麼簡單。同時，青衣知道如今對付隱鳳谷的最大障礙已不是石敢當，而是爻意。爻意的來歷太過神秘詭異，除非是盡可能接近她，否則很難知悉她的底細。而對對手的陌生，其實便是對自己的殘酷，無論是青衣，還是哀邪，都深知這一點。

哀邪之所以下決心暫從隱鳳谷退卻再圖打算，亦因爲他希望青衣再起奇兵的作用。

青衣行事絕對夠狠、夠絕，包括對他自己，那擊在他自己身上的一刀稍差分毫也許就會真的要了他的命。也正因為如此，青衣自信從此尹歡諸人決不會對他起疑心，哪怕他偶爾露出一點破綻也會被尹歡等人忽略過去。

青衣若要成為最能接近尹歡的人，最直接的途徑就是尹歡的身邊只有他一人追隨，那麼尹歡便別無選擇必須倚重於他。所以，青衣趁著混亂，將隱鳳谷倖存的幾名弟子都殺了，他之所以沒有借機殺了石敢當，只是因為他知道尹歡對石敢當存有戒備之心，這也許會成為他可以利用的機會。

戰傳說端坐床上，爻意將雙掌抵於他的後背，一刻鐘後，爻意頹然失望道：「我的玄級異能已被擊得渙散，短時間內恐怕難以恢復了。否則我可憑玄級異能使你的內傷很快癒合，但爻意知道威郎稟賦遠逾常人，不會有事的。」

頓了頓，她將身子輕輕地依偎在戰傳說寬闊的背上，「威郎，天祇的這場廝殺無窮無盡，你願不願與爻意一起退出這場紛爭，到一個不為人知的地方過平靜的生活？難道，你寧可冒著與爻意再度被強行分開的危險，也不肯放棄你的雄霸神祇之志？」

戰傳說嘆了一口氣，「在下的確姓陳名籍，姑娘一定是認錯人了。」爻意親暱的舉動讓他很是窘迫。

攵意嬌軀微微一顫，移至戰傳說側面，凝視著他。良久，她肯定地道：「攵意絕沒有認錯人，世間也不會有如此相像的人！威郎，你還記得兩年前爲了我，你與光紀決戰時，小腿曾被光紀的『天荒』刺傷，留下了疤痕。」

戰傳說聞言，精神爲之一震，立即道：「這恰好可以證明妳的確是認錯人了，因爲我的小腿從來都沒有受過傷。」

如今他已穿上了尹歡給他的衣衫，爲了證明自己所說之話，他將褲管挽起，語氣有掩飾不住的興奮。

低頭之際，他臉上的表情突然一下子凝固了，再也吐不出一個字來，心中之驚愕難以言喻。

在他右小腿處，赫然有一道醒目的疤痕，而且是前後相對應，顯示出這疤痕是被兵器刺穿腿部後留下的。

這怎麼可能?!他除了在進入荒漠中時，大腿曾被一支弧形箭射中外，下身再未有過受傷經歷，對於這一點，戰傳說有絕對的把握。但無論他有多麼強的自信，在事實面前，他卻不得不屈服。

戰傳說忍不住伸手去觸摸小腿上的疤痕——疤痕的確是真真切切地存在著，與他決不會出錯的記憶形成了不可調和的矛盾。

戰傳說感到自己快要瘋了，此時，攵意將他認作是她的「威郎」，連他都找不到任何否認的理由。

戰傳說有些木訥地、慢慢地、下意識地搓摩著小腿部的傷疤，半晌才吐出一句話來。

「看來，我別無選擇，只能承認我就是妳的威郎了。」

爻意奇怪地望著他。

戰傳說緊接著又問了一個在她看來更不可思議的問題：「現在，妳告訴我，我的名字是什麼？妳與我的關係是什麼？還有，爲什麼我會被稱爲『木帝』？」

爻意怔怔地望著他，她那勝若天仙女神的絕世容顏中，有百思不得其解之色。

這時，尹歡叩門而入，打破了僵局。戰傳說知道尹歡不顧自身亦傷得不輕而親自尋找尹恬兒的下落，想到此前曾見尹恬兒對尹歡這個哥哥似乎並不尊重，不由有些感慨，當下關切地問道：「尹谷主，找到恬兒姑娘了嗎？」

尹歡搖了搖頭，「恬兒下落不明，隱鳳谷的兄弟傷亡殆盡，我父親又神志混亂，隱鳳谷名存實亡，尹某現在便想聽一聽爻意公主與陳兄弟的高見，我等當何去何從？」

爻意坦言道：「小野西樓的修爲實是不凡，我的玄級異能亦被她擊得潰散，當時若她能加以持續攻擊，我失去了玄級異能保護，根本難以倖免！加上他們人多勢眾，若是他們捲土重來，我們絕難抵擋。」

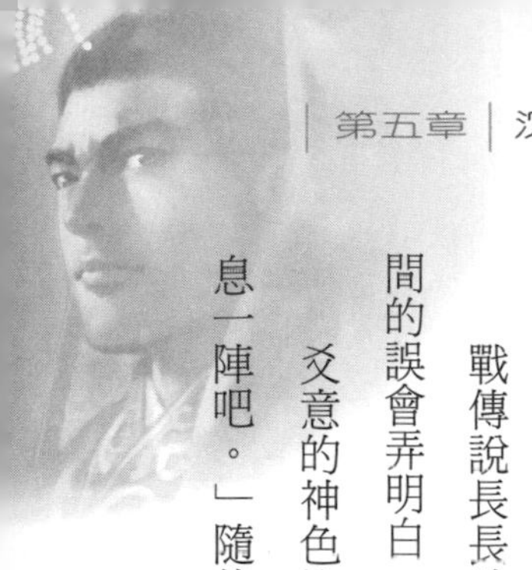

她對局勢分析的結論顯是極不樂觀，但讓戰傳說、尹歡不解的是，她的神色間竟沒有絲毫畏懼擔憂之色。

見尹歡大爲擔憂，爻意胸有成竹地接道：「不過，對方一時半刻決不會再度進攻，所以只要我們離開此地，避上一日，威郎的傷勢便會痊癒，那時即使威郎不動用自己的人馬親自出手，對手亦不堪一擊！」

她深深地看了戰傳說一眼，接著道：「威郎，若光紀知道你傷得這麼重，循跡追至，那才是最大的危險，所以即使沒有小野西樓諸人，我們也應該立即離開此地。」

戰傳說苦笑道：「即使我的功力完全恢復過來，也決不是小野西樓的對手。」

尹歡微微頷首，以示贊同。

爻意愕然道：「怎會如此？就算以你麾下『四靈』的力量，也數倍於小野西樓，何況是你自身？」

戰傳說長長地吸了一口氣，「在這世間，我並無所謂的部屬。」他覺得若再不將自己與爻意之間的誤會弄明白，那他一定會瘋掉的。

爻意的神色比他更凝重，她沉默了片刻，忽然很溫柔地對戰傳說道：「威郎，你太累了，先歇息一陣吧。」隨後對尹歡道：「尹谷主，我有事需你幫助。」邊說她已邊向外走，尹歡滿懷好奇地隨之而出。

戰傳說怔怔地望著爻意的背影，直到他們消失於門外，方無奈地嘆息一聲。

爻意將尹歡領至西首的一間屋內，石敢當正在此屋養傷。石敢當是怒極攻心而暈死過去的，所以他的情形尚不算太壞。

爻意、尹歡與石敢當相見之後，爻意開門見山地道：「我們所在的地方是什麼地方？」

尹歡與石敢當相視一眼，尹歡道：「自然是隱鳳谷。」

爻意道：「隱鳳谷又屬何人的疆土？」

尹歡、石敢當皆算是沉穩內斂之人，但乍聞此言，兩人卻不由齊齊為之一震，大惑不解。

但尹歡終還是如實道：「自是歸屬大冥樂土。」

爻意黛眉微蹙，自言自語般道：「果然是在光紀的疆域內，難怪威郎會傷得這麼重！一定是寡不敵眾所致！但父王將我禁於光紀所轄的疆域內，未免太過分了，難道父王不知光紀一直對我存在壞心？」

尹歡、石敢當如墜雲裏霧裏，不知所云。

這時，爻意頗有深意地看了尹歡、石敢當一眼，「二位是大冥樂土的人，定是效忠於光紀。

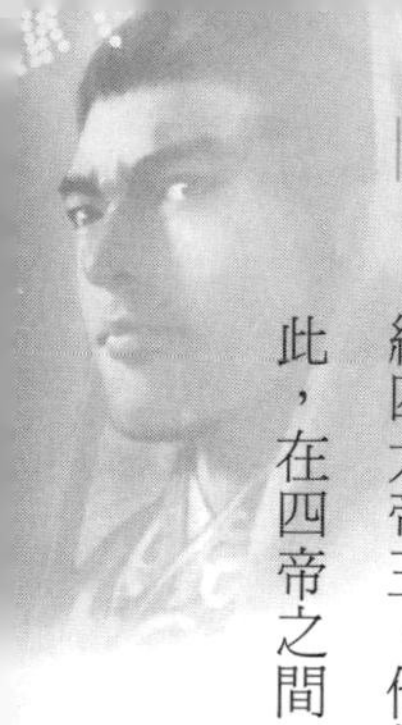

如今你們已知道我與威郎的身分，是否有將我們送與光紀邀功請賞之意？」她的神色間已有凜然之色。

石敢當越聽越糊塗，終忍不住愕然道：「老夫實在不明白姑娘這番話的意思，亦從未聽過什麼光紀，至於邀功請賞，更不知從何說起。」

爻意疑道：「你們身在大冥樂土中，怎麼可能不知你們的水帝光紀？」

石敢當有些不悅地道：「姑娘有話不妨直說，老夫一生之中尚未有過虛妄之辭！」

爻意看出石敢當所言應是不假，連聲道：「奇怪！奇怪！」

隨後她續道：「那二位對神祇及神祇四帝應知曉吧？」

看她的神情，想必一旦石敢當、尹歡說對此也不曾聽說，那她定會驚愕欲絕。

石敢當沉思了片刻，若有所思地點了點頭，「有關武界神祇的事，倒曾聽說過一些……」

不錯，石敢當對「武界神祇」的瞭解，僅僅只限於「聽說」而已，因爲有關「武界神祇」的一切，本就只是遙遠而模糊的傳說而已。

爻意如釋重負地吁了一口氣，「眾所周知，神祇有木帝威仰、火帝栗怒、金帝招拒、水帝光紀四大帝王，他們無不是雄霸一方的王者，唯有無所不能的天照神方能使他們皆歸於神祇。縱是如此，在四帝之間，仍是有明爭暗鬥，其中尤以威郎與光紀的矛盾最深。而我父王火帝與水帝光紀關係密切，所以他不願見到我與威郎交往。爲了徹底使我與威郎斷絕關係，父王甚至不惜將我封於他的天幕棺中，讓威郎無法與我相見。這一次，一定是威郎查知我的下落後，冒險深入光紀的領土腹地，要將我救出，卻被光紀及大冥樂土的人重創，不過，最終威郎仍是將我從天幕棺中救出了，但他似乎已忘記了他自己的身分，以及所有與他有關的事。我懷疑是否被光紀施以毒手，使威郎的記憶消失了。若真的如此，那威郎的處境就十分不妙，唯有設法與他『禳除國』的臣民聯繫，才可助他脫離危險！」

尹歡一片茫然。

石敢當卻倒吸了一口冷氣，他沉聲道：「姑娘的意思是說，妳就是……神祇四帝中的火帝的女兒，而陳兄弟是神祇木帝威仰？」

爻意道：「正是！」

石敢當如被人重重砍了一刀般吸了一口涼氣，方緩聲道：「據老夫所知，即使傳說中的武界神祇是真實地存在著，那神祇以及神祇中的人物也是屬於兩千年前！換而言之，姑娘所說的事，本應該在兩千年前就已發生了。」

爻意大震，不能置信地望著石敢當，一時房內寂靜無聲，落針可聞。

亂葬崗下隱藏著的驚怖流地下巢穴。

小野西樓盤膝而坐，在她的身前，橫置著一隻弧形長匣，長匣已開啓，天照刀靜靜地臥於長匣之中。

這是驚怖流地下大殿的正殿，此刻，偌大的正殿內空蕩蕩的只有小野西樓一人。

她的腦海中一遍又一遍地回憶著天照刀脫手而飛的情景，心中極不是滋味。

這時，哀邪在幾名驚怖流屬眾的擁簇下進入正殿，因與歌舒長空在地下冰殿一戰傷得極重，此刻他的臉色仍是極爲蒼白。

哀邪道：「聖座，鳳凰重現的時辰已過，但據潛留在隱鳳谷附近的屬眾傳訊說，遺恨湖毫無動靜，並未見有鳳凰重現的事發生，不知聖座對此事有何高見？」

小野西樓的目光並未從天照刀上移開，她淡淡地道：「其實無須本座回答，哀門主心中早已有了答案。」

哀邪略顯疏淡的眉頭不易察覺地一跳，隨即哈哈一笑，「哀某只是略有想法而已。哀某忽然想到，所謂鳳凰重現的事，會不會只是謠傳，事實根本不存在呢？」

驚怖流所做的種種努力，無不是爲了鳳凰重現之事，如今哀邪忽然對這事是否屬實提出疑問，無疑是近乎石破大驚的觀點，但他偏偏以平淡的語氣提出，相形之下，更對他人的思維以極大的衝擊，足見哀邪心計深沉。

說完這一番話，他便一瞬不瞬地注視著小野西樓，欲從小野西樓的表情變化中探出她的心思。

小野西樓終於抬頭向他望了過來，出乎哀邪意料之外的是，她竟未直接回答他所問的，而是轉而道：「若鳳凰重現一事的確只是一種謠傳，哀門主將有何打算？」

她如此輕易地認同了哀邪的推斷，顯然是在哀邪的意料之外，以至於哀邪沉默了少頃，方道：「若如此，驚怖流再將力量消耗於隱鳳谷，就毫無意義了。」

其實，哀邪本是採用以退為進的方法，而驚怖流對隱鳳谷所付出的代價之高遠出乎他的預料，使他有種得不償失之感。他本想設法引得小野西樓提出放棄對隱鳳谷的攻擊，沒想到小野西樓卻識破了他的用心，無奈之下，他只得將自己的心思和盤托出。

小野西樓將木匣輕輕合上，「那麼，哀門主對那自稱爻意公主的女子的出現又怎麼看？」

哀邪皺眉道：「聖座的意思是……？」

小野西樓緩緩起身，「此人說了一些讓人感到不可理喻的話，當時本座也不以為意，但後來離開隱鳳谷後，本座忽然想起，她提到的古怪人名，與有關天照神的傳說的人物稱呼正好相符！在本座涉足大冥樂土之前，就已知道大冥樂土亦有關於神祇的傳說，只是大冥樂土的人認為神祇的主宰者是光紀，而我千島盟卻認為神祇的主人是天照神！」

「當然，樂土的人並未直呼光紀之名，在樂土人的傳說中，他被稱做玄天武帝。」小野西樓冷冷一笑，接著道：「但我千島盟卻知道所謂的玄天武帝，其實本不過是天照神麾下的一員，只是他陰險歹毒，不但使神祇大業毀於一旦，更壓制了神祇原有的其他力量。爲了掩飾自己的醜惡，他便利用當時他如日中天的勢力，將自己尊爲玄天武帝，並有意易改關於神祇的事實。漸漸地，在你們樂土的疆域內，所有人都認定武界最爲輝煌的象徵——神祇的主人是玄天武帝，卻不知有天照大神，更不知所謂的玄天武帝是天照神麾下的光紀！」

儘管驚怖流顯然已屈從於千島盟的某一勢力，但「玄天武帝」、「武界神祇」對樂土的每一武者而言，都是極爲神聖而不可褻瀆的。小野西樓的這一番話，在驚怖流弟子聽來，顯得極爲刺耳！但他們既已屈從於他人，又有什麼申辯的權利？一時間，哀邪身邊幾人的神情都極不自然。

唯有哀邪神色不變，他平靜地道：「既然主公與聖座都這麼認爲，那麼被樂土武者尊崇無比的玄天武帝定是欺名盜世之徒了，只不知聖座將這一切告訴我等有何深意？」

小野西樓的目光充滿了無限智慧，因此顯得深邃而美麗，她沉吟著道：「有關神祇的真相，本應是只爲千島盟所知的秘密，但爻意卻對神祇的情況知悉得一清二楚，而她顯然不是千島盟的人，所以此人的來歷的確蹊蹺萬分！在她出現之前，遺恨湖中曾發生的驚人突變，顯然不是人力所能醞釀的變化，哪怕是不二法門元尊也同樣無法做到！爻意曾說她並不會武功，所擁有的只是天照神賜予她的異能，在與她交手前，我也認為這純屬無稽之談，但後來我與之一戰後，感到她所擁有的力量，與任何武學修為都有所不同，這使本座不得不重新思慮她所說的話。」

哀邪道：「縱然天照神神通廣大，無所不能，但作為與神祇時代相距兩千年的人，又怎能有幸得到天照神所傳的異能？」

小野西樓頷首道：「按常理來看，此事的確不合情理，但哀門主別忘了，爻意的出現可以說是一個奇蹟，而尹歡的『長相思』本乃神祇四帝之一火帝栗怒後裔火鳳族的神物，本座與爻意一戰時，『長相思』竟自動飛至爻意身側，並顯現出極為強大的力量，似若護主，難道爻意與火鳳族有某種淵源？」

說到這兒，她沉默了半晌，方自言自語地輕聲接道：「這一切，唯有通曉天照神旨意的大盟司才能作出解釋！」

隱鳳谷清歡閣。

石敢當已是第三次向爻意證實：即使神祇時代是真實存在的，那也是一個與今天相隔兩千年的時代了。但爻意仍是一臉的難以置信，而她面對這一準確無誤的事實的懷疑態度，亦使尹歡、石敢當大覺意外。

爻意一向恬靜的神情第一次顯得茫然不安，良久，她終於提出一個讓她自己都難以接受的問題。

「難道，父王將我禁錮於『天幕棺』中，已整整有兩千年？」

尹歡覺得這種說法實在有些可笑，但最終他卻沒能笑出來。相反，他隱隱感到心情莫名的沉重，像是承受著極大的壓力，他無言地看了看石敢當。

石敢當儘量讓自己的語氣顯得平靜些，但尹歡仍是聽出了他的聲音乾澀而沙啞：「人世間又怎能有人活過千歲？」

爻意未加思索地道：「我有玄級異能護體，加上父王在將我囚於天幕棺之前，曾在天幕棺中放置了『涅槃神珠』，每過五百年，『涅槃神珠』中所蘊涵的力量可以讓人本已因歲月流逝而衰老的軀體經歷一次輪迴更新，永保原有的容貌——但我決不會相信父王會讓我在天幕棺中沉睡千年，而不將我喚醒！一則『涅槃神珠』的力量是彙聚火鳳宗開宗四老無比強大的生命力而形成，對整個火鳳宗來說，都是極爲重要的，雖然父王是火鳳宗之帝，但也不能爲了個人私事而影響整個火鳳宗的前途。以『涅槃神珠』保持我的生命力只是父王的權宜之策，只能用於一時，而不能用於一世！何況父王尚不能如天照神那般永生不滅，所以父王又怎會讓我囚於『天幕棺』中超逾千年？」

她言下之意是指，她的「父王」決不會在他自己的生命將要走到盡頭時，仍不肯給女兒自由，共用最後的天倫之樂。

縱是石敢當一生經歷無數風雨詭譎，此時也如墜雲霧。

尹歡腦海中則飛速閃過一連串字眼——五百年……涅槃……火鳳宗……鳳凰……這些字眼竟像在他腦海中不斷相聯、交疊、重組，最終使尹歡似乎捕捉到冥冥中某一神秘的線索，但又不甚明確。

無論是尹歡，還是石敢當，都知道在隱鳳谷與驚怖流緊張對峙、劍拔弩張的時候，旁人絕對無法在隱鳳谷毫未察覺的情況下進入遺恨湖。遺恨湖有隱鳳谷弟子日夜值守，湖中任何異動皆可一覽無餘，所以爻意在遺恨湖的出現，除了她早就隱身於湖底外，委實再無其他可行的解釋。二人皆想到了這一點，故對爻意的敘說，他們雖覺過於離奇，卻並未一笑置之。

爻意如秋水般又深又黑的眸子裏顯出一絲淡淡的憂鬱之色。

也許，她真的曾是一個尊貴的公主，一生極少有坷坎艱險，所以她有超越常人的從容鎮定，即使是面對驚怖流的時候，也是如此。但當她明白人世間滄桑變幻，時移事易，早已物是非人，她所熟知的世界早已一去不復返時，她的心中頓時有了一種隔膜於整個世界之外的孤獨感。

忽地，爻意似若想起了什麼，微蹙的眉頭頓時舒展開來，其神情若雲雨後乍現的一縷陽光，備顯明媚亮麗。只聽得她欣然道：「只要能找到湖底的涅槃神珠，就能使威郎恢復記憶，那時，一切

問題都將迎刃而解了！」

尹歡提醒道：「陳兄弟一直否認自己是……是木帝威仰，妳又怎能斷定他是失憶了才否定此事？」他顯得十分坦誠地繼續道：「按尹某看來，陳兄弟與普通的武界中人並無太多區別，他是威仰的可能性微乎其微。其實，妳不必拘泥於在這隱鳳谷中，只要走出隱鳳谷，妳就能清楚地看出今日離武界神祇的時代，已相距兩千年了。」

爻意輕嘆一聲，「其實在我見到你們時，就已感到你們的衣飾與我平時司空見慣的衣飾有很大差異，顯得更爲華麗繁雜，只是當時我見眾人皆不知神祇四帝爲何物，以爲你們是遠離神祇勢力所及範圍外的部族，所以衣飾才別具一格……」

她苦笑一聲，接著道：「也許自我被父王囚禁在天幕棺中之後，距今的確已相距兩千年，但我仍堅信二位所稱的『陳籍』就是威郎。天下雖有相似之人，但我與威郎相知相愛，對他的容貌熟悉之至，決不會出錯，更何況，他身上有一處傷與威郎傷口的位置、形狀完全相同，這更不可能是巧合。只要讓他恢復記憶養好傷，那麼我們同在，即使真的已有兩千年時光流逝，我亦無所懼。」

提及「威郎」時，她的真情顯露無遺，毫無矯揉之態。

石敢當記起在地下冰殿中時，歌舒長空曾說戰傳說乃是龍族中人，而此時爻意更稱他是一個應生活在兩千年前的人物，這使石敢當不由對戰傳說的身世萌生了興趣。

但石敢當最關心的仍是隱鳳谷的安危，他曾答允助歌舒長空保隱鳳谷二十年無恙，沒想到二十年將滿時，隱鳳谷竟遭此大厄，「二十年平安」自是再也無從談起。

其實歌舒長空已神志混亂，世間再無人知道石敢當與歌舒長空之間的真相，而且歌舒長空在地下冰殿曾說，只要當時石敢當助他，那麼原有的約定從此一筆勾銷，所以石敢當若從此不再理會隱鳳谷之事，離開這個曾讓他隱姓埋名近二十年的地方，於情於理，都未嘗不可。

但石敢當心中卻沒有絲毫置之身外的想法，他向尹歡問道：「現在是什麼時辰了？」

「應在子時之後了。」尹歡道。

石敢當愕然道：「那豈非已過了鳳凰重現的時辰？」

尹歡道：「不錯，不過我等之所以對鳳凰重現的事十分關切，只因爲先前以爲鳳凰血也許是世間唯一能將我爹從地下冰殿中解救出來的神物。如今我爹已脫身而出，即使鳳凰真的會在隱鳳谷重現，對隱鳳谷來說，也是毫無用處了。」

石敢當覺得尹歡這一番話多半不是由衷之言，但一時又想不出尹歡放棄這個千載難逢的機會的原因。

這時，忽聽門外有人急切地道：「大事不好，陳籍突然傷勢加重，昏死過去！」

三人聞言一驚，轉身循聲望去，卻是「雕漆詠題」手捂傷口跌跌撞撞而至，他的傷口再度迸

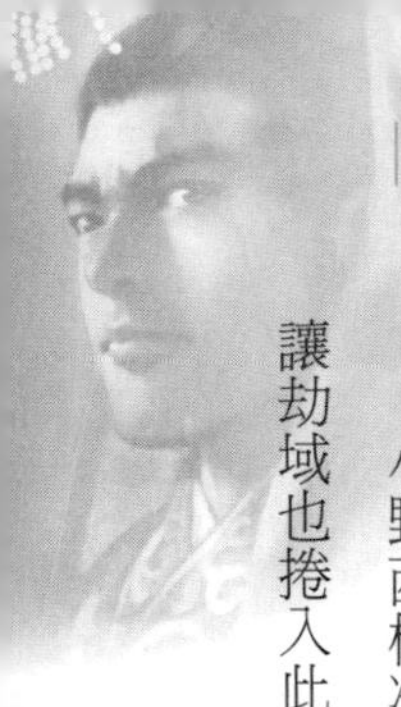

裂，鮮血由他的指縫間湧出，定是爲了向尹歡稟報此事匆匆支撐著趕來，而牽動了傷口。

爻意嬌軀劇震，立時搶先衝出門外。

哀邪正與小野西樓商議期間，斷紅顏匆匆趕至，向他們稟告道：「與隱鳳谷相距二十里處出現一批武界中人，正向隱鳳谷疾進，看樣子竟不像是樂土疆域內的教派，而像是……」

不知爲何，說到此處她欲言又止了。

哀邪哈哈一笑，「是否是劫域的人？」

斷紅顏一震，愕然失聲道：「門主英明，來者極可能是來自劫域的人馬，爲首的是劫域四將中的哀將！」

對哀邪的未卜先知，斷紅顏又是驚訝又是佩服，連小野西樓也有些詫異。

哀邪眼中精芒一閃，沉吟道：「連劫域四將也來了？」頓了頓，胸有成竹地一笑，「其實劫域的人之所以會出現，是我一手部署的，我將他們引至隱鳳谷，那麼尹歡、歌舒長空尚未來得及從我們驚怖流的打擊中緩過一口氣，就將要面對一股新的強大敵人！」

小野西樓冷冷地望著哀邪，微顯怒意地道：「哀門主此舉未免太自作主張了，主公決不會願意讓劫域也捲入此事！」

哀邪道：「劫域的人並非為鳳凰重現一事而來，他們的出現，對我們並無不利影響。」

小野西樓沉聲道：「你憑什麼斷定這一點？鳳凰乃四大靈獸之一，誰會錯過唾手可得的機會？」

哀邪毫不退讓地道：「妳過慮了。難道妳未意識到劫域人馬出現的時間正好是我們與隱鳳谷一戰已結束之際？我事先早已做了周密部署，若是我驚怖流一舉滅了隱鳳谷，那麼等劫域的人馬趕到時，隱鳳谷已成了一座空谷，獲利的只有主公與驚怖流；若是我們未能成功，那麼劫域便可代我們完成驚怖流一時未能實現的目標，鏟滅隱鳳谷，最終我等與劫域各取所需。」

「各取所需？」小野西樓輕藐冷笑一聲道：「劫域之王——大劫主的貪婪誰人不知？我雖是身在千島盟，但對此人卻亦有所聞。若劫域的人能在隱鳳谷占得優勢，怎容他人有與其各取所需的機會？」

哀邪不悅地道：「聖座對哀某未免太不信任了，別忘了，聖座也敗於神秘女子爻意手下，如今已非逞強之時。」

小野西樓高傲自負，本就視此次戰敗為奇恥大辱，哀邪此言無疑是火上澆油，她冷哼一聲，「我小野西樓十三歲時與天照刀結下刀緣，三年後開始挑戰千島盟刀道高手，尚未遇到任何對手，哪輪到你來嘲弄我？若不是看在主公的面上，今日我就要以天照刀血祭此地！」

斷紅顏及其他驚怖流的人見小野西樓突然發怒，大感不安。哀邪也不願在這種時候與小野西樓弄僵局面，急忙辯解道：「聖座誤會了，哀某只是想說明利害關係，並無嘲弄之意……」

小野西樓立時將他的話截斷：「不必解釋，我敗於爻意手下的確是事實！刀道的恥辱就要用刀來洗刷，我一定會再度與爻意一戰，以雪前恥！此次隱鳳谷一役，有負主公重託，小野西樓自會向主公請罪，如今鳳凰重現的時辰已過，失敗已成定局，我也不必再留在驚怖流了，告辭！」

言罷根本不容哀邪勸留，已昂首離去，留下哀邪、斷紅顏諸人目瞪口呆地怔立當場。

過了少頃，斷紅顏略略回過神來，急忙道：「門主，是不是由屬下設法將聖座勸回？」

哀邪擺了擺手，阻止了她。

在殿內來回踱走數遍，哀邪在一張交椅上緩緩坐下，臉上幾乎沒有任何表情地道：「有一種人，是永遠不能以『勸』來應付的，我感到除了主公之外，她只會相信自己！」

說到這兒，他掃視了眾人一眼，接著道：「她太自負了，所以她不能接受借刀殺人之計，更不能接受借刀殺曾經擊敗過她的人！在她看來，這是一種屈服與示弱，比失敗更可恥！」

他古怪一笑，以不知是自嘲還是自詡的語氣又道：「而我不同，只要能達到目的，我可以接受任何手段！」

爻意向戰傳說所在的屋子奔去時，尹歡亦緊隨其後。石敢當放心不下，勉力支起，跌跌撞撞也向那邊趕去，他覺得隱鳳谷已不比往日那樣人多勢眾，倖存的幾個人之間理應相互照應。走出幾步後，他便感到氣血翻湧，只好又緩下步子，心忖自己的確已經老了，同樣是受了傷，尹歡恢復的速度就遠比自己快得多。

這時，青衣也停下了腳步，關切地道：「石老，你有傷在身，就安心養傷吧，不必牽掛此事。」

石敢當見他臉如金紙，嘴唇因失血過多而乾裂了，不由為其忠勇而感動，心道：「『十二鐵衛』不愧為『十二鐵衛』，對尹歡的忠誠實非他人可比，只是『十二鐵衛』如今只剩雕漆詠題一人了。」

想到這兒，石敢當道：「雕漆衛不也是受了傷？唉，隱鳳谷弄成今日之局，老朽也難以心安啊！」

二人說話間，爻意、尹歡已回到戰傳說的屋內，爻意搶步上前，只見戰傳說正在床榻上不斷曲蜷、翻滾，發出粗重的喘息聲。爻意的心反而稍安少許，雖然戰傳說情形不妙，但總強過暈死不醒。

爻意一邊呼喚著「威郎」，一邊試圖使戰傳說安靜下來。她的雙手剛扶在戰傳說的肩上，便覺

著手處一片燙熱，猶如火烤，不由「啊」地一聲驚呼。

戰傳說此時側向著爻意，爻意欲將之扳轉過來，甫一用力，倏覺戰傳說的身子立時有一股強大的反震之力洶湧而出，猝不及防之下，她不由倒退了數步。

也就在這時，戰傳說低呼一聲：「水……」聲音嘶啞，似非從喉間發出，而是由胸腔直接迸發而出，像是在忍受著極大的痛苦。

乍聞此聲，爻意頓時花容失色，惶急道：「尹谷主，他一定是要喝水！什麼地方有水？」

說話間，她發現窗前高几上就有一杯水，立即捧起，搶步至榻邊，「威郎，你是要喝水嗎？」

未等她將話說完，戰傳說終於側過身來，尹歡、爻意同時發現他的面目赫然變得赤紅如火，雙目圓睜，目光亦是熾熱瘋狂，如同有兩團火焰在其中燃燒！

爻意心中「咯噔」一聲，腦海中出現了短暫的空白。

也就在那一剎那，戰傳說「騰」地彈身坐起，一把奪過她手中的水，立即倒入口中，

「哧……」涼水入口時，赫然猶如沒於赤鐵上的聲音響起，同時一團水氣瀰漫開來，情形極爲詭異。

一杯涼水剎那間被戰傳說一飲而盡。爻意這才如夢初醒般回過神來。

但未等她有何舉措，戰傳說已將手中杯子擲出，在牆上撞得粉碎，而他自己則一躍而起，下了

床榻，向外衝去。

爻意下意識地伸手攔阻，忽見戰傳說前額處赫然凸現出一龍首額印，栩栩如生，顯得威武之極，不由一呆，這時，戰傳說已與她錯身而過。

此刻，石敢當、青衣也已趕到了門外，正好撞見戰傳說奪門而出，兩人尚未反應過來，已被戰傳說隨手伸臂一撥，立時倒退數步，好不容易才站穩腳跟。

「轟……」一聲巨響，戰傳說竟未沿連廊而行，而是徑直向南而行，躍過木欄後，擋在他身前的一座小假山立時被他一掌擊得坍碎。

爻意腦海中忽有一道亮光閃過，她猛地意識到了什麼，脫口驚呼：「一定是『涅槃神珠』！每五百年一次功力迸發的時間到了，威郎，不要走！快，快攔住他！」

前面的呼聲是對戰傳說，而後一句則是針對剛由清歡閣正門處進入院中的人而發出的。情急之下，爻意已幾近語無倫次。

第六章　玄罡之戰

由正門進入院中的人是歌舒長空，他借助於戰傳說的龍族血脈後，功力已比往日倍增，如今他與爻意是所有人當中僅有的兩個沒有受傷的人了。以他此時的絕世修爲，若攔阻受了重傷的戰傳說，本是毫無問題，但事實上，歌舒長空聽得爻意的呼喊後，卻毫無反應！

眼見戰傳說即將從清歡閣脫身而去時，聽得石敢當高聲道：「歌舒長空，快將他攔住，他是唯一知道西頤真正下落的人！」

此言甫出，便聽得歌舒長空大叫一聲：「休走！快快告訴我西頤在什麼地方？」人已如驚電射出，以快不可言的速度斜斜掠向戰傳說必經的途徑，其身手之快捷，讓人嘆爲觀止。

爻意又喜又憂，喜是因爲歌舒長空可以將「威郎」截下，憂則是擔心「威郎」本已重傷，會不會再度被已神志不清的歌舒長空所傷？

轉念之間，歌舒長空已急速迫近戰傳說，向他脈門扣去。戰傳說毫不猶豫地翻腕疾出一掌，向歌舒長空當胸拍去，出手決不容情！

歌舒長空亦不示弱，手勢倏變，徑直迎向戰傳說，雙方全憑內家真力硬拚了一掌！聲如悶雷，掌風四溢，引得院內落葉如箭般四散激射！

同一時間，歌舒長空與戰傳說二人亦不分先後地倒飄而出。

強接功力已臻驚世駭俗之境的歌舒長空一擊，戰傳說竟沒有絲毫落敗跡象，石敢當不由一驚，而尹歡見歌舒長空的身手已高明至此，心中如同打翻了五味瓶，分不出什麼滋味。

戰傳說倒飄而出，撞向一片文竹，但見他的身子一屈一彈，甫與文竹相觸，立時再度借力彈起，遙遙撲向院牆之外。

歌舒長空大喝一聲：「休走！」已如影隨形般疾掠而出，身未至，氣勢如濤的一掌已席捲而出，院牆立時轟然坍出一個大缺口，在戰傳說掠過院牆的那一刹那，歌舒長空亦自缺口處一閃而沒。

爻意一跺腳，無限擔憂地道：「威郎一定是與即將迸發無窮力量的『涅槃神珠』遙相感應了！但他並非『火鳳宗』的人，絕對無法承受『涅槃神珠』的力量！」

說話間，遠處再度傳來歌舒長空的呼喝聲，以及石崩樹折的打鬥聲，顯然歌舒長空因為對隱鳳

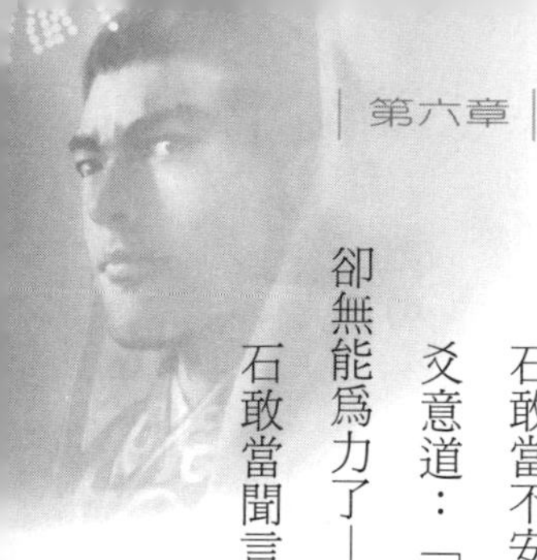

谷的地形極為熟悉，已再次截住了戰傳說。

爻意神色稍見和緩。

尹歡道：「為何唯有他一人會對此有感應？」

爻意道：「因為他是桃源龍族的人！龍族五行屬木，順金逆火！借身懷龍族木氣，可使『涅槃神珠』爆發的力量達到最高極限！威郎若在平時自不會被『涅槃神珠』中凝集的火鳳宗開宗四老的精神力所牽引，但今日他卻正好受了傷，氣機極弱，一旦在『涅槃神珠』將迸發力量時接近遺恨湖，那他一定會全身俱焚，成為『涅槃神珠』五百年涅槃推波助瀾的力量！」

也許是想到她的「威郎」被焚為灰燼的情形，爻意激靈靈地打了一個冷戰。

其實在戰傳說衝出門外的那一剎那，尹歡也看到了戰傳說前額凸現的龍首額印，心中之驚愕難以言喻。此時爻意稱戰傳說是所謂「桃源龍族」中的人，尹歡雖不知「桃源龍族」為何物，但對此卻幾乎已無甚懷疑。

石敢當不安地道：「姑娘可知用什麼方法可以救下他？」

爻意道：「若是我身負的玄級異能未被擊得渙散，再借助父王的神器，或許可以一試，可如今卻無能為力了——但願他能將威郎阻截足夠長的時間。」

石敢當聞言忖道：「難道『長相思』真的是她父王的神器？」想到這一點，他不由看了尹歡一眼，但見尹歡並無異常神情。

這時，爻意自語般道：「不行，無論如何我必須一試！」言罷立時折返屋內，找到了留在屋內的「長相思」，立即向遺恨湖方向奔去。

石敢當見她手中執著「長相思」，暗自奇怪爲什麼尹歡不向戰傳說索回被他視若生命一部分的「長相思」。

尹歡、石敢當不謀而合，一前一後向遺恨湖方向追去。他們皆知如今隱鳳谷內所有倖存者就如同處於驚濤駭浪中的一葉小舟上，一榮俱榮，一損俱損，折損了任何一人，都是莫大的損失。

當爻意等人相繼趕至遺恨湖數十丈遠的地方時，遠遠地便看到戰傳說與歌舒長空二人仍在纏鬥不休，看樣子兩人都已耗力過甚，出招之間雖更顯悍猛，但精妙之處卻弱了不少。兩人攻守間幾乎是以功力強拚，凶險無比。

但更吸引爻意幾人目光的，卻是離戰傳說二人十幾丈外呈弧形散立的三十餘名白衣人。

此三十餘人皆身材高大雄壯，與歌舒長空、戰傳說相比亦相差無幾。三十餘人皆著白色緊身勁袍，頭罩銀髮皮盔，全身上下僅有半張臉露於銀、白兩色之外，在夜色中顯得格外醒目。

眾白袍客所持兵器皆是奇門兵刃，赫然是將刀與鉤的優勢完美無缺地融合作一處，殺機森然。

被三十餘名白袍客如眾星捧月般圍於當中的人，是唯一未戴銀色皮盔的人，此人年約四旬，膚色白皙，卻是滿頭銀髮如雪，站在遠處，一時倒難以將他與頭戴銀色頭盔者區分開來。一柄長劍背負身後，劍未出鞘，便透出霸戾之氣！

此人渾身所透發出的凌然萬物的高手氣息，足以讓人察覺到他是眾白袍客中地位最高者！

他們僅是在戰傳說、歌舒長空一側冷眼旁觀，使爻意、尹歡、石敢當一時都無法看出這些人的來歷及目的何在。但那森然殺機使他們知道對方來者不善，爲免對方在戰傳說與歌舒長空鬥得兩敗俱傷時趁機出手，加害兩人，爻意不顧潛在的危險，繼續向戰傳說那邊靠近。

而尹歡幾人明知危險，但禍已臨頭，又豈能回避得了？亦只有舉步向前，心中思忖來者雖然不是驚怖流的人，不知又是哪一路覬覦鳳凰的人馬。

這時，白袍客中爲首之人緩緩舉起他的右手做了一個手勢，他的身後立時亮起十數支火把，將方圓二十丈內照得亮如白晝。

但見此人面孔白皙，雙眉清淡如無，僅剩下兩道隱約可辨的眉痕，使之平添了不少邪氣。嘴角處有兩道深深的印痕，這使得他的表情中始終帶有哀傷之色。

但聞此人冷哼一聲，「本哀將以爲隱鳳谷中只有瘋子，現在總算又跑出幾人來了。」

他身後的部屬頓時轟然大笑，想必因爲他們最初遇到的是戰傳說與歌舒長空，面對長驅而入的外人，戰傳說、歌舒長空卻不聞不問，只顧自相搏殺，無怪乎他們會這麼說。

尹歡身爲隱鳳谷谷主，此刻是當仁不讓，當下喝問道：「閣下何人？爲何在隱鳳谷中如此放肆？」

那銀髮者冷笑一聲——縱是冷笑，他的臉上也殊無笑意，只是嘴角動了動而已——狂妄無人地道：「真是有眼無珠！本將是大劫主麾下四將中的哀將，今日前來隱鳳谷，便是奉大劫主之命來踏平隱鳳谷！」

他的身材比尹歡高出半個頭，眼光投向尹歡時，便有一種居高臨下的氣勢，他看了看尹歡，接著道：「你這不男不女的人，又是什麼人？」

此言一出，他的手下立時如獸般狂笑不止。

顯然，在他們看來，滅了隱鳳谷只是一場輕而易舉的遊戲，因爲太過容易，反而讓他們感到無趣，唯有盡情戲弄到手的獵物，才能使他們近乎獸性的心理得到最大的滿足。

尹歡乍聞此言，腦中「嗡」的一聲，熱血向上疾衝，腦海中近乎空白，只剩下一個聲音在回蕩不絕：「不男不女……不男不女……」

尹歡極怒！但最終仍以出奇冷靜的語氣道：「我是隱鳳谷主尹歡！」

沒有人會不知劫域的大劫主，尹歡也不例外。大劫主麾下有喜、怒、哀、樂四將，四將無一不是足以讓武界中人聞之色變的絕世高手。今日四將中的哀將出現在隱鳳谷，必會爲隱鳳谷帶來可怕的災難，尹歡之所以能出奇的冷靜，是因爲極度的憤怒使他無所畏懼。

就在尹歡與劫域哀將對話間，戰傳說與歌舒長空已攻守互易數十招。戰傳說狀如瘋狂，竭力想衝向遺恨湖，但面對歌舒長空的纏鬥卻難以脫身。

哀將氣勢凌然地道：「尹歡？無名小卒何以成了隱鳳谷谷主？歌舒長空在什麼地方？速讓他來受死！」

石敢當在得知對方是來自劫域時，心中便忐忑不安，聽到這兒，始知對方最主要的目標是歌舒長空。不由暗自奇怪，心想：他們既然是爲歌舒長空而來，爲什麼歌舒長空近在咫尺，他們卻根本識不出？

正在酣戰不已的歌舒長空忽聞有人高呼自己的名字，立時回應道：「老夫便是歌舒長空，誰敢尋老夫晦氣？」

戰傳說卻趁他分神的時機擺脫了他的纏鬥！

其實他們二人之戰，勝負已在毫釐之間，方才歌舒長空漠視自己的危險處境分神時，戰傳說若借機施以毒手，歌舒長空必然在劫難逃！但戰傳說輕易地放棄了這種機會，足見戰傳說神志未失。

但縱是擺脫了歌舒長空的糾纏，戰傳說仍是未能從容脫身，他乍得一時自由，立即有四名白袍客自幾個不同方位圍上，將他圍於核心，形成互為掎角的必殺之勢！

戰傳說不發一言，立即全力攻向擋於他正面的白袍銀盔人，這些白袍銀盔者屬劫域上萬魔兵中精選出來的三百劫士，三百劫士無一不是身懷絕學的高手，乃大劫主雄霸劫域最為倚重的憑藉之一。此次為對付隱鳳谷，大劫主派出三百劫士中的一成人馬，足見大劫主勢在必得之志。

戰傳說甫一出手，正對面的銀盔劫士立時揮動兵器相迎，奇形兵器似劈似鉤，招勢狠辣凌厲，決不可小覷。

戰傳說手無兵器，不能與之硬接，甫進則退，憑藉父親戰曲所傳神鬼莫測的步法斜斜踏出，試圖尋機突破。

孰料縱是他身法詭異如夢幻般不可捉摸，但對方四人竟配合得極為嫻熟。戰傳說身形甫動，對方已於第一時間封住了他所有可能的突圍路徑，幾道光弧自不同的方位挾著驚人的殺機破空而至，如裂帛般的嘯聲扣人心弦。

戰傳說要想脫身，唯有強拚！

這時，哀將沉喝一聲：「原來你這瘋瘋癲癲之人就是歌舒長空，立即交出大劫主的『寒母晶石』，本將可賜你全屍！」

歌舒長空「啊」了一聲，怔了怔，遲疑著道：「你怎知隱鳳谷中有『寒母晶石』？這可是老夫

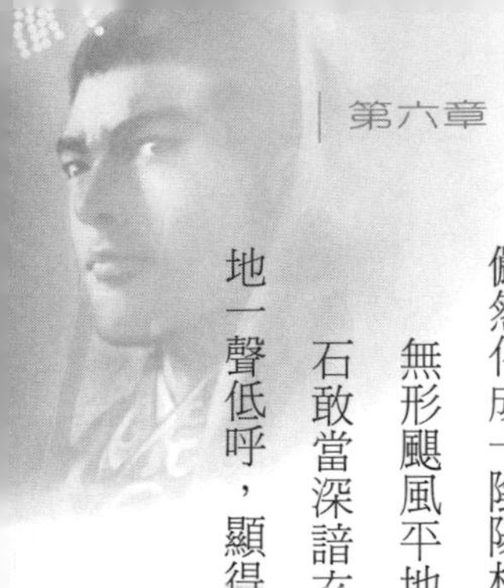

嚴守了二十年的秘密。」

話未說完，哀將眼中精芒暴閃，殺機大熾，沉喝一聲：「『寒母晶石』果真是被你盜取了，敢妄動大劫主之寶物者，唯有一死！」

「死」字甫出，哀將右臂倏揚，身形暴進，勁指徑取歌舒長空胸前要害，指風凌厲如劍！

歌舒長空大笑道：「我的修爲已臻無窮太極之境，你勝不了我的！」揮掌即擋！

哀將勁指長驅直入，直戳歌舒長空手掌！雙方以快不可言的速度接近，眨眼間，兩股空前強大的氣勁已悍然相接，聲如悶雷，驚心動魄。

一接即分，哀將倒射而回！

歌舒長空仰天長笑，興奮高呼：「沒有人能勝過無窮太極的，我已天下無敵！」

哀將左手彎曲四指，僅餘第二指平伸，指尖朝上，呈日君訣；右手第四指平伸，指尖朝上，而其餘四指微向內彎，呈月君訣。內家真力急速催運，借日君訣與月君訣陰陽互易之手訣，使其自身儼然化成一陰陽相融之爐鼎，五行陰陽之氣在瞬息間發生著不爲外人所知的驚人變化。

無形颶風平地生起，捲起漫天風沙，向歌舒長空席捲而去，情形詭異！

石敢當深諳玄學，目睹眼前情形，不由暗叫一聲：「不好！」心念甫起，便聞歌舒長空「啊」地一聲低呼，顯得極爲驚訝。

但見他雙臂赫然結了一層冰箔，且冰箔所覆蓋的範圍正以驚人之速延伸，轉瞬間，歌舒長空大半個身子已被籠罩在冰箔之中，閃閃發亮。與此同時，歌舒長空已僵立當場，似已動彈不得。

哀將得意至極，只是即使他再如何興奮，臉上的表情仍是顯得哀傷，這與他興奮熾熱的目光形成了一個鮮明的對比。

哀將嘶聲道：「歌舒長空，你敢盜取『寒母晶石』，今日就讓你亡於本將的『邪寒罡氣』之下！」說話間，他已加緊催動罡氣，歌舒長空身上的冰箔急速增厚，形成厚厚的冰層。

哀將左右手的手訣驀然互易，刹那間，引得周遭空前強大而有序的陰陽氣勁突然間發生天翻地覆般的變化，由此產生極爲毀滅性的氣勁，向歌舒長空疾襲而至！勁氣與虛空激蕩，聲如鬼哭神號，本已僵立當場的歌舒長空如何能避過哀將這最後一擊？

哀將及諸銀盔劫士料定歌舒長空將在「邪寒罡氣」下化爲碎片！

驀地——

歌舒長空一聲暴喝，聲震天宇！而將他緊緊包裹的冰層在這一聲暴喝中倏然粉碎。

這絕非尋常意義上的冰層，而是暗蘊哀將「邪寒罡氣」的冰層，冰封的不僅是對方的肌體，還有血脈內息，不知有多少高手亡命於哀將的「邪寒罡氣」之下，沒想到這一次卻被歌舒長空衝潰。

冰層被衝得激散開去後，瞬息間碎冰化爲漫天水珠。歌舒長空雙掌圈送間，水珠頓被其強大的

內力所牽引，散而復聚，化爲一柄水劍！

一聲悶響，水劍正好擋住哀將最致命的一擊！區區水劍，自然立時化爲水氣消失無形，但哀將這一擊的威力亦被削弱大半，歌舒長空從容避過。

歌舒長空得意地笑道：「我在冰中生活了無數日子，區區薄冰，能奈我何？」

自封地下冰殿二十載，對歌舒長空的確不無裨益，在那堅冰中，他近乎無呼無吸。

這一次戰傳說三掌擊穿地下冰殿與遺恨湖之間的岩層，歌舒長空尚被困於地下冰殿內，當時地下冰殿已一片黑暗，而他並不在出口處附近，所以在戰傳說、石敢當相繼脫離險境後，歌舒長空仍在已被湖水完全浸滿的地下冰殿中，過了很久才得以脫身。若非他早已在堅冰中習慣了無呼無吸的生存方式，只怕當時就要命殞地下冰殿了。

不過這一次歌舒長空能輕易化解哀將的進攻，與他在地下冰殿的長年生活其實並無直接關係。地下冰殿雖是被長年冰封，但殿中寒冰的可怕程度，其實遠遠遜色於哀將的「邪寒罡氣」。歌舒長空之所以沒有敗亡，更主要的原因是因爲他曾修煉過武學奇書——《太隱笈》之故。

歌舒長空當初將自己封於地下冰殿中，就是要以玄寒之氣與自己過於剛熱的內息抗衡，又怎會被「邪寒罡氣」輕易所傷？

歌舒長空未想到個中其正原因，而哀將也未能知道真相，他所想到的卻是歌舒長空之所以能與

「邪寒罡氣」相抗衡，一定是因為歌舒長空擁有「寒母晶石」二十年，所以漸漸適應了玄寒氣勁。

想到這一點，哀將怒意更盛。

就在這時，一名銀盔劫士被戰傳說一掌擊中面門，立時面門碎裂，鮮血四濺，連哼都沒有哼出一聲，便仰首倒跌而出，倒地之後一陣抽搐就此斃命。

看情形，此時戰傳說尚占上風，而歌舒長空亦未落敗，似乎對隱鳳谷更為有利，但石敢當卻知圍攻戰傳說的僅有四名銀盔劫士，另有近三十人在一側虎視眈眈而未出手，縱是如此，戰傳說應付四人亦決不輕鬆，十餘招後方擊殺一人，這一半是因為銀盔劫士的武功本就甚為高明，同時也因為戰傳說與歌舒長空一番廝殺，耗去了他不少功力之故。

而這一因素，同樣也會影響歌舒長空。方才他與哀將的交手，僅是因為哀將有了輕敵之心，才稍占上風。

由此看來，形勢對隱鳳谷而言決不容樂觀。何況歌舒長空的武功雖然增進逾倍，但他已神志不清，誰也不知他會不會突然有石破天驚之舉，這也使局勢更為不明確！

爻意本欲借「長相思」及自己體內僅有的殘餘玄級異能化解戰傳說即將面臨的厄運，但此刻因哀將的出現，她的舉動已毫無意義。戰傳說要想衝破對方的包圍圈實非易事，只要拖過「涅槃神珠」力量全面迸發的時間，就算度過此劫了。

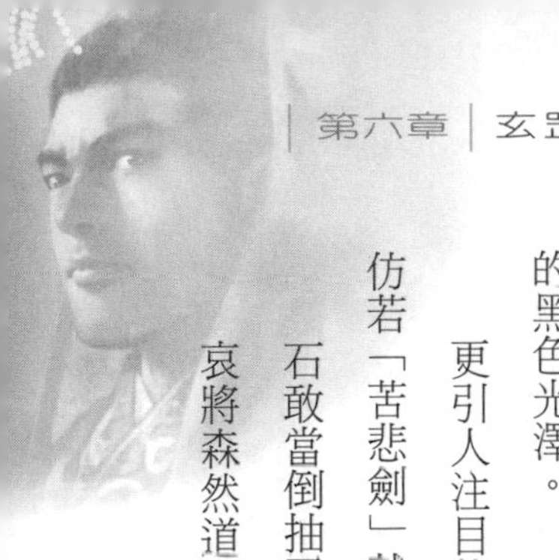

尹歡知道對方的身分後，立即想到隱鳳谷的確已不宜久留，劫域雖在樂土之外，但對樂土名門正派仍有極大的威懾力。劫域逾萬魔兵，三百劫士，以及一眾絕頂高手，足以讓人聞之色變，而其大劫主的武學修爲更儼然已是魔道第一人，已臻通神境界，有驚怖流、劫域兩大勁敵，哪有隱鳳谷的生存之地？況且隱鳳谷三百弟子已傷亡殆盡，名存實亡，實無強撐下去的必要。

眾人各懷心事，而與戰傳說做殊死拚殺的銀盔劫士卻又是另一番感覺。

剛與戰傳說交手時，銀盔劫士便駭然發現戰傳說拳挾熾人火勁，與他挨得稍近，更可感受到他的身軀猶如一隻火爐般熱浪熾人。如此感覺，對於來自極寒劫域的他們來說，實是難以消受。

此時哀將殺機萌動，右手輕按所負劍上，以森然目光直視歌舒長空，「平庸者存活世上，累己累人，徒受百般苦難，就讓本將的『苦悲劍』賜你一個解脫的機會吧！」

長臂屈揚之間，一道冷芒劃空而出，哀將手中已多出一柄奇劍，劍身寬厚，通體泛散代表死亡的黑色光澤。

更引人注目的是在光滑的劍刃內，竟隱有圖案，細加辨認，赫然是十三顆極爲逼真的骷髏頭，仿若「苦悲劍」就是一柄可以吞沒一切生命的深潭，而十三顆骷髏頭則是冤死其中的鬼魂！

石敢當倒抽了一口冷氣，沉聲道：「好邪的劍！」

哀將森然道：「總算有點眼力。此劍乃本將以十三條人命配合『血符』百煉而成！十三條冤死之魂被血符壓制，永遠不得超生，其怨戾之氣可想而知。而夠格供本將煉劍的人決不會太多，歌舒長空，但願你夠格成為第十四人，使『苦悲劍』的威力更進一層！」

「受死吧！」

冷喝聲中，哀將身形驀然沖天掠起，「苦悲劍」幻現漫天黑氣，嘯聲如鬼哭神號，剎那間，周遭火光頓時黯然失色，代表死亡的無形殺機無孔不入地滲入每個人的靈魂深處，頓時眾人皆感周身血液亦因此而凝固，心臟驟然收縮。

就在那一剎那間，眾人方真正地意識到遠離樂土的劫域忽然與隱鳳谷聯繫在一起時，對隱鳳谷來說將意味著什麼。

苦悲劍以不可捉摸的軌跡在虛空中閃掣飄忽，幻化無窮，劍勢的每一細微變化都與哀將的內家真力息息相關。空前強大的肅殺劍氣在有限的空間、時間內無限膨脹，其驚人的力量，最終使劍勢所籠罩的數丈範圍內的虛空發生了不可思議的扭曲，哀將的身形赫然隱沒於滅天絕地般的黑色劍氣中！劍氣破空猶如兵刃破空，「滋滋……」有聲，剎那間彷彿有千刀萬劍鋪天蓋地般噬向歌舒長空！

縱是石敢當雖已知歌舒長空在借助戰傳說的龍族血脈以及自己的「星移七神訣」使其自身的功力倍增，但此時他對歌舒長空能否在這驚世駭俗的劍勢下倖免亦無足夠的把握。

如此強大的劍勢所產生的氣機，對受了傷的青衣亦是一個考驗，他已有種透不過氣來的感覺，心中立時閃過一個念頭：劫域的介入，對尹歡來說自然是一場災難，但對驚怖流而言，又是什麼？

尹歡本就白皙的膚色在這一刹那間，更是蒼白得似乎可透視而過！而他的臉上卻沒有一絲一毫的表情，沒有人能覷破這一刻他究竟在想著什麼。

誰也沒有留意到，看似沒有任何神情有若一尊雕像般的尹歡，雙手竟一片血淋，那是因爲他雙手過於緊握，以至於十指的指尖皆深深地刺入了自己雙手肌膚中。彷彿揮出那可怕一劍的不是哀將，而是他尹歡！

歌舒長空以出人意料的勇氣，將自身功力催發至最高境界，毫不怯退地以血肉拳頭向「苦悲劍」逕自迎去。

歌舒長空的內家功力雖未如他自詡的那般已臻無窮太極之境，但環視宇內，能勝出他的人，絕對屈指可數！重拳以排山倒海的氣勢傾力擊出，竟隱隱挾有風雷轟鳴之聲。

雙方全力相接！如此曠世決戰的一擊，僅僅是相擊時雙方那似可摧毀一切的氣勢，就足以讓人呼吸窒息。

如石破天驚的暴響聲中，苦悲劍似可吞噬一切的劍氣，竟被歌舒長空全力一擊轟得渙散，化作漫天幽光，每一點幽光卻是苦悲劍在虛空中的一次幻變，而萬點幽幽寒芒卻可在瞬間同時閃入旁觀者的視野之中。

哀將的身形再度重現於眾人的視野中！強橫氣勁以風捲殘雲之勢四向橫溢。

青衣胸口如被重錘猛擊，頓時氣血翻湧，「噔噔噔……」連退數步，終忍無可忍，「哇」地狂噴一口熱血。

爻意的身軀更是如風中柳絮般，被強橫氣勁激得飄然倒飛而出。

尹歡與爻意捱得最近，想到她說自己的玄級異能已被小野西樓擊得渙散，立即不顧自己亦頗不好受，在第一時間扣住爻意右臂，同時將自身內力貫入，欲助爻意一臂之力，以免爻意被殃及而受傷。

孰料他的內家真力剛灌入爻意右臂，突然感到自己體內的真氣如大江決堤般洶湧外泄，向爻意的體內疾湧過去，其感覺猶如泥牛入海，彷彿爻意是一個無底的深淵，可將尹歡的內家真力在短時間內完全吞沒。

尹歡頓時感到自己的身軀乃至靈魂突然成了一個空洞，這種感覺使他駭然失色。大驚之下，他幾乎是出於本能地奮力一掙，總算鬆開了爻意的右臂。

在四人當中，尹歡殘存的內力本是最為深厚的，但此時他因為這一波折，使之落地時連連踉蹌倒退了好幾步，才方勉強站穩。

石敢當本就受傷非輕，後來又服下了驚怖流的藥物，此時幾乎與不諳武學的人相差無幾。

但卻見石敢當在將被橫溢氣勁殃及時，忽然飛速斜斜踏出，步法似乎近乎某種契機。他枯瘦的身子在強橫氣勁中就如同一片秋葉般毫無憑依，似乎隨時都會倒下，但最終他在如醉如倒的步法中，竟成了四人中唯一一個未離開自己所站立的位置之人。

兇險過後，但見石敢當忽然在原地緩緩盤膝而坐，臉上竟有一絲笑意，似有所得。

尹歡雖爲方才的經歷而驚愕不已，但他的注意力仍是首先投向了歌舒長空。

歌舒長空雖將對方強橫劍勢生生擊得渙散，但仍有部分無堅不摧的劍氣穿透了他的浩然氣牆！歌舒長空身上頓時平添了數道劍氣留下的傷痕，而每一道傷口所顯示的力的軌跡角度皆不相同，故歌舒長空所受的傷雖非致命之傷，卻觸目驚心。

哀將一擊未能完全奏效，立即在第一時間祭起第二式殺招，漫天黑色劍芒自四面八方以令人目眩神迷的速度與軌跡向同一點彙集而至，其速之快，讓人恍惚間感到那一點儼然已成了整個天地蒼穹的中心點，所有一切都終將彙於那一點。

如此詭異而富有巨大視覺衝擊力的情景映入青衣的眼中，頓時使青衣本已微弱的內息爲其所牽引，七竅溢血，情形可怖。而那一點，其實僅是「苦悲劍」的一點劍芒！

只是，那看似凝於虛空似將永恆不移的一點劍芒，其實已凝集了哀將邪惡劍道的所有精華。

就在所有人的心神皆被那似將吞噬整個天地的一點所深深震懾的那一剎那，哀將一聲厲嘯，「苦悲劍」亦嘯聲相應，其聲如來自幽冥之境的鬼哭神泣！

「苦悲劍」終完成了最後一次幻變！

那奪人心魄的一點驟然間無限膨脹，化作遮天蔽日的奪目白光。白光中赫然驚現十三個面目猙獰、容貌各異的無比高大偉岸之人，每人手中各執一柄「苦悲劍」，挾恨天怨地之殺氣，向歌舒長空悍然撲至！

一時天昏地暗，陰風肅殺。

這是被哀將以其自身極高修爲的血符將亡於「苦悲劍」下高手的不屈武魄收攝壓制於苦悲劍中之故。每以血符之法誅殺收攝一名高手，「苦悲劍」的威力便增進一個境界，由此利用「苦悲劍」又可誅殺更可怕的對手，這樣周而復始，「苦悲劍」極可能成爲天下邪兵之王！

無形劍氣與劍下之魂共同幻化而成的十三名虛幻劍客，剎那間已完全封殺了歌舒長空的所有生路，而這驚世駭俗的一幕，本就足以予人的心神以極大的衝擊。

歌舒長空會不會成爲苦悲劍第十四個攝入劍中的亡魂？

若是如此，苦悲劍又將達到何等可怕的境界？

歌舒長空根本避無可避，唯有將自身修爲催至最高極限全力一搏！

他駢指如劍，透發出決不亞於絕頂好劍的劍勢，向蜂擁狂襲而至的虛幻人像暴斬過去！

一擊之下，有三個虛幻人像抵抗不了歌舒長空的全力一擊，被劍氣斬得消失無蹤。

但甫一消失，卻已在哀將曠世內家氣劲的驅動下，以無儔劍氣與劍中之魂重新在另一個角度組合虛現。如此神鬼莫測的變化，縱是絕世高手，亦防不勝防。

歌舒長空一聲長嘶，狂跌而出，在間不容髮的那一刹那，已身中數劍，鮮血拋灑虛空，虛像倏然消失！

苦悲劍驀然凝成一線，如一抹咒念般 往無回地直取歌舒長空，其速之快，儼然使空間的距離已毫無存在的意義。

歌舒長空力道剛剛衰竭，又遭重創，再也無力自保，而旁觀者亦無一人能救下他。

苦悲劍的凌厲劍勢迫得歌舒長空衣髮皆向後飛揚，這預示著歌舒長空即將被苦悲劍洞穿！

「噹……」一聲清脆而激越的撞擊聲驀然響徹夜空，似乎可以洞穿九天雲霄。苦悲劍赫然被一道寒光撞得一斜。

「哧……」苦悲劍自歌舒長空肋部一穿而過。

但這並非致命一擊，本決不會有機會反擊的歌舒長空一聲嘶吼，奮力擊出一掌，重重擊在哀將肩肋處。

兩人同時仰天倒跌而出；而那一抹寒光亦彈射入茫茫夜空之中，與虛空相摩擦的聲音久久不絕於耳。

赫然是本在爻意手中的「長相思」！而擲出「長相思」的人竟是爻意！

若說以爻意可挫敗小野西樓的修爲來看，能憑「長相思」將苦悲劍撞開並不足爲奇，但爻意曾自稱她的玄級異能已被小野西樓擊得潰散，那麼能在此生死攸關時救下歌舒長空卻出乎眾人意料了。

對於這一變故，唯有尹歡心有所悟。他記起了自己方才欲助爻意一臂之力所遭遇的不可思議的事，隱隱明白爻意方才擲出「長相思」的力道，極可能是源自自己體內的勁氣，只是事先被爻意所吸納過去罷了。

無論爻意是有意還是在無意中吸納了尹歡的內力，都足以讓尹歡爲之深深震愕。

歌舒長空在鬼門關前走了一遭，雖僥倖保全了性命，但卻傷得極重，渾身浴血，猶如血人，有幾處傷口深得讓人感到幾可將他生生斬成兩半。

而他的五臟六腑還有無法目視的內傷！武功高至如哀將者，當苦悲劍鋒刃傷及對手的肌體之時，其無形氣勁亦同時予對手內臟以更可怕的的重創。

歌舒長空自因「三皇咒」而神志混亂後，顯得格外驍勇無畏，但此時他亦只能跌坐委頓於地，

大口大口地吐著鮮血，一時再難應付新一輪的攻擊。

而他擊中哀將的那一掌亦讓哀將決不好受！

哀將略略調整內息，森然目光冷冷地落在了爻意這一絕世美女的身上。

爻意奪天地造化、完美無缺的容顏，使哀將很難將她與絕世高手聯繫在一起，但能以擲出的兵器撞開他的苦悲劍的人，絕對夠格躋身江湖絕世高手之列！

爻意那恬靜從容的神情使哀將心中竟泛起深不可測之感，而這種感覺對他來說，一生之中只有面對大劫主時，才會萌生。

就在哀將略一怔神之間，慘呼聲接踵響起，又有兩名銀盔劫士相繼斃命於戰傳說之手。

戰傳說驀然沖天掠起，他的目標赫然是開始下落的「長相思」！

「長相思」準確無誤地落入戰傳說手中，甫一入手，「長相思」立時有了驚人變化！但見此「長相思」驀然化作一團熾熱而耀眼的光團，如日耀中天，光團四周更有無數如蛇般躍動閃掣的火焰在吞吐明滅。

剎那間，夜空已被這光團照得徹亮，場上眾人無一不是雙目難睜，深深被這驚心動魄的一幕所震撼。

那光團四周的火焰飛速擴張，戰傳說的身軀周遭赫然出現熊熊烈焰，整個人似已燃燒。

目睹此景，無論是尹歡諸人還是哀將、銀盔劫士，無一不是目瞪口呆。

光團四周的火焰頃刻間與戰傳說四周的火焰融合一處，形成一個巨大的光球，情形駭人之極。

也許，戰傳說之所以要持有「長相思」，是欲以「長相思」爲兵器拒敵，但他萬萬沒有料到會有如此匪夷所思的詭異變故。

生死搏殺的雙方因爲這突如其來的情形而停止了廝殺，那一刻，雙方的心神皆爲之吸引，只知駭然相望。

巨大的火團並未向下墜落，而是向遺恨湖方向如隕石般飛射而去，騰騰焰光將整個遺恨湖照得一覽無餘。

眾人駭然發現不知什麼時候起，整個遺恨湖的湖水竟如被煮沸了般沸騰不已，湧動的湖水使遺恨湖充滿了不安與動盪。

無論是石敢當、青衣、尹歡，還是哀將，無不是擁有堅強無比的意志之人，但此時此刻，眾人卻一無例外地感到來自心靈深處的震慄。

同一時刻，巨大的火球如流星般射落遺恨湖中，「轟……」絕對超越任何人想像的震天巨響聲中，遺恨湖湖水突然向四面八方暴射，剎那間，遺恨湖的湖水皆化作萬千水箭，向整個隱鳳谷，向無限蒼穹暴散開去。

一切感覺、聽覺、視覺、嗅覺……無不被這充斥天地的水箭所淹沒，人世彷若又經歷了一次輪迴更新。

尹歡、石敢當、爻意、青衣、哀將、銀盔劫士……所有的人全在頃刻間完全淹沒於茫茫無窮的水箭之中，他們中的每個人，無一不是可在武界中占重要一席的人物，而這一刻，他們竟顯得如此渺小。

傳說中，鳳凰每五百年集香木自焚涅槃更生一次，涅槃後，牠的聲音將更爲嘹亮，牠的彩羽將更爲炫麗。

而此刻，在這與美麗傳說息息相關的隱鳳谷中，所上演的卻是驚心動魄的可怖一幕！驚天動地的轟鳴聲與遮天蔽日的水箭使眾人思維出現了中斷，心中只剩下莫名不安。

而這種不安亦只維持了極短的時間，更可怕的狂烈颶風席捲著已完全突破尋常狀態的水浪，向眾人疾襲而至，除了修爲最高未受傷的哀將外，所有人都如毫無紛呈的稻草般飛出數十丈之外。

所有的高手此時此刻儼然已如玩偶般身不由己，他們被拋飛，撞擊於毫不相同的地方，不少人立時暈死過去。

這一次遺恨湖爆發的威力，比先前的那一次更勝數倍，哀將亦不由自主地踉蹌跌出數步，方竭力穩住身形！憑著驚世駭俗的內家修為，哀將艱難地透過可怕的轟鳴聲，分辨出夾雜其中的狂風尖嘯聲，以及樹木折斷的聲音。

在第一次風浪席捲時，遺恨湖四周的樹木已折斷，那麼此刻的聲響必是因為驚人的風浪竟瘋狂地捲至百丈開外！

這一發現，使哀將亦感心悸，但除了緊握手中的苦悲劍與狂烈風浪竭力抗衡外，他已無法再有其他任何舉措。

「嘩……」忽然間，有湖水如傾盆大雨般自上而下一下子傾注於哀將身上，其勢之盛，使哀將有突然置身於積水中的感覺。

終於轟鳴聲消失，只有各種水流聲交織在一處，星月重現於夜空中。哀將難以置信地看著及腰深的積水，難以想像方才究竟發生了多麼可怕的巨變。

積水失去了風力的驅動，自然開始自四面八方重新向遺恨湖匯流過去。

哀將不可避免地將目光投向了遺恨湖，他對自己手下銀盔劫士的安危的關注，遠不如對孕育這一場驚變的遺恨湖的關注。

縱然他的心中早已有了心理準備，但當他的目光透過猶瀰漫於虛空的水氣向遺恨湖望去時，仍是不由被遺恨湖變化之大嚇了一跳，只見偌大的遺恨湖此時湖水竟不及平時一半深。

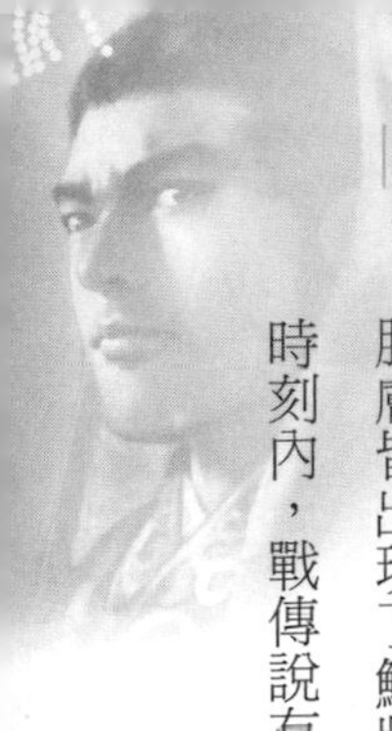

哀將閃過的第一個念頭，就是方才駭人的火團是否已將那瘋狂的年輕人化爲灰燼？

就在他此念方起之時，一個人影驀然自遺恨湖水中沖天而起，如怒矢般直射虛空。哀將心中劇震，那熊熊烈焰難道竟無法奪去此人生命？

思忖之間，沖天掠起的身影凌空斗然折身，飄然落在了湖岸上。

他，正是戰傳說！但，此刻他的身軀赫然再度發生了脫胎換骨般的變化，變得更爲偉岸雄魁，渾身散發著狂野不羈的凌然氣勢。他的肌膚泛著奇異如同金屬般的光澤，肌肉虯張，使他儼然成了力與美的完美結合體。

而他的眼神亦已有了驚人的變化，目光深邃無比，讓人感到在他的眼神深處，一定隱藏著涵括千年時光的智慧，這與他先前的略顯稚氣判若兩人。

不知爲何，一直躊躇滿志、對此行勢在必得的哀將，此刻突然感受到來自戰傳說的極大威脅。

戰傳說向哀將邁步而進，眼中閃爍著奇異的光芒，使他充滿了神秘的魅力。連哀將亦有片刻的時間忘記了自己的使命，而只知怔怔地望著有龍虎之勢的戰傳說。

戰傳說在地下冰殿中，曾因爲難以承受被歌舒長空注入體內接近無窮太極的內力，以至於周身肌膚皆出現了鱗狀裂痕，而此刻，所有的鱗狀裂痕已神奇般全部消失。誰也不知在剛才驚心動魄的時刻內，戰傳說有著怎樣的經歷。

戰傳說向哀將迫進時，遺恨湖四側岸上的水仍在不斷地流進湖中，遺恨湖的湖水水位逐步升高，其情景十分奇特。

哀將已無暇理會這些，他甚至無暇去顧及屬下銀盔劫士的安危如何，而只是集中心神留意著戰傳說的一舉一動。他自己也不明白，以戰傳說先前與歌舒長空、與自己麾下銀盔劫士交戰的情形看，對方的修爲應在自己之下，但爲何此時自己卻不由自主地萌發忌憚之心？

戰傳說終於在離哀將七丈之外駐足，湖水不停歇地退回遺恨湖中，輕輕沖擊著戰傳說雙足，有騰騰水霧縈繞其身。戰傳說正視著哀將，兩人的目光在無聲地較量。

戰傳說忽然無比自信地一笑，打破了沉默，「你是爲了寒母晶石而來的，是也不是？」

哀將不示弱地道：「是又如何？」

戰傳說毫不遲疑地道：「好，我答應你，你可以取回你所要的寒母晶石，但必須讓我等離開隱鳳谷！」

哀將沉聲道：「歌舒長空竊取我劫域寶物寒母晶石二十年，難道本將會答應只取回寒母晶石便一了百了？隱鳳谷必須爲此付出代價！」

戰傳說道：「你太高估自己的實力了，其實你的劍法我可以輕易將之破去。那時，你即使想全身退出隱鳳谷也無法實現了。」

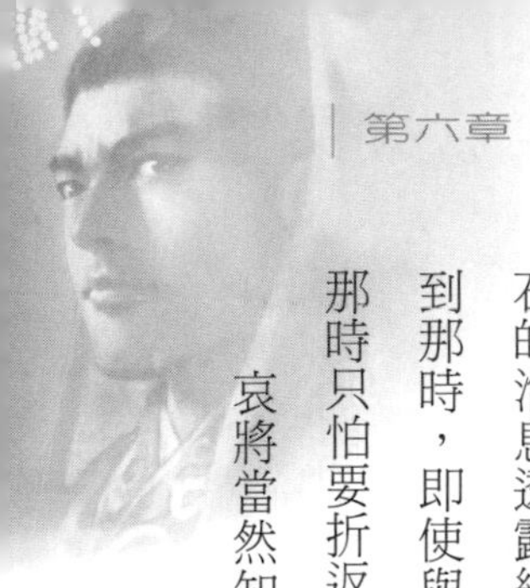

哀將不屑地道：「你狂妄得近乎無知了，歌舒長空你都勝不了，更何況是本將？」

戰傳說胸有成竹地道：「你的苦悲劍最可怕之處，便是爲劍所攝的十三劍道高手的屈死靈魂，但此劍法的破綻亦在這點上。我只要誘得劍上所攝十三冤魂反噬你自身，那麼我將可不戰而勝！」

哀將神色倏變！

戰傳說繼續以言語對哀將施以巨大的壓力：「若我所猜沒錯的話，你們是因爲驚怖流的緣故，才會不遠千里來到隱鳳谷的，驚怖流之所以這麼做，只是要利用你們，難道閣下會甘心爲他人所利用？」

略略一頓，戰傳說似乎有意留給哀將思索的餘地，隨即道：「若你依我之言而行，那麼不但可如願得到寒母晶石，而且還可全身而退，否則，你我相爭，鬥得魚死網破，最終得利的只會是驚怖流！」

說到這兒，他神秘一笑，緊接著道：「驚怖流更陰毒的計謀還在後頭，他們可以將有關寒母晶石的消息透露給你們，同樣可以在你們遭受挫折後，把你們出現在隱鳳谷的消息在整個樂土散佈。到那時，即使與你們沒有直接利益衝突的樂土諸派族，也不會容忍你們在樂土境內如入無人之境，那時只怕要折返劫域已是如上青天！」

哀將當然知道大劫主之所以會讓自己領三十銀盔劫士趕至隱鳳谷，的確是驚怖流在其中起了作用，戰傳說所言可謂一語道中。加上戰傳說還道破他苦悲劍的弱點所在，這更使哀將有所忌憚，他的語氣開始有所鬆動了：「歌舒長空似乎與你有隙，本將又憑什麼信你能交出寒母晶石？」

戰傳說道：「很簡單，歌舒長空之所以竊取寒母晶石，就是爲了營建一個地下冰殿，以保全他的性命。如今，他已能夠離開地下冰殿，如正常人一樣生存下來，寒母晶石對他來說就已毫無用處，他又何必強留此物？你說的不錯，我與歌舒長空有隙，正因爲如此，我才會盡力避免與你一戰，只想在隱鳳谷中與你各取所需。至於對隱鳳谷的仇恨……你應該明白，隱鳳谷今日之情形，已是風中殘燭，何須勞他人之手毀滅？」

戰傳說的話似乎提醒了哀將什麼，本在遲疑不決的他忽然臉色一沉，沉喝一聲：「你們皆已是刀下魚肉，根本不配與本將討價還價！」

戰傳說仰天長笑道：「你所憑藉的不過是邪兵『苦悲』，但有一事，你瞞得了他人卻瞞不了我：至今你仍不能隨心所欲地駕馭此劍，還須時時提防那被血符攝制的十三劍客之強大意志力反噬你自身！因十三大劍客皆爲你所殺，一旦反噬，其可怕程度可想而知！而我已有十足的信心能激發苦悲劍，使你無法駕馭它，所以，你根本沒有半點勝我的機會！」

哀將絕對稱得上是一個自負的人，本不應會輕易爲他人的言語所動，但戰傳說言語神色間所顯露出來的無比自信及胸有成竹，卻使他心中莫名地感到極不踏實。

戰傳說的笑意更爲從容不迫。

哀將神色變了變，忽然怪笑一聲，沉聲道：「本座無須借助兵器也照樣能取你性命！」

此言甫出，哀將身形暴進，揮掌疾取戰傳說前胸！邪寒罡氣如驚濤駭浪般席捲而出，方圓數丈之內，頓時完全在這無儔一擊的氣勢籠罩下。

戰傳說的眼中倏然閃過一縷成功後的喜色，這目光使哀將心中陡然一震，暗感不妙。

「你上當了！」戰傳說的聲音雖輕，但在哀將聽來卻振聾發聵。

戰傳說毫不避讓地正面迎擊對方的邪寒罡氣，雙方掌勢一發即至，毫無迴旋餘地。

一接之下，哀將倏覺有強大無比的火熱氣勁如排山倒海般向自己悍然襲至，瞬息間，他的體內已被這空前強大的氣勁完全充斥，而此時戰傳說已斜斜飄掠出數丈開外。

哀將驚懼至極點！他無法想像戰傳說竟能有如此強大的氣勁，其勢之強，連哀將這等級別的絕世高手也根本無法承受。

此念在哀將心中一閃即逝，他聽到了自己軀體內傳出的心驚動魄的異響——那是他的骨骼、經脈因爲無法承受超越人想像力的內家氣勁而開始崩裂斷開。

強悍卓絕如哀將，此刻他的眼中亦顯露出絕望恐懼的眼神。

一聲如來自地獄的嘶喊後，「啪嗞」一聲，哀將的身軀忽然爆開，化作無數碎片，血腥漫天，曾經不可一世的哀將竟蕩然無存，情形駭人之至！

隱鳳谷一片死寂，似亦爲這駭人一幕所驚呆了。天地間只剩下夜風掠過隱鳳谷兩側山峰所帶起的嗚咽般的風聲。

此時，被颶風沖散的銀盔劫士已重新聚作一處，他們中雖有少數人受了傷，但卻仍對此行充滿了必勝的信心，見哀將與戰傳說對峙時，他們正準備趕來接應，恰好目睹了這驚世駭俗的一幕，眾銀盔劫士頓時驚呆了！他們無法想像，爲何先前戰傳說連應付三名銀盔劫士也並不十分輕鬆，卻可在舉手投足間使哀將灰盡煙滅！饒是銀盔劫士悍勇無比，亦爲此情景膽寒不已。

他們怔怔地望著跌落插入土中的苦悲劍，一時手足無措，進退兩難。就在這時，他們感到戰傳說的目光已落在了他們的身上，頓時眾人感到死神與自己前所未有地接近。戰傳說僅僅是冷冷地掃視了他們一眼，竟使銀盔劫士鬥志全無，人人面如死灰。

驀地，「嗆啷」一聲，不知誰將手中的奇形兵器棄於地上，這一舉動立使得眾人更添不安懼意。終於，眾銀盔劫士齊喊一聲，不約而同地發足向隱鳳谷外狂奔，剎那間，來勢洶洶的劫域中人自隱鳳谷消失得無影無蹤，只留下幾具屍體及那柄邪兵「苦悲劍」。

一切都如在夢中發生般不可思議。

就在隱鳳谷西側峰巔，一直有人密切注意著隱鳳谷中所發生的一切，此人便是小野西樓。

原來小野西樓與哀邪不歡而散後，並未就此對隱鳳谷的事置之不理。事實上，她也決不可能不理此事，因爲隱鳳谷之行，關係著千島盟盟皇之子的安危生死。

原來，小野西樓進入樂土與驚怖流聯手對付隱鳳谷，是奉盟皇之命爲得到鳳凰而來的。三個月間，盟皇唯一的皇子突患重疾，盟皇遍尋千島盟良醫也無濟於事。最後，千島盟醫道中最德高望重的齊一斷言，要救皇子，唯一的可能就是得到傳說中的鳳凰神血！

鳳凰乃四大神獸之一，無形可辨，無跡可遁，唯一的機會便是在鳳凰五百年一次的涅槃時，也許可以得到鳳凰神血。

齊一告訴盟皇，樂土有一名爲隱鳳谷的地方，傳說三個月後，鳳凰便將在此地涅槃重現，唯有遣出高手進入隱鳳谷，才有可能得到可救皇子之藥。

身爲盟皇駕前三大聖武士之一的小野西樓，便是在這種情形下，向盟皇請命前來樂土的。一則因爲她聽說隱鳳谷中有一奇兵名爲「長相思」，「長相思」可與天照刀相輔相成，使天照刀的「天鋒」被激發，威力更精進一層。也唯有完全開啓了天照刀的天鋒，方有更大的把握對付四大靈獸之一——鳳凰。

小野西樓視天照刀如自己的性命，得知有機會能使天照刀的威力臻更高境界，她當然不願錯過。何況，盟皇對她有救命之恩，如今皇子有難，她又豈能置之不理？她是千島盟三大聖武士之一，亦知樂土中潛有千島盟的勢力，而對付隱鳳谷，也許不用她親自出手便可成功，種種原因促使她毫不猶豫地請命趕赴樂土。

四年前，千島盟十大刀客之一的小野尙九的夫人攜獨生女兒小野西樓前去天照神廟進香，天照神乃千島盟萬民敬奉的大神，亦是千島盟的武神。崇奉武神，在蒼穹諸派中，唯有千島盟有此獨特的習俗，由此可見千島盟尙武之風氣。

就在那次進香時，當時年僅十三歲的小野西樓意外地得到了天照神刀，一向不喜刀道的小野西樓竟對天照神刀愛不釋手。

小野西樓之父小野尙九乃千島盟十大刀客之一，對天下名刀自是瞭若指掌。當他發現小野西樓無意中得到的刀竟是天照神刀時，不喜反驚。

因爲他知道此刀可謂是千島盟刀中之王，但天照刀是爲盟皇的御弟千異王爺擁有，所以極少有人能一睹天照刀的真面目，沒想到竟會不可思議地落入小野西樓手中！天照刀乃世之珍物，垂涎此刀的人不知凡幾，只是懾於千異的絕世修爲以及皇室勢力，無人敢公然爭奪。

千島盟地位最爲尊崇者雖爲盟皇，但並不等於所有人皆對盟皇心悅誠服。有幾股力量正在伺機

而動，準備將盟皇取而代之，其中就有密印教、九州門等，尤以密印教對盟皇威脅最大。

小野尙九想到的是，若外人知道天照刀落在小野家，那麼也許即將招來無數禍端，縱然他乃千島盟十大刀客之一，仍將疲於應付，本是安寧平靜的生活從此將一去不復返。

更關鍵的是皇宮寶物莫名落於小野家中，若是傳入盟皇耳中，讓小野尙九如何分辯？千異孤身前往大冥樂土挑戰樂土各路高手一事，千島盟並無幾人知曉，小野尙九亦是如此。何況，即使知曉此事又能如何？連小野尙九自己也絕難相信天照刀是在千異與戰曲一戰後，穿越千里虛空落到小野西樓手中的。

小野尙九左右爲難了——將天照刀留在家中，無疑是一個累贅；若將天照刀呈交盟皇，卻又難以解釋自己是如何得到天照刀的，有損自己一世盛名。

一番權衡之後，小野尙九最後決定前往皇宮所在的上殷城探聽消息，待查清天照刀何以會由千異王爺手中流落民間後，再作決定。

臨行前，小野尙九讓夫人好生保管天照刀，不得向外透露任何風聲。於是小野夫人在家忐忑不安地等候夫君從上殷城歸來，可她萬萬沒有想到，七日後她等到的，卻是小野尙九的屍體！

小野尙九的屍首是上殷城一位對小野尙九甚爲仰慕的刀道武士送來的，據說小野尙九是死在上殷城一間客棧中，死前曾受到數十名蒙面高手的圍攻，最後小野尙九血戰而亡，連同客棧所有夥計、住客皆被殺得一乾二淨，未留下一個活口。最後，襲擊者還在客棧中放了一把火，死者屍體皆被燒得面目全非，小野尙九能被認出，是因爲他所佩那柄奇長無比的刀，以及小野尙九在一次巔峰之戰中被斬斷的中指斷痕。

在千島盟，刀道中人不知小野尙九的絕對不多，而知道小野尙九者，必然知道他的刀足有尋常之刀兩倍長，亦知道小野尙九一生之中最輝煌的幾次決戰！

得知小野尙九亡於上殷城後，世人皆感驚愕，不知一直久居偏隅之地近十年、已極少走動江湖的小野尙九爲什麼會亡於上殷城，至於他的被殺，更是眾說紛紜。

小野尙九慘遭襲殺對小野家族而言無異於滅頂之災，小野夫人悲怒交集之下一病不起。小野家族失去了小野尙九這一頂樑之柱，搖搖欲墜，而藏在小野家族的天照刀此時更成了一個巨大的隱患，沒有了躋身千島盟十大刀客之列的小野尙九的守護，天照刀隨時都可能爲小野家族引來殺身之禍。

一時間，族人皆人心惶惶，不可終日。

就在安葬了小野尙九後的第三天深夜，一場浩劫悄然降臨於小野世家！突然有十數人闖入小野世家，見人便殺！而小野世家除小野尙九外，再無他人習練武學，僅有的百餘家丁根本無法抵擋這十餘個蒙面殺手的進攻，小野世家頓時淪爲人間地獄！

十三歲的小野西樓是在睡夢中被慘呼聲驚醒的，因爲母親小野夫人重病，她已遷來與母親同居一樓。

小野西樓驚醒後，只見窗外火光四起，慘叫聲、奔走呼號聲、樓宇倒塌聲以及其他各種嘈雜的聲音摻雜在一起，顯得說不出的混亂。曾經富甲一方、家勢興旺的小野世家，此時竟如風中殘燭！

小野西樓順手取過床頭掛著的一柄短刀，這柄短刀是父親小野尙九爲了讓她答應將天照刀收藏起來，而用來與她交換的，爲此小野尙九不知費了多少口舌。取過短刀，小野西樓快步跑入母親的房中，只見母親正支撐著勉強坐起，本就被病魔折磨得十分消瘦的臉頰更顯得毫無血色。

即使只是從病榻上坐起來這一簡單舉止對她來說也難以做到，侍候她的侍女早已嚇得邁不出一步！

小野夫人見女兒進來，急忙指著牆角處喘息道：「快……西樓……」

小野西樓頓時明白了母親的意圖：牆角處正是埋藏天照刀的地方，母親一定是要自己取出天照刀交與入犯小野世家的人，以儘量保存族人的性命。但小野西樓卻並未依照母親之言行事。

小野夫人喘息著催促道：「他們都是……有武功的人，又……又不像爲劫財而來，很……可能就是爲了……爲了那把刀，只要交出刀，就可保全族人性命……」

小野西樓上前扶住了母親，以出奇冷靜的語氣道：「母親，恕西樓難以從命。」

小野夫人大驚失色，又氣又急，怒道：「妳爲何不聽……不聽娘的話？妳父親已被害，我也不願多活，這麼做只是……只是不想讓小野家族被殺得……一乾二淨……」

連氣帶急，小野夫人一陣劇烈的咳嗽，吐出了一大口鮮血。

小野西樓的雙手變得極爲冰涼，目光中亦透著與她年齡決不相符的寒意！她低聲道：「娘，西樓也相信他們一定是爲天照刀而來，甚至，西樓還相信爹的死與他們一定有關係，但西樓更相信只要我們一交出天照刀，那就是小野一家被他們斬草除根的時候！所以，西樓決不會交出天照刀！如果他們真的是爲此刀而來，只要刀未得到，他們就決不會殺了小野家族所有的人，而我們保全性命，是報仇雪恨的最根本條件！」

小野夫人聽罷這一番話，先是極爲震愕地望著女兒，一時無法將她驚人的冷靜與自己司空見慣的女兒的稚嫩聯繫在一起。

小野夫人驚愕之餘，終於明白女兒所言其實正中要害之中，當下她便打消了以天照刀換取性命的打算。

雖然小野夫人同意了小野西樓的抉擇，但她卻也因此而感到無比的辛酸，她寧可自己的女兒是少不更事、天真無邪的，而不是能在危在旦夕時保持驚人的冷靜與獨到的眼光。

就在小野夫人心意難平之時，一直在一個角落中如篩糠般簌簌發抖的侍女突然衝向了藏著天照

刀的牆角！

小野夫人大驚，一時回不過神來。

小野西樓卻已在最短的時間內做出了反應，就在那侍女企圖蹲身去取藏在牆角夾壁處的天照刀的那一瞬間，小野西樓以驚人的速度衝上前，順手拔出身邊的短刀，用力地自那侍女後背捅入，鮮血立時狂噴而出，那侍女卻未哼出一聲，立時撲倒於地，氣絕身亡。

小野夫人目瞪口呆！

小野西樓亦臉色煞白如紙，而她眼神的寒意更甚！

母女二人都想到侍女此舉的用意：她是希望能以天照刀換得自己一條性命。也許侍女想到的是：即使殺人者要留下活口以逼問出天照刀的下落，那留下的活口也決不會是自己這樣的下人，既然如此，她便不願在此束手待斃！而小野夫人與小野西樓皆知侍女一旦交出天照刀，侍女亦難免一死。

房外殺聲依舊慘烈無比，屋內母女二人無言相對。

小野夫人在極短的時間內，心中閃過了許許多多的念頭，她清晰地意識到，小野世家若有人能夠在這一次劫難中倖存下來，那麼唯一有可能替小野世家報血海深仇的只有一人，那便一定是小野西樓！因爲她有著成年人也難以企及的堅強的心靈！

當小野夫人明白這一點後，她心中便下了最後的決心。

百餘家丁及二十幾名看家護院的武師根本抵抗不了十幾名武界高手的衝殺，雖然在小野夫人的院子外，眾人進行了最爲頑強的阻殺，但仍是不可逆轉地以失敗告終。

十數名蒙面人自幾個方位同時衝入小野夫人的房內——此處是家丁武師守得最嚴密的地方，一定也是最重要的地方。

破門而入後，他們見到了小野世家最後兩個倖存者：小野西樓與她的母親。

果不出她們母子所料，爲首的蒙面人開口便道：「把小野尙九得到的刀交出來！」

一邊是十餘名身手一流的高手，一邊是病母稚子，強弱對比極爲懸殊，作爲強者的一方，已料定此後的事再無任何懸念可言。

只見小野夫人緩緩站起身來，環視了殺氣騰騰的十餘個蒙面人一眼，目光最終落在了小野西樓的身上，連她自己也說不清對年僅十三歲的女兒有多少牽掛、多少期待、多少擔憂，而眾敵環伺，她只能將所有的情感都融入這深深的一視之中。

隨後，小野夫人突然有了讓所有蒙面殺手大驚失色的舉措，但見她突然向身旁的一根石柱疾衝過去，一頭撞在石柱上，當場血濺而亡！

第七章　劫域之主

廝殺聲早已停止，而此時此刻，屋內更是一片死寂。小野西樓熱淚奪眶而出，她知道母親此舉的目的是爲了保全她的性命。小野夫人自刎後，小野西樓成了小野世家最後一個倖存者，如果諸殺手真是爲天照刀而來，那麼至少暫時不會殺了小野西樓。

小野西樓突然將剛取了侍女性命的短刀橫於自己的頸上，大聲道：「我知道你們是爲什麼而來，現在我已是唯一知道它隱藏在什麼地方的人，如果你們不依我所說的去做，我立即自盡，你們將什麼也得不到！」

眾蒙面殺手眼中皆顯出意外的神色，相互交換了一個眼色。

小野西樓心中沒有絲毫畏懼，現在除了仇恨與自己的性命外，她已一無所有。只見她繼續道：

「我要你們把小野世家所有死者都好好地安葬之後，我才會說出所知的秘密，否則休想從我口中得到一個字！」

小野西樓相信對方爲了得到天照刀，定會依言照辦。她的舉止的確大出對方的意料之外，但小野西樓終是不諳世事的少女，沒有意識到自己以這種方式要脅對方根本毫無作用。

眾蒙面殺手忽然齊聲哈哈大笑，笑得那麼瘋狂，那麼肆無忌憚，笑聲如同一把把尖刀狠狠地刺入小野西樓的心中。

小野西樓猛然意識到了什麼，但已遲了！她只覺眼前一花，隨即握刀的手一麻。待她醒過神來時，只見那爲首的蒙面殺手已近在咫尺之間，而她的短刀此時卻已落在了對方的手中。

十幾雙殘忍的目光集中落在了她一人身上，那是一種群貓戲鼠般的殘忍。

「不愧是小野尚九的女兒！可惜他爲什麼不把其絕世刀法傳給妳？」爲首的蒙面殺手輕輕地掂著手中的短刀，冷笑道：「小丫頭，交出天照刀，否則，我雖然不會殺妳，卻會在妳臉上劃幾刀！一個時辰不說，就劃一刀，直到妳的臉上再無可以下刀的地方爲止！」

說到這兒，他逼進一步，沉聲接道：「現在，就讓我爲妳劃第一刀！」

短刀逼近了小野西樓吹彈可破的臉頰，有絲絲寒意。小野西樓既驚且怒，突然出其不意地啐了對方一口！

那殺手眼中殺機大熾，一聲厲吼，猛然揮刀向小野西樓疾斬而至，顯然憤怒之下，他已起了殺意。

小野西樓知道自己在劫難逃，唯有閉上雙眼。

只聽「噹」地一聲暴響，那殺手低低地哼了一聲，隨即便是身子倒地的聲音。

緊接著窗櫺暴折聲響起，屋內立時傳出一片刀劍出鞘的「鏘啷」之聲，場面混亂之極。

小野西樓發現自己並未死去，愕然睜開眼來。當她睜開雙眼時，屋內竟已奇蹟般地恢復了寂靜。所有的蒙面殺手皆倒下了，永遠地倒下了，倒在了血泊之中。

而此時，屋子中卻多出了一個人，一個極為消瘦的人，瘦得幾乎無法在他的臉上找到一塊肉，他的顴骨高聳如刀，雙目深陷，形如骷髏，唯有那雙精光內蘊的眼眸能讓人感覺到他是活生生的人。

他的手中有一把與他一樣瘦的劍，劍僅有半寸寬，卻讓人感受到來自於劍身無與倫比的穿透力！

極「瘦」的劍尖上猶凝有一滴鮮豔的血。

小野西樓良久方從剛才突如其來的變故中醒過神來，她意識到十數名蒙面殺手皆是亡於這把極度「瘦」的劍下。

在她即將被殺的那一剎那，此人不可思議地救下了她，且在最短的時間內將所有殺手一舉斃殺！即使小野西樓不諳武學，卻亦知此人的修爲實是高明之極，決不在自己的父親之下！

但此人奇異的容貌卻讓小野西樓依舊緊張，何況一連串的災難使她對一切都已存在疑慮。

就在這時，那形如枯槁的人忽然向她露出了笑意，這是一個善意的笑容，頓使本有些詭異的他顯得親切了許多，只聽他道：「小野姑娘受驚了。」

乍聞此聲，小野西樓一下子瞪大了眼睛，大感驚奇，因爲這形貌古怪之人的聲音竟然說不出的悅耳。

瘦人還劍入鞘，隨後轉身面向屋外，恭然跪下，以他極爲悅耳的聲音道：「啓稟盟皇，襲擊小野世家的殺手已被屬下殺盡，但卻只救下了小野尚九的女兒！」

聲音不甚響亮，小野西樓卻發現他的聲音傳出屋外後並不減弱，彷彿可以向茫茫黑夜深處無限延伸。

「唉……」一聲嘆息。

嘆息聲似響起於小野西樓的耳邊，又像是來自遙遠的天際，只聽一個渾厚的聲音又道：「小野尚九一世英雄，竟落得如此結局，實是天道不公。」

小野西樓雖然年幼，卻亦知盟皇乃千島盟第一人，沒想到盟皇今夜竟會在此出現，這使小野西

樓如置身夢中。

盟皇接著道：「查一查兇手是什麼人。」

「是！」

那瘦得驚人的劍客領命後站起身來，走至那爲首的蒙面殺手的屍體旁，躬下身子，伸手揭去了死者的蒙巾。

蒙巾揭去後，現出一張線條如刀刻般的臉，尤爲醒目的是死者右耳佩戴著一隻碩大的烏黑色耳環。

連小野西樓亦一眼便看出死者是千島盟談之色變的九州門之人！在此之前，她已聽父親提起過九州門，如此裝扮者，必是九州門的人無疑！九州門屬下皆佩戴耳環，而身分地位的高低則以耳環的色澤、形狀區分。死者耳垂處的孔洞絕非一時半刻可以僞裝而成的。

果然如此，但見那形如枯槁般的劍客震愕之餘，朗聲道：「盟皇英明，果然是九州門的人！」

小野西樓這時方說出自此人出現後的第一句話：「我要見盟皇！」

那劍客以意外的眼神看了看小野西樓，削瘦的雙唇抿如薄薄的刀，心忖道：「她提出這樣的要求，完全是因年少無知，還是其他原因？盟皇尊貴無比，豈是尋常人說見便見的？」

最終，他還是代小野西樓轉述了這一要求，出人意料的是，盟皇竟答應了她的要求。於是，那形容枯瘦的劍客領著小野西樓向屋外走去。

屋外與屋內沒有什麼不同，一樣是遍地屍體，濃得化不開的血腥之氣瀰漫於空中，讓人心靈無比沉重，連呼吸也有些困難，昔日熱鬧的小野家世如今已成人間地獄！

但折過走廊，進入前院，卻又是另一番情景。只見院中燈火通明，院子的幾處出口皆有人嚴密把守，院子中央更有披堅執銳戴鎧者呈雁翼狀分列，燈光最輝煌處，赫然是一駕冕車，八位佩刀侍衛武者圍侍四周，皆傲然挺立，如同一杆積蓄了無窮力量的標槍。

八名侍衛皆儀表堂堂，神色從容若定，唯有細看時，方能自他們的眼神深處捕捉到如鷹隼般的機敏與警惕。

冕車前簾早已高高挑起，一個微胖的中年人端坐於冕車上，面目平和，卻自有不戰而屈人之兵的懾服力。

他，就是千島盟第一人盟皇！

當小野西樓甫入院中時，盟皇的目光便落在了她的身上，他的嘴角處浮現了一抹淡淡的含蓄的笑意。

那身形極為枯瘦的劍客離得遠遠的便已向冕車方向跪拜於地，恭聲道：「負終奉盟皇聖意，已將小野尙九之女領來。」

原來，此人竟是盟皇御前武功最高的兩大聖武士中的負終！不過，小野西樓對此間事宜實是知之有限，聽到「負終」二字，亦沒有更多念頭。

盟皇微微頷首，讓負終起身。負終起身後，見小野西樓依舊立而未跪，急忙向她使個眼色，但她對此卻視若未見。

盟皇亦良久未開口，只是那麼若有所思地看著小野西樓。雖然無言，但其凌然萬物、超越眾生的氣勢卻予他人以驚人的壓力，場中所有的人都有種透不過氣來的感覺，靜至落針可聞。

小野西樓亦感受到了難言的威嚴，但她最終仍未跪下，且與盟皇的目光正面相迎。

盟皇終於開口道：「妳，就是小野公子？」

小野西樓、負終以及其他所有的侍衛都一怔，千島盟中，女子的地位低下，故世人常以「公子」之稱謂將少數極爲卓越的女子與尋常女子區別開來，能被稱做「公子」的女子，無不是備受世人尊重者。此時盟皇以「公子」稱呼小野西樓，無疑是對她極大的嘉許，眾侍衛皆以驚訝而羨慕的目光望著小野西樓。

小野西樓卻明白了盟皇這般稱呼她的更深內涵，知道盟皇是借此稱呼告訴她：她已是小野世家唯一的倖存者，雖非錚錚男兒，但復仇重任已責無旁貸地落在了她的身上。小野西樓深深爲之震撼！

盟皇接著道：「妳父親在秋水島德高望重，憑其絕世刀法，足以保秋水島一方平安，本皇對妳父親深爲器重，他在上殷城被害，實是讓人痛惜。既然是數十人襲擊妳父親，那就定然蓄謀而爲，妳父親一死，秋水島將陷入一片混亂中，本皇猜測，此事很可能是盤踞毗鄰秋水島的萬神島上的九州門所爲。九州門與妳父親有隙，且忌恨妳父親在秋水島的影響，所以會這麼做。九州門行事毒辣，殺害妳父親後，必會再對小野世家下手！若是九州門將其勢力擴充至秋水島，將魔熾更熾，於我千島盟大業不利，同時，本皇也不忍心看到小野世家慘遭滅門之禍。」

略略一頓，他接著輕嘆道：「可惜，本皇最終還是來遲了一步。」

小野西樓正視著盟皇，「我父親說，盟皇是千島盟第一人，有足夠的力量做到任何事情，爲什麼不除去九州門？」

所有人都爲她捏了一把冷汗！

盟皇卻並未怪罪於她，而是道：「不錯，妳說得有理。在此之前，本皇的確已想過要除去九州門這一禍患，但總是猶豫不決，終釀成今日之禍。本皇已下決定要剷除九州門，否則本皇也不會離開上殷皇宮！」

秋水島與萬神島皆在千島盟南部，與上殷城相去千里，若非關係千島盟大業的極爲重要的事宜，盟皇決不會輕易離開皇城重地。

盟皇道：「但九州門勢力龐大，門人數千，剷除九州門絕非一朝一夕的事，若讓妳獨自留在秋水島，恐怕會有危險，不如就留在本皇身邊，待剷除九州門後，再隨本皇前往上殷皇城，如何？」

小野西樓看了看聖武士負終，「如果盟皇能讓西樓向我的恩人學練武功，並使我有機會與九州門門主一戰，讓我親手殺了他，西樓願追隨盟皇！」

盟皇哈哈一笑，「與九州門門主一戰？不愧是小野尚九的公子，果然非同凡響！妳可知道九州門門主的武功甚至不在妳父親之下？」

小野西樓堅定不移地道：「西樓所擔心的只是在自己練成如我父親一般的修爲時，九州門門主早已死了！」

盟皇以右手用力一按冕車扶手，鄭重地道：「好！本皇答應妳，不但要剷除九州門，更要設法生擒九州門門主殘隱，以使小野公子日後有機會與之決戰！」

眾人皆知小野西樓提出這個要求，是要親手復仇！不過讓眾人意外的是，盟皇竟應允了小野西樓的請求，事實上，要剷除根深蒂固的九州門已非易事，生擒殘隱這等級數的絕世高手更是不易。

盟皇最後道：「負終的劍法傲視千島盟，但妳父親是刀道高手，故本皇想讓妳另隨一人習練刀法，此人就是與妳父親同爲千島盟十大刀客的柳莊子！」

小野西樓微震之餘，終拜跪於地，「謝盟皇聖恩！」

柳莊子早在三十年前就已名動千島盟，能得此人相授刀道，對於習刀者而言，無疑是天賜良機。小野尚九生前對柳莊子就十分敬重，二人神交已久卻終未曾相見。小野西樓曾多次聽父親提及柳莊子。

其實小野西樓對九州門襲擊小野世家的事尤有疑慮，諸多變故使她對一切都存有疑慮，即使是親眼目睹了負終殺死的殺手的真面目，小野西樓仍是暗懷戒備，未肯輕信盟皇。但盟皇既然應允要生擒九州門門主殘隱，讓自己將來可與殘隱決一死戰，小野西樓的疑慮頓時煙消雲散——只要盟皇能讓她與九州門門主殘隱相見，說明盟皇並無隱瞞她的地方。

此後，盟皇果然全力圍攻萬神島上的九州門，數度血戰後，雄霸一方的九州門終於在三個月後覆滅，唯有九州門門主殘隱逃脫。盟皇班師回到上殷城後，再大遣高手，又過了三個月，殘隱重傷遭擒，被送往上殷城。

盟皇並未食言，果然請刀道前輩絕世高手柳莊子爲小野西樓之師。一年後，小野西樓感念盟皇之恩，終向盟皇說出天照刀的秘密，並返回秋水島取出天照刀，將天照刀交與盟皇。盟皇非但未責小野西樓隱瞞之罪，反而重賞了她。而這時，關於千異前往大冥樂土挑戰樂土高手的事已在千島盟傳開了。

小野西樓在柳莊子的悉心教誨下，展現了驚人的天賦，兩年後已成了千島盟名聲赫赫的後起之

秀！盟皇欣喜之餘，賜封她爲聖武士，成了千島盟空前絕後的女聖武士！小野西樓既是唯一的女聖武士，又如此年輕，故很快便名聲大震。

在十三歲之前，小野西樓從未對武道有任何興趣，但自與天照刀相遇後，她驚世駭俗的武道天分被不可思議地激發，其對刀道深邃至辟易入理的領悟，連柳莊子亦自嘆弗如。殘隱被擒後，被盟皇困於「火輪獄」中，小野西樓便在火輪獄東方的火輪山上日夜苦修，她要憑實力親手斬殺小野世家最大的仇敵！

柳莊子在千島盟名聲顯赫，不僅因爲他的刀道修爲可躋身於十大刀客之列，更因爲他有著他人根本不能企及的對刀道的無限執著！柳莊子無妻無子，因爲他年少時便已立誓要以刀爲妻，以刀爲子，對刀道之癡迷可見一斑。

小野西樓深受他的影響，其瘋狂刀意與她自身渴求手刃仇人的執著意念揉合一起，形成了比柳莊子對刀道的「癡迷」更進一層的「癡狂」之心境！憑此「癡狂」之心，加上無與倫比的悟刀天賦，小野西樓的刀道境界一日千里，終在兩年後迎來了與殘隱決戰之日！

那一戰，小野西樓勝了，雖然勝得艱辛而曲折，卻終是讓她實現了多年的夙願：親手誅殺了小野世家的仇敵！

無疑，這是一個奇蹟，誰也不會想到曾雄霸一方的殘隱，最後竟死在習練刀法未滿三年的年輕女子刀下！

當殘隱如朽木般倒下的那一刹那，小野西樓忽然萌生了一種微妙難宣的感覺，她察覺到，即使所有的仇敵都被除去後，她仍是永遠也無法回到從前的生活中去了。

她與刀已融爲一體，再也無法分開。對無尙刀道的追求，已成了她生命的最高意義！

也許，這是她在上千個日日夜夜對刀道的苦悟中，心靈一點一點蛻變的結果；

也許，她的靈魂本就是屬於刀的，只是在沉寂十三年後方被天照刀喚醒了。

就在小野西樓斬殺殘隱的第二天，盟皇將天照刀賜予了她。

當小野西樓擁有這件既改變了小野世家的命運，也改變了她的命運的神兵時，其心中所感實是難以言喻！同時，她亦在一個前所未有的境界裏，與天照刀達到了一種更讓人心搖神馳的和諧，天照刀已成了她生命的深深印記——永遠也揮之不去的印記！

與樂土相比，千島盟可謂彈丸之地。小野西樓憑天照刀已連挫千島盟刀道高手，而樂土高手輩出，乃武學宗土，小野西樓對樂土亦有嚮往之心。

在離開千島盟之前，盟皇告訴她：因爲千島盟與大冥樂土在疆域領土上常有衝突，加之千異王爺當年曾殺了不少樂土高手，所以樂土武界決不願讓千島盟如願以償地得到鳳凰血。

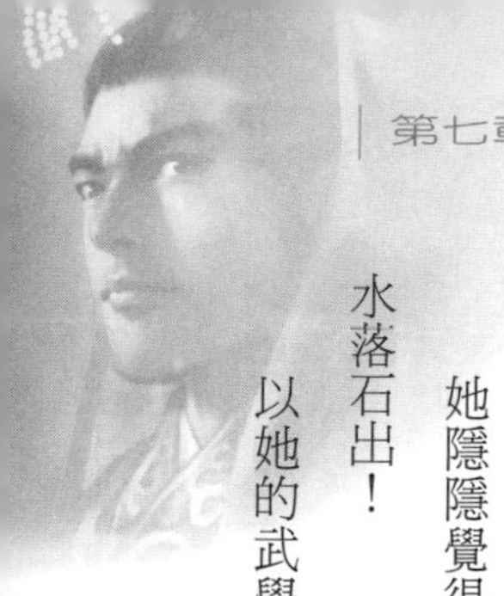

爲防萬一，盟皇甚至讓小野西樓對驚怖流亦嚴加保密，不讓驚怖流知道她此行的最終目的。

小野西樓之所以與哀邪不歡而散，除了對哀邪的陰毒有些不屑外，更重要的是對哀邪借助了劫域的力量感到十分不滿。她覺得哀邪此舉是對盟皇、對她的力量的懷疑，同時，這與盟皇的初衷亦不相符。盟皇此舉的目的只爲救皇子，連樂土人都不願驚動，自然更不願讓劫域也插手此事；但她又無法向哀邪明確地提出這一點，否則就違背了盟皇要她對驚怖流也加以保密的命令。

事已至此，她唯有與驚怖流分道揚鑣，伺機以自己的力量解決此事。

其實此刻小野西樓的心緒極亂，最讓她困惑的是：在她制住了隱鳳谷所有人並逼迫他們服下「化功散」的藥物後，哀邪突然宣布盟皇的決定，要將隱鳳谷斬盡殺絕，並將盟皇的手諭交給她過目，而她所見到的的確是盟皇的手跡！

這讓小野西樓感到極不是滋味，她不明白盟皇爲何會作出如此的決定。在她看來，擊殺毫無抵抗之力的人，是真正的武者的恥辱！何況，即使盟皇有不得已的苦衷，也應將此令交與她執行才是，爲何卻要在事先瞞過她，而告之哀邪？

她隱隱覺得事情並不像她事先想像的那麼簡單，這更促使她要避過驚怖流的力量，將事情查個水落石出！

以她的武學修爲，要避過驚怖流部署於隱鳳谷周邊的力量，實是輕而易舉。當她到達隱鳳谷西側山巔時，正好目睹了戰傳說與「長相思」一道化作一團火焰投入遺恨湖的那一幕！

縱是小野西樓天姿聰穎過人，亦無法明白自己親眼所見的駭人一幕。

因爲她身處山巔，不會如爻意、石敢當、哀將等人那樣無法視聽，故她所見到的比其他人更多。她看到戰傳說與「長相思」化爲光團投入遺恨湖的那一刹那，一團金黃炫目的光芒倏然自遺恨湖中綻放開來，頃刻間與那光團融作一體，形成了一個體積更爲龐大的光球。

但這個光球的顏色卻與紅色、黃色皆不相同，而是出人意料地變成了蔚藍色，其色極爲祥和，猶如一個獨成一體的小小蒼穹，本是消失於火團中的戰傳說此時在這蔚藍色的光球中清晰可見，而「長相思」卻已消失得無影無蹤。

巨大的蔚藍色的光球浮於水面上，而戰傳說則一動不動地懸浮於光球中央，有七彩光芒如絲如線地在光球中飛速遊竄，一旦與戰傳說的身軀相觸，便消失於他的身軀之中。

蔚藍色光球的寧靜，與四周翻天覆地般的巨變形成了一個鮮明的對比。目睹此情形，小野西樓驚愕之極！

而這一幕所持續的時間並不長，蔚藍色的光球很快消失，戰傳說沉入了水中。

沒想到，緊接著戰傳說便已躍出水面，並在一招之間就將哀將擊得灰飛煙滅！雖然當哀將與歌舒長空一戰時，小野西樓尚未趕到這兒，但僅憑哀將以邪寒罡氣攻擊戰傳說的氣勢來看，小野西樓

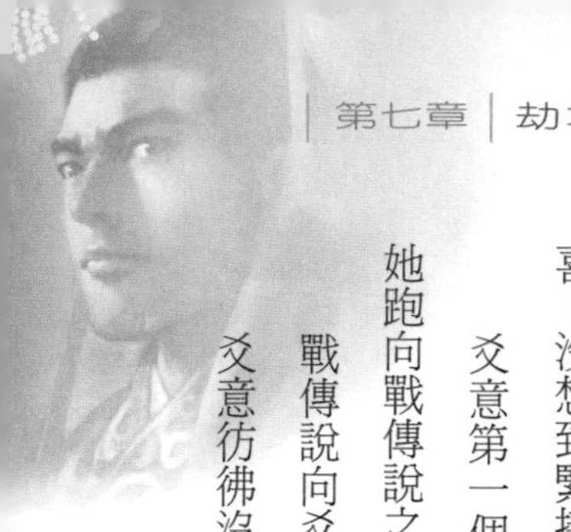

足以判斷出此人的武學修爲甚至不在自己之下。

如此說來，戰傳說的一身修爲豈非遠在自己之上？但先前他又怎會被自己輕易擊成重傷，幾乎喪身於遺恨湖呢？

小野西樓一時百思不得其解，也許，唯一的解釋便是方才的變故使戰傳說獲得了外人不可想像的力量。

「如此一來，我的機會豈非更小？」小野西樓不無擔憂地想到了這一點。

也就在這一刻，她倏見戰傳說的身子忽然晃了晃，隨即重重地撲倒於地，小野西樓大愕！

事實上，吃驚的不僅是小野西樓，還有爻意、石敢當諸人。那一場颶風雖讓他們極爲狼狽，但卻還不至於殃及他們的性命。當幾人目睹戰傳說一舉斃殺哀將，驚退眾銀盔劫士時，都是又驚又喜，沒想到緊接著戰傳說亦頹然倒地了。

爻意第一個向戰傳說這邊跑來，方才的颶風已使她裙髮零亂，但卻絲毫未減她的天生麗質。在她跑向戰傳說之時，戰傳說已顯得有些吃力地自地上爬起，爻意心情稍安。

戰傳說向爻意道：「立即召集所有人，馬上退出隱鳳谷！」

爻意彷彿沒有聽到他的話，關切地道：「你……怎麼樣了？」

連她自己都能感覺到其聲有些微顫，此時她已分辨不出自己的心情是驚是喜是憂。在她的設想中，她的「威郎」必會在涅槃神珠的威力全面爆發之時化為灰燼，沒想到事實完全出乎她的意料之外。「威郎」非但未死，而且還一舉擊殺了哀將，就在她欣喜不已時，戰傳說卻出了意外；而戰傳說的每一變化，都深深地牽動著她的心弦。

戰傳說提高了聲音，顯得有些氣惱焦慮地道：「我們必須儘快離開隱鳳谷！」說這話時，他已拔出插在土中的苦悲劍，以劍拄地，讓人感到他若失去了劍的支撐，也許很快又會再度倒下。

「此時強敵皆退，為什麼我們反而要退出隱鳳谷？」說話的是尹歡。

歌舒長空被哀將重創，幾乎喪命；青衣為取得尹歡信任，亦將自己傷得不輕；石敢當非但受了重傷，而且還服下了驚怖流逼其服下的「化功散」。如此一來，尹歡算是場上力量保存得最多的一人了，他繼爻意之後趕到了戰傳說身邊。此時的尹歡，已完全沒有了平時的華容俊逸了，臉色蒼白，一身汙穢。

戰傳說道：「因為劫域損失了哀將，決不會善罷甘休，而驚怖流的人一定仍在暗處窺視，一旦讓他們發現我們已是強弩之末，後果就不堪設想了！」

他的話說得輕而快，像是不願為此而損耗太多的力氣。

尹歡乾咳一聲，「難道陳兄弟你……」

「我能擊殺哀將是另有緣故，事實上，如果他不以邪寒罡氣對付我，那麼爆體而亡的就不是他，而是我了！」戰傳說截斷尹歡的話頭道。

尹歡、爻意齊齊一震，一時說不出話來。

戰傳說向前涉水走了幾步，接著道：「其中詳情容後再說，我們所剩的時間已不多了。」

尹歡猶有不甘道：「但鳳凰涅槃重現一事……」

戰傳說揮了揮手，再度打斷了他的話，「不必再說，我已明白，鳳凰涅槃的事，其實只是一個根本不存在的神話！」

「此話怎講？」

尹歡雖然也知道世間沒有一個人能證明鳳凰是否真的存在，更沒有人能真正地證明鳳凰一定會在隱鳳谷重現，但畢竟有關鳳凰的一切傳說太久太久，尤其是生活在隱鳳谷中的人，可謂是無時無刻不受這一點的影響。今日戰傳說突然斷然否定了這一點，無論如何，尹歡一時也難以接受。

戰傳說沉默了少頃，似在斟酌著措辭，但最終他仍是直言道：「也許這只是一種直覺而已，但我相信我的直覺是正確的。」頓了頓，他看了爻意一眼，接道：「實不相瞞，我認為如果所謂的『鳳凰』一定要有所指的話，那麼傳說中的鳳凰就是爻意公主！這個傳說之所以會在世間傳開，是因爲有人要借助這個傳說，讓爻意公主有一天能被解救出來！也許，今日我便成了他等待的人！」

尹歡不能不問：「此人是誰？」

「我也不知道。」戰傳說道。

這時，石敢當等人也吃力地涉水而至。

戰傳說以不容置疑的語氣道：「現在我等唯有離開隱鳳谷方有保全性命的機會，我在前面引路，你們必須緊隨於我！」

此刻，他的語氣與平時竟大相徑庭！

言罷，戰傳說也不待他人有何反應，已彎腰自被擊殺的一名銀盔劫士身上撕下大半件銀袍披在自己身上，再以其腰帶將苦悲劍斜斜地繫於腰間，黑色的苦悲劍與銀色衣袍相對比，顯得格外醒目。

做完這一切，戰傳說便毫不猶豫地向隱鳳谷外走去。他的步伐竟出奇的穩重，讓人難以相信就在不久前他還因傷躺臥床上，也難以相信就在片刻前，他還身不由己地撲倒於地。

爻意寸步不離地跟隨於他的身後。如此一來，其他人亦別無選擇了，唯有離開隱鳳谷。因爲在此之前能先後擊退驚怖流、劫域人馬，所依賴的就是爻意與戰傳說。戰傳說二人離開隱鳳谷，其餘的人根本無法再抵擋敵方的下一輪攻襲。

青衣動身前，以呼哨聲招來了雕漆詠題生前馴養的那隻灰鷹。

歌舒長空渾身浴血，鮮血又與污水相混，往日的豪雄已蕩然無存！他傷得那麼重，換作常人，只怕早已倒地不起了。此時見眾人要離開隱鳳谷，他一言不發，如一棵老樹般佇立於原地，不肯挪步。

石敢當上前對他附耳低語了一些什麼，歌舒長空呆了呆，隨後竟踉踉蹌蹌地跟在眾人之後，也向隱鳳谷外走去。

山巔上的小野西樓默默地看著這支小小的隊伍離開隱鳳谷，月光灑在山巔古木上，再映於她冷豔絕倫的臉上，使她的神情心思更爲不可捉摸。

戰傳說的推測當然是正確的，在隱鳳谷通往外界的必經之路上，早有驚怖流的人隱於暗處，共有六人。所以，他們既目睹了哀將與三十名銀盔劫士長驅直入隱鳳谷，也看到了銀盔劫士倉皇敗退的情形。

銀盔劫士的敗退本就讓他們大吃一驚，更何況在這些敗退出隱鳳谷的人當中，竟沒有哀將的身影。

就在他們心神不定時，隱鳳谷谷口又出現了一隊人馬，漸漸地向這邊接近，遠遠望去，只見這列人馬不過六人，且有男有女有老有少，十分雜亂，其中有好幾個人看樣子似已受了傷，行動笨拙。六名驚怖流弟子頓時緊張了起來。

人馬越來越近，驚怖流弟子相互間以手勢打著暗號，商議著如果這些人是隱鳳谷的人，是否發動攻擊。

就在這時，只聽得那列人馬中爲首者忽然道：「爻意公主，妳可知那哀將在劫域中地位如何？」

一女子的聲音道：「不知……」

「此人在劫域也是數一數二的人物，他的這柄劍邪，其武功劍法更邪，今日亡於我手中，也是罪有應得了。」

隱於林中的驚怖流弟子心中一沉，他們同時留意到了插在戰傳說腰間的那把劍。在此之前，他們並不知道殺入隱鳳谷的人馬來自劫域，也不知爲首者是哀將，得知這一點後，六人無不大驚失色！他們自然知道劫域大劫主及其麾下四將的可怕，沒想到連如此人物今夜也與自己的門主一樣栽在隱鳳谷中，而且結局比門主哀邪更慘！此人既然已得到了哀將的劍，那麼哀將自然已命歸黃泉了。

當下，六人不約而同地將身子向下縮了縮。

此時是後半夜了，戰傳說的聲音雖不甚響，但他與爻意的對話卻在夜空中清清楚楚地傳開了。

只聽得戰傳說接著道：「其實無論是驚怖流還是劫域，對這次失敗一定不甘心，所以我們應退出隱鳳谷，只要他們突然發現隱鳳谷主等人竟出現在遠離隱鳳谷的地方，一定會認定這是千載難逢的好機會，如此一來，劫域與驚怖流將在隱鳳谷必有一場爭奪，他們若是拚個兩敗俱傷，方才泄我等心頭之恨！」

爻意何等聰明，早已明白戰傳說的計謀，他是要借此嚇阻可能存在的對手，於是稍稍壓低了聲音道：「你何不將哀將的劍收起？也許四周尚潛有驚怖流的人也未爲可知。若是他們見了此劍，就再也不會輕易露面了。」

戰傳說低聲「啊」了一聲，道了聲：「不錯！」竟真的割下大塊衣角將劍小心包好。

六名驚怖流弟子心中暗罵：「好惡毒的女人！分明是想讓我們露面被這小子所殺！可惜這一次妳的如意算盤要落空了。」

當下，六人再度將身子向黑暗的縱深處縮了縮，他們也決不會輕易拋頭露面了。

極北劫域。

在樂土境內，最神秘詭異的地方莫過於異域廢墟；而在蒼穹諸國中，最神秘的卻是極北劫域！

對於異域廢墟，極少有人敢踏足其中；而極北劫域，卻是很少有人願意進入其境內，因爲劫域酷寒無比，其自然環境之惡劣，實非常人所能忍受。劫域縱橫千里，卻多爲冰天雪地。無論是飛鳥走獸還是草木，在此都難以生存。

冬日，劫域內往往會連綿百里也不見一草一木，一人一獸。對於地域遼闊、物產豐富的樂土萬民來說，劫域彷彿是存在於另一個世界。相較而言，同爲大冥樂土相鄰相近的區域，人們對千島盟的熟悉程度就遠逾對極北劫域的瞭解。人們只知在縱橫千里的劫域中，生活著萬餘名無比強悍的魔兵，統領萬餘魔兵的則是擁有驚世力量的大劫主！

樂土中人無法想像萬餘魔兵何以能在如此惡劣的環境中生存，但因爲大劫主及其萬餘魔兵一向自我封閉於劫域中，從不曾如千島盟般與大冥樂土有紛爭不息，所以樂土中人亦不會對劫域關注太多。

劫域中人幾乎全都聚居於劫域中央地帶的普羅城中。整個普羅城如同一座無比巨大的天然祭壇，大劫主的百戰殿高居中央，百戰殿四周呈階梯狀向下延伸，東、西、南、北四個方向各分三個階層，處於最下層的是逾萬劫域子民，第二層則是由一千名被稱做「摩訶」的勇士，摩訶勇士不再像普通劫域子民一樣居住於擁擠低矮的土屋中，而是住在石屋內。摩訶勇士皆是年輕力壯者，被提拔爲摩訶勇士者，皆可得到一間獨立的石殿及一個年輕的劫域女子。

整個普羅城其實就是建在高達萬仞、無比雄偉的迦葉山上，只是昔日劫域最高的迦葉山已面目全非，很難看出它的原形。劫域人不知花了多少年時間夷平山頂，修鑿道路，築造房屋，才在迦葉山上建起了普羅城。

到第三層時，已接近「山巔」，所以其範圍已縮小了不少，呈環狀分佈於第三層階的木屋中居住的，是大劫主麾下四大戰將及其各自統領的三十名銀盔劫士。

木屋雖不如石屋堅固，但在草木珍稀無比的劫域，能擁有木屋，無疑是身分地位高人一等的象徵。

一百二十名銀盔劫士無一不是精英好手，他們乃劫域最精銳的力量。在享受大劫主厚待的同時，亦承受著足以稱得上「殘酷」的磨煉，千錘百煉使銀盔劫士不但具有驚人的身手，更具有強大的意志力。

百戰殿則高高雄踞於最高巔峰，傲然俯瞰著如眾星環伺般的臣民。百戰殿高大宏偉，屹立於迦葉山巔，在荒涼的劫域境內有如此恢弘的建築，實是足以讓人心生突兀之感。

更不可思議的是，百戰殿竟是完全由白玉石砌成，而白玉石便在大冥樂土也十分珍稀，外人實是難以想像建成百戰殿的白玉石來自何方。

由百戰殿四角向下延伸的階梯將普羅城分割成四大部分，大劫主麾下四大戰將各自統領其中的一部分，而各區域內部又另有嚴密的佈局。遠望普羅城，只覺此城結構獨特，佈局宏大，層次分明，等級嚴明，堪稱這酷寒之境中的一個奇蹟。

冰雪皚皚的劫域闊野中，一條通往普羅城的道路上，此時，一列車隊正艱難地向普羅城進發。

車隊共有十二輛馬車，五十餘人，以及十八隻高大的雪犬。雪犬是劫域中稀少的幾種活物中的一種，唯有此種雪犬，方能在這種惡劣的環境中生存下來。

馴服過的雪犬可以在這冰天雪地中完成人類難以完成的事，譬如在馬隊前面探路等，尤其是在夜間行走時，這一點尤爲重要。一旦有人走失，還可以由雪犬尋找失蹤者的下落，所以穿越劫域的人都願意帶上雪犬，就如同穿越沙漠者喜歡帶著駱駝一樣。

在劫域境內，如此龐大的馬隊是罕見的。若是在樂土，此時還是秋季，但劫域境內卻不時有暴風雪降臨了，地勢略高之地的積雪幾乎只有在夏日才融化。

此刻，劫域陽光明朗，四處都是白皚皚一片，卻令人感不到絲毫的暖意，地勢低窪的地方倒沒有積雪，但疏疏朗朗的亂草則早已枯黃，在寒風中簌簌發抖。

這是一支頗爲獨特的車隊，整個車隊未見有任何旗幟，車上所載之物皆遮擋得嚴嚴實實，但從馬匹那繃得緊緊的肌肉來看，車上所載之物絕對不輕。

更爲奇特的是，五十餘人竟全是身著樂土服飾！難道，他們竟是樂土中人？若是如此，那麼他

們遠涉樂土談之色變的劫域卻是爲何？

十二駕馬車，二十四匹駿馬，十八隻雪犬，五十六個人——偌大的車隊竟是一片肅靜，只聽得車輪轆轆聲，馬匹的喘氣聲，以及雪犬在路旁奔躥時身軀與雜草相摩擦發生的「沙沙」聲；而這些聲音在如此空闊的原野中，實是微不足道。

無論是駕車者，還是跟隨在車後的人，他們全都神情淡漠，只知機械地做著自己該做的事。彼此間非但沒有言語交談，甚至亦未交換過眼神，讓人感到他們之間本是漠不相識的。劫域刺骨的寒風似乎對他們並沒有什麼影響，在他們的臉上既看不到痛苦，也看不到快樂。他們就這麼無聲地走著，似乎這條路即使一直延伸至天邊，他們也會這樣一直無言地走下去。

驀地——奔跑於最後的那隻雪犬突然一下子站定了，牠的雙耳警惕地豎起，倏而高聲吠叫；幾乎是同時，另外十七隻雪犬亦以聲應和，頓時，原有的枯寂被此起彼伏的犬吠聲完全打破了。

但，五十六個押車者的反應卻那麼的不可思議：他們對雪犬的瘋狂吠叫竟根本無動於衷！

難道，他們全都是聾子？

即使如此，他們也應該能看到正不安躥跳著的雪犬！何況，若是雪犬如此異常的舉動尚不能驚動他們，那麼他們將雪犬帶在身邊豈非是毫無意義？

雪犬的不安與押車人的無動於衷形成了一個極爲鮮明的對比，使車隊更顯神秘莫測。

但領頭的馬車已在不知不覺中靠一側行駛了，而且車速顯然減慢了，而後面的馬車也漸漸地全靠著同一側路邊慢行，似在有意無意中讓並不甚寬闊的道路閃開了！

也就在此時，後面響起了急促的馬蹄聲。

由這一點看，眾押車人倒像是能未卜先知一般。

片刻後，二十餘騎士策馬而至，馬上騎士皆身著銀袍，頭戴銀色頭盔，赫然是劫域的銀盔劫士！

銀盔劫士果然身手不凡，在這樣的道路上策馬之速仍是頗快，他們看到這一列車隊後，似乎一下子變得興奮起來了，打著尖銳的呼嘯，將馬鞭甩得「劈啪」直響！

雪犬的吠聲更為瘋狂！

就在雪犬的狂吠聲中，銀盔劫士疾馳而至，他們大聲吆喝著。當第一個銀盔劫士趕上車隊時，所有的馬車已索性停了下來，靜候這一隊銀盔劫士從身旁通過。

銀盔劫士目光冷冷地掃視了整個車隊後，自顧從車隊旁馳過，神色皆頗為倨傲。眾押車者則默默地站於原地，彷彿這世間已沒有任何東西可以刺激他們的神經。

眼看最後一個銀盔劫士即將由車隊旁擦身而過時，倏然有一隻高大的雪犬自最前面的那輛馬車車轅上如箭般躥出，正好自銀盔劫士最後一騎前疾衝而過。

那匹馬猛地一驚，一個踉蹌後，也許是因為在長途奔走後已疲憊不堪，竟然馬失前蹄，向前轟然倒去。

馬上的銀盔劫士怒喝一聲：「樂土狗！」單掌一按，已在第一時間自馬背上飄然掠起，同時手中長鞭疾出，卻不是向驚嚇了他馬匹的雪犬捲去，而是狠狠地抽向離他最近的一個押車的中年人。

「噗……」沉悶而驚心動魄的一聲響，蘊涵內家真力的勁鞭狠狠地擊於那人右肩上，立時將厚厚棉袍如刀般「切」出一道口子，鮮血一下子自破口處滲出。

那如毒蛇般的長鞭一彈即起，鞭梢劃過一個玄妙的弧度後，準確無誤地捲在了那人的腰上，手臂內力一吐，頓時將那押車人捲飛而起，向附近一塊巨大的岩石狠狠地甩去。

顯然，這銀盔劫士口中的「樂土狗」竟不是那隻雪犬，而是這群押車的樂土人。雖然驚了他的坐騎的是雪犬，但他卻將怒火發洩於押車者身上。

長鞭的力度甚是驚人，且拿捏得恰到好處，一甩之力，無異於一隻巨手將對方用力摜向那塊巨石，而且是頭部先撞向岩石。

眼看此人即將被撞得頭顱崩裂之時，那人似乎十分恐懼地揮舞著雙臂，隨即只見他的身軀憑空發生了某種扭轉，最後撞向岩石的已不再是他的頭顱，而是他的後背。

「轟」的一聲，岩石被撞得坍了一角，那人跌出老遠後，又在地上滑行了一段距離，方止住去勢，隨後吃力地自地上掙扎著站起，他的肩上、後背皆有鮮血在流淌，觸目驚心！但明眼人一眼便可看出此人絕對有不俗的身手，否則根本就無法幾乎不著痕跡地擺脫死亡的危險！

自始至終，他竟沒有發出任何聲音。

非但是他，便連他的同伴亦不曾有驚呼聲，或是對銀盔劫士的呵斥聲。

受了傷的押車者只看了銀盔劫士一眼，便默默地撫著自己的傷口歸入隊中。

那傷人的銀盔劫士似乎意識到了什麼，「錚」地一聲拔出腰間形狀奇特的兵器，直指對方挑釁道：「樂土狗！看來你也是練過幾手的，敢不敢與本劫士較量較量？」

此刻，不少押車人的嘴唇都抿得緊緊的，似在竭力忍耐著什麼。

傷者沉默了良久！

時間在這一刻忽然變得格外沉重而滯緩，空氣中充滿了極度緊張的氣息，一觸即發！連雪犬的瘋狂吠聲亦不知何時完全消失了，馬兒在不安地刨著蹄子。

傷者的眼中閃過了一縷奇異的光芒後，重歸於近乎木訥的平靜，他緩緩地搖了搖頭。

落馬的銀盔劫士還待再說什麼，他的同伴已大聲道：「優陀，我們還有要事要向主公覆命，別再耽擱了！」

被稱做「優陀」的銀盔劫士這才收回兵器，冷笑一聲，緊趕幾步，縱身掠上了同伴的坐騎。

鞭擊之聲響起，眾銀盔劫士將這一列車隊拋在了後面，揚長而去。

車隊隨後也再次啓動了，那受傷之人也被安置在一輛馬車上。

車隊中一白面微鬚的中年人在車隊起程後，仍怔怔地立於原地，眼中閃爍著痛苦與憤怒的光芒，他的雙手緊握成拳，手上青筋暴現！任憑馬車一輛接著一輛從他身邊經過，他也不肯挪動一下。

就在這時，銀盔劫士留下的受了傷的戰馬「咴咴……」直叫，在地上掙扎著想站起。

此人忽然上前幾步，在馬背上輕輕地拍了三掌。

「咴……」聲長嘶，那馬匹猛地站了起來，並向銀盔劫士消失的方向疾馳而去，牠受了傷的前蹄竟像是已不治而癒了。

但戰馬僅奔出十餘丈外，忽聞一聲淒厲長嘶，矯健戰馬的整個身軀突然如同一灘爛泥般一下子癱倒在地，整個身軀完全變形，已難以看出牠本來的形體，牠的全身骨骼赫然已完全粉碎！

顯然，此人以內家真力灌入戰馬體內，使受了傷的戰馬突然能發足狂奔，但很快，空前強大的氣勁將戰馬的骨骼一下子完全壓垮了，頓使牠倒地斃命。

誰會想到，在這群看似木訥的人當中，竟有如此可怕的高手！此人顯示的武學修爲，尚在那受了傷的押車者之上！以他如此高的修爲，竟對一匹已受了傷的戰馬施以毒手，只能說明他心中有著萬丈怒焰無法宣洩！

這一群人大有臥虎藏龍之勢，爲何卻又甘心忍受銀盔劫士的百般羞辱？他們前往劫域腹地又是爲了什麼？

這一群人的靈魂似乎已在冰寒的劫域中被冰凍了，當白面微鬚者掌斃戰馬時，竟沒有一人停下腳步觀看。

普羅城，百戰殿。

普羅城的建築都顯得格外粗獷厚重，但步入百戰殿後，卻另有一番天地：殿內的窗子皆以五彩琉璃裝飾，帷帳鑲滿了金銀寶石，金壁輝煌，奪人眼目；地上鋪滿了厚軟得像綠茵原野般的碧綠色帶暗藍的羊毛地毯，一几一椅，無不精美絕倫。

由百戰殿東邊側門進入百戰殿後，沿著主通道走出一程，若折入一個圓拱頂的邊門，便可見一間狹而長的偏室，此偏室足有十丈縱深，十個精壯漢子一字排開，其中五人手持大鐵鍬，另外五人則起伏有致地拉著五隻大風箱。在他們身後有一扇僅半人高的暗門，暗門設有翻板，不時有一筐筐的黑火石由翻板處「哐噹」一聲落入偏室中。

劫域境內林木稀少，卻盛產這種被劫域人稱做「黑火石」的岩石，黑火石通體黝黑發亮，可以燃燒。劫域天寒地凍，缺少薪木，黑石火正好解決了這一難題。

十個精壯漢子正對著的就是一個正熊熊燃燒的火爐，五個手持鐵鍬的人不斷將筐中的黑火石從五個入口投入爐中。

因爲百戰殿通體以大理石砌成，所以這個火爐的存在既不會帶來隱患，也不會有礙觀瞻。百戰殿的構建著實巧妙，每一面牆都不是完全實心的，而且相互連通。這樣一來，既減輕了牆體自身的重量，又使爐子的騰騰熱氣可以在整個百戰殿的所有牆體中游走，使百戰殿溫暖如春。

百戰殿花臺中並無一束花，卻春色無邊，因爲花池中集中了劫域最美的女人！此時，正是劫域大劫主每日必有的在花池狂歡縱欲之時。

花臺是一間大殿中央的方圓臺，比地面高出三尺，臺上有三根如臂膀粗細的柱子，正好與人等高，泛散著青銅般的幽亮色澤。在花臺的北面，有十幾級臺階，臺階的盡頭有一張奇大無比的床。

此刻，居巨床中央而坐的正是劫域至高無上的大劫主！

他的身軀高大無比，袒露著的上身肌肉鼓脹，讓人不由聯想到隱於其中的驚人力量。他長髮披肩，皮膚白裏透紅，容貌甚爲俊偉，雙目灼灼有神，一望可知必是雄霸一方的強者！

只是，他的眉目間隱隱顯現的淫邪之氣，以及他那過於高挺的鼻梁會讓人感到莫名的不適！

巨床上除了大劫主外，還有四個美豔絕倫的半裸劫域女子。跟所有劫域女子一樣，四女的嬌軀都極爲豐滿，薄薄輕紗根本無法遮掩誘人的春色，反而在欲露還遮中更添無限的誘惑力。

四女皆在二十歲左右，正是無限美好的年齡，若遮若隱的每一寸肌膚都充滿青春的魅力。四女或倚或躺，讓自己胴體盡可能地緊貼著大劫主，纖美的手指輕撫著大劫主虯張的肌肉，口中呢喃細語，媚眼如絲。

惹火的嬌軀在寬大的床上不斷扭動，修長的雙腿時而繃緊時而蜷縮，一舉一動，無不誘得人聯想翩翩。

這四個美豔絕倫的女子正是近些日子最受大劫主寵愛的雲雨四姬！

每次大劫主前來花臺，必攜自己最喜愛的四個女子同來尋歡作樂，且每次都讓女子服下媚藥，以至於四女進入花臺後，受媚藥作用便春心難耐，加上大劫主體質過人，不出半年，年輕劫域女子便會如花般漸漸凋謝，所以從來沒有人能得大劫主長時間的寵幸。

這雲雨四姬是剛剛選來不久的，尙是興致正濃之時。

此時，他有力的大手正肆無忌憚地在雲雨四姬滑美嬌嫩的肌膚上游走抓捏，色手飽餐了美色，領略了女子神秘誘人的風光，卻對雲雨四姬的挑逗視若無睹。

看著雲雨四姬在自己的挑弄及藥物雙重作用下不堪忍受之狀，大劫主心中充滿了躊躇滿志的得意！他的目光轉而投向了那座花臺。

花臺上又有四個絕色女子，每人皆著接近肉色的緊身皮裝，將其玲瓏凸浮的身材勾勒得一覽無餘，四女子正如蛇般伏於花臺上，如蛇般緩緩蠕動。

在大殿南側還有十二個少女席地而坐，每人身前擺放著一面大小不一的鼓，這些少女都年僅十四五歲，個個低眉垂眼，神情恭順。

雖是低垂著眼斂，但當大劫主的目光投向花臺時，她們卻立即感覺到了，只見居中的兩個少女皓腕揚起，隨即落下。

「咚……」有力的鼓點聲響起。緊接著，所有女子的纖纖玉手皆如穿花之蝶般在鼓面上起落飛舞，或用指尖點擊，或用指背叩擊，或以掌面拍擊，或一指，或數指，指法千變萬化，讓人眼花撩亂，卻在亂中暗含著節奏感，予人以原始野性的蠱惑力。

不知由何處射出的暗紅色燈光正好照在了花臺上。四個緊裝女子在鼓聲中以令人難以置信的動作扭動著她們柔若無骨的嬌軀，口中發出時而悠長時而短促的喘息聲，眼神淒迷中暗含著瘋狂。

她們開始了充滿情欲色彩的舞蹈，妙不可言的曲線魅力隨著她們狂野的舞姿被盡情地展露，豐腴無比的胴體在暗紅色的光線中讓人熱血沸騰。

大劫主的雙眼漸漸瞇起，他的雙手更加肆無忌地在身邊雲雨四姬的身上動作著，讓本被深受煎熬的雲雨四姬嚶嚀不已，眼中水汪汪的都能滴出水來。

倏地，一個緊裝舞女緊緊地纏住了那青銅色的柱子，修長的雙腿將之緊緊夾住，頭全力向後仰去，長髮披散開來。

鼓點聲的節奏忽然變得緩慢了，卻充滿了更多的神秘力量，彷彿每一記都敲擊在人的靈魂深處，將人的本性完全喚醒。另外三名女子忽然緊緊地交纏在一起，瘋狂地蠕動、糾纏，甚至如母獸般相互嘶咬，口中發出不知是痛苦還是快樂的呻吟聲。

鼓點再度變得狂野無比。

「嘶……」糾纏成一團的舞女忽然撕開了同伴的緊身皮衣，露了誘人的貼身褻衣。

大劫主哈哈一笑，忽然伸手拿過床頭的一杯猩紅美酒，高高舉起，隨後一傾，猩紅的酒便傾灑而下，倒在了雲雨四姬中最美豔的一女胸前、腹部、腿上。

隨後，他一把將她抱起扔在床上，猛地壓將上去，吸吮著她曼妙無比的胴體上的每一滴美酒。

那女子再也不堪忍受，一聲低呼，如八爪魚般將大劫主緊緊纏住，全身毫不保留地緊貼而上。

「嘶……」的一聲，本就輕薄的衣衫立時由她的玉體上飄落開來。

花臺上已是一片靡靡之聲。大劫主每天最爲瘋狂的時刻到了！

就在暗紅色的光亮漸漸轉移至那奇大無比的床上的時候，忽聞一個冷而硬的聲音在大殿中不合時宜地響起：「屬下有要事稟報主公！」

這個聲音出現得是那麼突兀，大劫主的動作頓時停住了，鼓點聲亦驀然消失。雲雨四姬火熱的嬌軀一下子冷卻下來，火熱的激情被驚懼驅散得無影無蹤，極爲不安地偷窺了大劫主一眼，只見大劫主的眼中驀然閃過凌厲無匹的殺機，讓人不寒而慄。

沒有人可以在這時候壞大劫主的興致，哪怕就是他手下四大戰將也不例外！而此刻突然出現在殿中的，正是四大戰將中的恨將！

恨將一襲赫紅色的衣袍，肌膚是劫域人少見的黝黑色，他唇部的線條剛硬，雙目總是微微閉起，目光卻是冷酷無比。

殿內靜至極點，眾女子連大氣也不敢喘一口，方才的無邊春色突然被萌自內心的寒意所代替了。

恨將當然也能感受到來自於大劫主無孔不入的殺機，但他的神色依舊，目光堅定不移。

良久——大劫主終於支起身來，將身子坐正，雲雨四姬立即自後面爲他披上一件袍子，順勢溫柔地爲他捏拿著頸肩。

大劫主的目光冷冷地落在了恨將的身上，以不帶一絲感情的聲音道：「你不該如此莽撞！」

這時，一個清瘦白面無鬚的中年人惶然自殿門外小跑而至，邊跑邊一迭聲地道：「恨將軍，無論如何你也不能闖入花臺，主公怪罪下來，小的擔當不起……」

說到這兒，後面的話忽然戛然而止，他瞪大了雙眼，一手捂著嘴，像是要駭然而退，卻又不敢退出，就那麼不尷不尬地站在恨將的身後。

他的身材足足比恨將矮一個頭，身著鮮豔的服裝，舉手投足之間都顯出一點「嫵媚」，此人正是百戰殿的內侍總管牙夭，專門負責大劫主的吃喝住行。

恨將頭也不回，就如同根本沒有意識到牙夭的存在。看樣子在此之前，牙夭試圖勸阻恨將在這種時刻進入花臺，卻沒能將他勸住。

恨將的神色絲毫未改，他肅然道：「此事關係重大，就算主公降罪，屬下也別無選擇！」

大劫主神色陰晴變幻，令人難以捉摸，倏地，他哈哈大笑，朗聲道：「不愧是我的恨將，遇事能當機立斷，而不瞻前顧後，很好！你要稟報的是什麼事？」

恨將以他獨特冷而硬的音調道：「是關於哀將的事。」

聽到這，大劫主目光一閃，身子略略前傾。

恨將接著道：「哀將奉主公之命前往樂土隱鳳谷索回寒母晶石時，不幸身亡！」

大劫主身子微微一震，沉聲道：「那歌舒……」

略略一頓時，牙夭已接過話頭：「歌舒長空。」

大劫主道：「歌舒長空竟有如此修爲？」

恨將搖頭道：「殺哀將的並不是歌舒長空，而是一個年輕人！哀將僅在一招之間，便已爆體而亡！」

「哐噹」！大劫主猛地將手中的杯子用力摔在地上，霍然起身，冷笑道：「胡說！即使是整個樂土武界，也未必有可在一招間殺了哀將之人！你好大的膽子，竟敢戲弄於本座！」

恨將竟神色依然，他鎮定地道：「哀將的二十劫士除被殺的之外，已悉數敗回。」

大劫主的瞳孔漸漸收縮，精光更甚。他像是自言自語般道：「也許劫域的一切來得太容易了，以至於我們幾乎都忘了自己的祖先是武界神祇中最強大最英勇者！」

就在大劫主得知哀將死訊後的第三天，那列奇異的馬隊漸抵普羅城，他們的腳程遠遠沒有銀盔劫士那麼快。

普羅城已遙遙在望，經歷了極大的艱辛抵達目的地，押車者的臉上卻沒有絲毫喜悅、輕鬆的神色。

車隊駛進迦葉山腳大目坡，只見沿坡旌旗招展，獵獵飛揚，數百名劫域摩訶勇士披堅持銳，列隊成形，殺氣騰騰。

被眾摩訶勇士簇擁當中的正是劫域大劫主！

此時大劫主身穿烏金甲冑，將他雄魁絕倫的身軀更映襯得高大無比，氣勢逼人。

在大劫主身側還立著一個身材龐大不在大劫主之下的人，在這酷寒朔風中，此人竟赤露著上身，袒露著的上身猶如一塊塊鋼板拼接而成的，讓人不由心生刀劍也無法傷其分毫的感覺。他的腰間圍著一條足有一尺寬的獸皮嵌環腰帶，背負一隻高達九尺的鐵匣。縱是此人的肌肉身形如精鐵鑄就，但縛著鐵匣的寬帶仍是深深地陷入了他的肩部肌肉中，足見鐵匣中必有奇重無比之物。

與大劫主尚屬英武的容貌相比，此人可謂奇醜無比，乍一看，在此人臉上幾乎找不到一處是規則的，雙目突兀，鼻梁卻像只有下部短短的一截，雙唇翻開，奇厚無比，讓人過目難忘。

見大目坡前聲勢如此浩蕩，眾押車者一直漠然木訥的神情第一次出現了驚愕之色。

車隊的馬車依次停下，其中一個押車者自懷中掏出一物，越過車隊，快步走至大劫主身前，垂首將此物恭然奉上，卻是一本摺子，上面寫滿了字。

牙夭忽然自大劫主身後閃身而出——原來牙夭個子矮小，站在高大的大劫主及那醜漢身後，根本就難以發覺。他將那本摺子接過來，展開高聲念道：

「今奉上上等獸皮三千張，兵器千件，珠寶珍玩百件，綢緞百匹，美女二十。大冥尊釋。」

牙夭念罷，數百摩訶勇士齊聲歡呼！大劫主臉無喜怒，只是輕輕地揮了揮手，立時有二十四名摩訶勇士向車隊小跑而去，將十二輛馬車遮蓋著的布幔揭去。

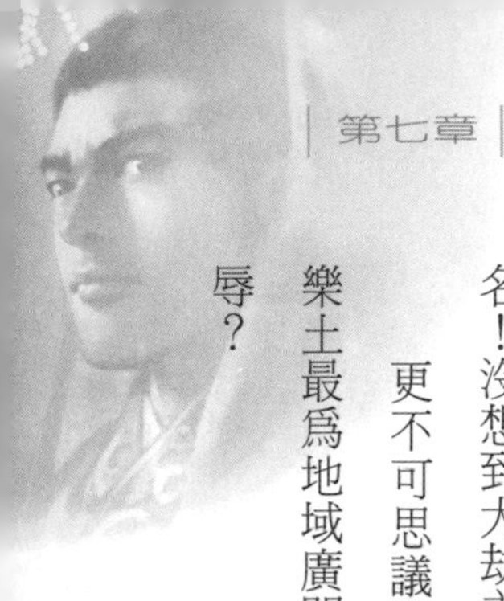

但見第一輛馬車所載果然是上等的獸皮，第二輛馬車上是綢緞，第三輛馬車上是刀槍劍戟，第四輛車上依然是兵器……每揭開一輛馬車，眾摩訶勇士便一陣歡呼。

當最後一輛馬車揭開，露出一個大鐵籠時，立時聽到有尖叫聲、哭泣聲自鐵籠中傳出，但見鐵籠中赫然是二十個年輕貌美的女子，只是此時，眾女子皆是一臉驚懼憔悴，如受驚的小鳥般蜷縮成一團。

歡呼聲頓時達到了最高點，不少摩訶勇士的臉漲得通紅。

所有來自樂土的押車人全都垂頭無話。

大劫主一擺手，歡呼聲立止。

他居高臨下地掃視著眾樂土人，冷笑一聲：「雖然尊釋進奉得很及時，但他卻有兩件東西沒有送來，實是不該！」

「尊釋」乃大冥帝君未加冕前的稱呼，一旦成了大冥樂土之最尊貴的冥皇，再無一人敢直言此名！沒想到大劫主非但直呼其名，而且還當著樂土人的面指責於他。

更不可思議的是，這些兵器、獸皮等物竟是大冥帝君奉送給大劫主的！蒼穹諸國中，以大冥樂土最爲地域廣闊，繁榮昌盛，儼然有宗主之風，而劫域不過萬餘人，大冥帝君何以要忍受這種屈辱？

眾樂土人聞言一驚，不由抬起頭來。

大劫主大手一揮，牙夭立即心領神會，將一隻內裝信箋的牛皮袋取出，交與呈送摺子的樂土人。

大劫主又道：「本劫主早知道你們皆是樂土身手不凡的高手，也難為你們肯為尊釋押送『歲禮』，相信由你們將此物轉交尊釋，應不會有什麼差錯！好吧，歲禮留下，你們即刻返回樂土。見了此物，尊釋自會知道本劫主要的是什麼東西！」

戰傳說嚇阻了潛伏於隱鳳谷外的驚怖流弟子後，依舊馬不停蹄地趁著月色疾趕。直到眾人行至大片空闊處，方止住腳步。

放眼向四處望去，只見星野空闊，方圓一里之內幾乎沒有任何可隱身的地方，即使驚怖流弟子有意尾隨而來，也是無法靠近。但每個人都明白威脅眾人性命的除了驚怖流之外，還有劫域的銀盔劫士！

尹歡在眾人歇息時提及此事，戰傳說言明一點：無論是劫域還是驚怖流，都是並不願驚動樂土武界的，前者根本不屬於樂土，而後者則是被樂土武界視作邪派，堪稱難見天日，所以只要劫域及驚怖流的人馬有所忌憚，今夜不敢攻擊，那麼等到天亮後，他們更是顧忌重重，行動不便，那時眾

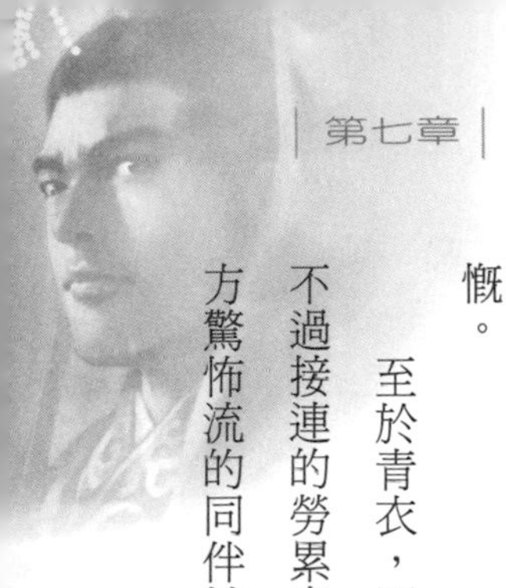

人要脫身就容易得多了。

雖然尹歡對棄隱鳳谷而逃有些不捨，但如今的隱鳳谷已成空谷，三百屬眾只剩「雕漆詠題」一人一鷹，即使隱鳳谷安寧無事，要重振隱鳳谷又談何容易？當下只有強捺心性。

戰傳說的計策果然奏效，眾人在這片空曠之地歇息了兩個多時辰直至天亮，亦不曾發生任何意外。

休息了兩個多時辰後，眾人的情形都有所好轉，所有人當中本以歌舒長空傷得最重，幾乎亡於哀將劍下，但他如今的功力甚至比石敢當高出不少，所以天亮之後，石敢當恢復的情形反而不如歌舒長空。

自從歌舒長空神志混亂後，他對許多事都似知非知，常常混淆不清，無論是尹歡、戰傳說，還是易容成雕漆詠題的青衣，都讓他感到既相識又有些陌生，唯獨對石敢當卻大爲親近。

戰傳說想到在地下冰殿中，歌舒長空爲了他自己的目的，幾乎累得石敢當喪命，不由很是感慨。

至於青衣，因爲他的傷口是自己造成的，所以傷勢看起來十分可怕，其實他已掌握好了分寸，不過接連的勞累奔波也讓他因傷而身體虛弱。歇息時，那隻灰鷹始終伴隨在他身旁，他知道雖然已方驚怖流的同伴被戰傳說虛張聲勢所驚懾，沒敢發動攻擊，但卻也不會就此放棄，此時一定還在附近監視著。只要有機會，他便會借助這隻灰鷹，將這一行人的真實情況告訴門主袁邪，只是此時眾人聚在一處，青衣沒有什麼機會。

第八章　奇門遁甲

陽光明媚的秋日的清晨，東方的曙光使每一個人都猶如卸下千斤巨石般的輕鬆感，想到昨夜接踵而至的血腥廝殺，不由皆心有餘悸。

深夜的涼意稍稍退去了，幾隻鳥雀在空中以令人驚嘆的靈巧起舞盤旋，驀地又一個俯衝落在了草叢中。

雖然黑夜已過去，但誰也不能斷定危機已完全消除。

爻意一直偎倚在戰傳說的身旁，戰傳說曾試圖避開她，但卻沒能做到。若是將話說明了，也許彼此有些尷尬，而且多半又會再一次陷入與爻意爭執他是不是所謂的「木帝威仰」的問題上，兩人各執一詞，恐怕最後仍是難以說服爻意，故戰傳說便任其緊緊伴隨他左右。

天很藍，有幾片雲，被藍天映襯著，更顯其白。但無論是藍還是白，全都顯示著超脫般的明淨，絲絲縷縷的泥土氣息與草味攪在一起，使人有些微醉。

其實，最為眾人關注的是戰傳說的情形如何，自眾人親眼目睹了他一舉擊殺哀將後，都難免對他有了倚重之心。

戰傳說感覺到了這一點，唯有他自己知道，能誅殺哀將，實是機緣巧合，而其中最根本的原因，連他自己也不能完全弄明白。

尹歡是對隱鳳谷最不能忘懷者，所以他第一個向戰傳說提出了心中的疑問，道：「陳兄弟愈來愈讓人感到高深莫測了，先前能殺了蒼封神，連不二法門靈使也深為佩服。昨夜更是在舉手投足間除去哀將，以陳兄弟的武學修為，環視宇內，恐怕也無幾人可以逾越！但奇怪的是……咳……不知我可否坦言相問？」

戰傳說微微一笑，「如今我等可謂是同乘一舟，彼此間還有什麼可以隱瞞的？大概尹谷主是要問我為什麼又會敗於小野西樓，後來又為何急著要退出隱鳳谷，是嗎？」

尹歡道：「正是。」

戰傳說尚未開口，爻意已搶先替他答道：「先前威郎之所以會敗，只是受了傷的緣故。肉體上的傷對他來說，不消片刻就能恢復如常，哀將又如何是威郎的對手？對了，這哀將又是什麼人？」

最後這句話，她是問戰傳說。

戰傳說苦笑一聲，簡單解釋道：「他是來自樂土之外的劫域。」隨後轉而對尹歡道：「敗於小野西樓是因爲我的武功本就在她之下。後來，驚怖流退出隱鳳谷後不久，我便開始感到口乾舌燥，全身奇熱無比，實在無法忍受時，本已受了重傷的我突然不知從哪裡來的力量，竟能衝過你們的阻攔，奔向遺恨湖。那時我感到體內似乎已燃起熊熊烈焰，唯有整個遺恨湖，才能熄滅我體內的烈焰。」

爻意忽然輕輕地「啊」了一聲，低聲道：「一定是涅槃神珠中所凝集的火鳳宗開宗四老無匹強大的生命力與靈力的緣故！」

戰傳說以異樣的眼神看了美麗絕倫的爻意一眼，聲音變得有些低沉地道：「妳是說，是他們的靈力使我產生了這種感覺？」

爻意鄭重其事地點了點頭。

在尹歡等人眼中，爻意所說的許多事都顯得荒謬怪誕，而她的嚴肅、認真與這種怪誕相對之下，卻使她顯得十分可愛，連石敢當也不由有了笑意。

戰傳說卻沒有笑，而是皺起眉來，「不錯，現在我記起來。當時我的確感到冥冥之中似有一個聲音在召喚著我，讓我不顧一切地向遺恨湖衝去！這個似有似無的聲音竟像是控制了我當時的靈魂，否則若是在清醒時，我決不會做出想以遺恨湖湖水澆滅我心中烈焰的舉動，甚至根本就不會產生體內有熊熊烈焰的念頭！當時，那聲音召喚的吸引力是那麼的強大，以至於當我遇到歌舒長空的阻攔時，我立即毫不猶豫地與之相戰。在我們相戰時，劫域的人馬闖入了隱鳳谷，我清楚地察覺到這一點，而且也知道來者不善，但當時在我心中，任何事情與衝向遺恨湖相比，都是微不足道的。」

「那是因爲合火鳳宗四老生命力而成的靈力實在太強大了，放眼整個蒼穹，幾乎沒有什麼力量可以與之抗衡！」

戰傳說第一次很專注地看著爻意，略顯茫然地輕聲道：「是嗎？」

爻意想到了什麼，嬌軀微微一震，將身子與戰傳說挨得更近，雙手緊緊地抓著他的胳膊，如天籟般柔和優美的聲音有些輕顫：

「涅槃神珠是火鳳宗之神物，擁有無比強大的五行火氣。威郎，雖然你是禳除國之王，是神祇最英勇無畏者，但你所擁有的靈力，仍是無法與涅槃神珠所隱含的靈力相比，何況你又是在傷後，爻意本以爲……以爲你會在涅槃神珠威力爆發時……離我而去，沒……想到你不但奇蹟般地活了下來，而且還恢復了不少靈力，所以才輕易挫敗了哀將……若是你有什麼意外，爻意也決不獨活了……」

她斷斷續續地說著，早已淚水漣漪，情真而意切，我見猶憐。石敢當諸人莫不是在血雨腥風中

走過來的，一顆心早已被磨礪得堅強無比，此刻卻亦聽得癡了，竟全忘了自己並未完全相信爻意離奇的身分，只知靜靜地沉浸到她的一腔柔情中，一時眾皆無言。

戰傳說卻猛地從方才的迷茫中清醒過來，頓感如坐針氈。

他定了定神，移過目光，再也不敢多看爻意一眼，而是眼觀鼻、鼻觀心地道：「當時，我的一切舉止幾乎都是在無意識中進行，但奇怪的是，此時我卻又能將當時的經歷完全記起來……」

他長長地吸了一口氣，接道：「一切，都應以『匪夷所思』來形容！我被包裹在一個巨大的火球中，而我自身卻毫髮無損，更詭異的是，『長相思』在我手中奇蹟般化爲烏有，直到我被巨大的火團捲裹著投入遺恨湖後，我的心靈才一下子變得澄清無比，周圍的細微變化都能被我清楚地捕捉到，一股超越我想像的力量不可阻擋地進入了我的體內。

我感到它的強大絕非我的軀體所能容納的，同時亦感到這似乎不是單純的內家真力那麼簡單，它使我的生命變得前所未有的充盈。這時，由我體內又生出另一股力量，以極爲獨特的方式與那極其強大的力量共存，它們之間共存的方式不是相互排斥，也不是相互吸引，甚至不是相互融合……總之，我堅信正是由於我自身體內萌生的這股力量，才使我沒有立即因軀體無法承受外界侵入的力量而爆亡！但這種平衡顯然無法持續很久，恰好在這個時候，哀將試圖要殺了我，只是最終他非但沒有將我誅殺，反而被我利用，那無法承受的力量被我將一部分宣洩在哀將的身上，僅僅因爲這一點，便取了他的性命！」

不知不覺中，戰傳說已深深地沉浸到對那一場奇異經歷的回憶當中，也許是因爲太刻骨銘心了，戰傳說有一種不吐不快之感，敘述此事時，他渾然忘了其他的一切。

尹歡、石敢當、青衣都對戰傳說的話深信不疑，雖然此事太匪夷所思，但唯有這種解釋，方能解釋戰傳說爲何能輕易擊敗哀將。

戰傳說接著道：「至於我爲何要點明用什麼方法可以破解哀將的苦悲劍，是因爲我擔心他以苦悲劍出手。雖然我能窺破苦悲劍的弊端，但卻未必真的能將之付諸實施——他的劍法十分可怕，甚至可以與千異及我父親一較高下……」

說到這兒，他猛然發現自己說漏了嘴，不由有些不安。果然，石敢當、青衣、尹歡等人臉上同時顯現了驚愕之色。

「千異」此名對樂土武道中人來說，可謂人盡皆知，而戰傳說將千異與他的父親相提並論，可見其父的修爲大概與千異在伯仲之間，而在武學上能與千異處於伯仲之間的高手，環視整個樂土，又有幾人？

對於戰傳說的身分來歷，眾人本就疑雲重重，此時戰傳說無意中失口，更讓他們好奇心大起，心想其父若真的有與千異相若的武學修爲，何以他自己卻從不爲世人所知？

石敢當眉頭緊蹙，似有滿懷心思。

戰傳說爲轉移眾人的注意力，便取出哀將的苦悲劍，「此劍好不邪惡！」

但見苦悲劍通體泛著幽幽的黑色色澤，其中的骷髏形的紋路隱約可見，陰森駭人，清晨的陽光頓時顯得暗淡了不少。

端詳了一會兒，戰傳說重新將劍收起，「所幸的是哀將上當了，也許他也知道此劍乃邪異之劍，但凡邪劍，總是威力越大，便越顯難以駕馭。我的話正好擊中了他的心病，所以最終他以邪寒罡氣出手了，這正中我的下懷！」

眾人皆是高手，當然明白其中的奧妙，皆忖道：「如此看來，哀將倒算不得是真正地被他擊敗了。」

其實，戰傳說還有一點心事未向眾人透露，那便是他爲何能夠在極短的時間內窺破苦悲劍的缺陷所在？他記得自他幼時起，父親向他傳授劍道時，他卻總是難以領悟其中的玄奧，武學進展與族中同齡人相比尚有不如，連他自己都對自己十分失望。而哀將劍勢之盛，足以讓對手心生不可抵禦之感，更勿庸說輕易看出其弱點所在了，但這一次，戰傳說卻奇蹟般的做到了。

戰傳說對自己非凡的領悟力感到難以置信，他懷疑那只是偶爾的靈光乍現而已。

尹歡輕輕地吁了一口氣，「看來，陳兄弟這番際遇實是外人難以明瞭的。」

戰傳說點頭道：「其實連我自己也是難以明瞭，雖然憑藉機緣巧合誅殺了哀將，但我對自己的武學修為並無太多的信心，所以我仍是建議諸位退出隱鳳谷。」

他像是自嘲般笑了笑，接道：「雖然我不知那無比強大的力量在我體內還殘餘多少，但有一點卻能確信無疑，那便是此時我的傷勢已痊癒，就像根本未曾受過傷一般。」

一直未開口的青衣突然道：「莫非這就是爻意姑娘所說的，來自涅槃神珠的力量使然？」

戰傳說沉吟道：「也許吧。」

眾人眼中皆閃過複雜之色，包括戰傳說在內都想到了，若他承認了「涅槃神珠」的存在，從某種意義上說，就等於承認了爻意所說的一切。

而這一點，對眾人而言，都顯得頗為沉重，彷若連時光也有重量，兩千年時光的差距讓人的思維也被壓抑得小心翼翼。

就在這時，石敢當忽然向戰傳說道：「關於你是來自於所謂『龍族』一說，是真是假？」

眾皆一愣。

戰傳說更是心頭劇震，他明白石敢當是因為在地下冰殿中曾聽歌舒長空提及此事，才會如此相問。

而尹歡、青衣則立即由石敢當的話聯想到昨夜當戰傳說衝出清歡閣時，其額頭曾顯現出來的龍

首額印！昨夜撲朔迷離的事發生得太多，眾人又始終處於高度緊張的狀態，故淡忘了這一點，此刻經石敢當提醒，眾人這才記起此事。

戰傳說在極短的時間內閃過無數念頭。

終於，他的目光變得更爲堅毅了，環視眾人一眼，清晰地道：「不錯，我的確是龍族中人！我的真正名字是戰傳說，而不是陳籍。」

「戰傳說?!」尹歡第一個脫口驚呼。

「不錯！」

「那麼，與六道門蒼封神相勾結，害死晏聰的姐姐晏搖紅，使不二法門靈使宣稱要在十日之內取其性命的人又是誰？」尹歡愕然問道。

在隱鳳谷經歷了九死一生之後，戰傳說已領悟了不少真諦。他開始相信回避是毫無用處的，若要想不被命運所壓制，就要扼住命運的咽喉！在隱鳳谷不過短短的數日中，他卻已數度走在生與死的邊緣，每次都憑著機緣與堅強的意志生存下來了！即然如此，那麼又何必懼怕面對有人冒了自己名字胡作非爲這一事實呢？也許時間拖得越久，越是難以澄清事實！

戰傳說道：「目前我仍不知他的真實身分，也不知道他如此做的目的，我只知自己才是真正的戰傳說！」

「戰曲戰前輩與千異一戰，法門四使皆在場，所以他們應當識得誰才是戰前輩之子。以四使的修為，再高明的易容術也是瞞不過他們的。」尹歡說得很慢，似乎在斟酌著字眼。

戰傳說長長地吁了一口氣，緩緩地站起身來，望著東方越來越明亮的朝陽，無比堅定地道：「我明白尹谷主的意思，總有一天，我會讓真相大白於天下！」

此時眾人雖然各懷心事，但當石敢當提議前往玄流道宗總壇所在的天機峰時，眾人皆毫不猶豫地同意了。石敢當本為玄流道宗宗主，以道宗的力量，自不懼於已遭受重創的驚怖流。

當下，六個本屬毫不相干的人結伴而行，向天機峰進發。

途中，戰傳說半真半假地問道：「石前輩，我是戰傳說，而『戰傳說』已被人認作是大邪大惡之人，也許自我踏足道宗之後，不知會為道宗帶來多少麻煩，難道石前輩不曾為此擔憂嗎？」

石敢當枯瘦的臉上顯露出了坦然的神情，口中卻道：「當然十分擔憂，普天之下有那麼多英雄的大名不去冒充，卻要冒充一個世人欲食其肉、寢其皮者的名諱，此人多半有些瘋癡。把一個瘋瘋癲癲的小子帶到道宗，老夫又怎能不擔憂？」

言罷，他望著戰傳說，戰傳說也望著他，彼此相視片刻，一老一少齊聲哈哈大笑，笑得酣暢淋漓。

半日後，眾人到達一個頗具模樣的大集鎮，離此鎮尚有二里遠的時候，眾人便聽到了從鎮中傳出的咚咚鼓聲，好不熱鬧。剛入鎮時，卻見街巷空落，難見一個人影，那咚咚的鼓聲倒在前方繼續響著。

石敢當見青衣的臉色越來越蒼白，便想找一家客棧歇息一日，一連見了幾家客棧，卻皆是大門緊閉，眾人不由暗自嘀咕，只好循著鼓聲而去。

拐過幾道彎後，忽聞人聲鼎沸，嘈雜無比，眾人眼前出現了大片空地，不過這片空地上卻擠滿了人，男女老少，形形色色，不一而足。

人群中高搭一座高臺，寬十丈，長十丈。高臺中央有一塊大紅綢布嚴嚴實實地蓋著一件足有兩人高的東西，一時倒也無法猜出紅綢布掩蓋的是什麼。

高臺左右兩側各有一架巨鼓，各有兩名鼓手在奮力敲擊，手法甚是嫻熟。鼓槌飛揚處，震耳欲聾的鼓聲將空氣也震得發顫；而台下近千人則高仰著頭，神情激動興奮，似在焦急地等待著什麼。

戰傳說諸人這才明白爲什麼鎮上會顯得空蕩蕩的，原來鎮裏的人全集中在這兒了。他們自知一身的血污太過引人注目，所以只是站在遠處的不顯眼處遙望這邊；但很快，他們仍是吸引了一部分人的視線。

先是站在高臺前人群最外圍一人無意中目光掃向他們這邊，頓覺眼前一亮，一下子怔在當場，滿場振聾發聵的鼓聲亦難以讓他回過神來。

他所看到的正是爻意！

尹歡等人在目睹了小野西樓、斷紅顏那樣美豔絕倫的絕色之後，尙且爲爻意的天姿所震愕，何況是一介鄉民？頓時那人便已魂飛魄散，靈魂脫竅，心中一片茫然。

很快，那人異樣的神情引起了他身邊眾人的好奇心，越來越多的目光投向戰傳說這邊，最終一無例外地被爻意所深深地吸引了。

最後，連臺上四名鼓手也發現了爻意的存在，鼓點的節奏頓時亂了，忽快忽慢，忽輕忽重，猶如群鴉亂飛，但台下的人對這一點已毫不在意了。

戰傳說對此又好氣又好笑。

忽見一個雞皮鶴髮的老者氣急敗壞地登上高臺，用力乾咳一聲，以吸引台下人的注意力。看來此老者在鎭中頗有威望，這一聲咳嗽，立即把大半的目光重新拉回臺上，喧鬧嘈雜的聲音消失了，鼓聲也停了下來。

石敢當見多識廣，低聲道：「大概是此地武風鼎盛，今日要舉行武會，決出武功最高的人。」

他的語氣十分平淡，畢竟以他這樣的身分、修爲，這種鄉間武會實在是不足一提的，其他人亦有同感。

正當六人準備離去時，忽聞喝彩聲四起，原來那老者說了一番話後，引出一個敦實的中年人，倒也精神飽滿，顯出一些武學底子。

此人在那雞皮鶴髮的老者的引導下，小心翼翼地揭開了那塊紅綢，卻是一尊兩人高的雕像。眾人的喝彩聲便是因此而響起的，喝彩聲後，台前已是鴉雀無聲，平添了肅穆氛圍。

那敦實的中年人在眾人羨慕的目光中，自大紅綢上小心翼翼地剪下一小塊，纏在了自己的右臂上，那老者已爲他準備好了香火。

此中年人正待捻香敬拜那尊雕像時，忽聞一個極爲動聽的女子的聲音失聲道：「那……是光紀的塑像！」

說話者正是爻意，她的聲音並不響，但此時台下本是鴉雀無聲，使她的說話聲格外有穿透力，每個人都聽得清清楚楚。

尹歡、青衣、石敢當都一眼就認出這尊青石雕就的，正是被樂土武道奉爲神明的玄天武帝！

傳說中，玄天武帝是遙遠的神祇時代的王者，也是開闢大冥王朝的基業者，是樂土武道中人心目中的武道之神，備受萬眾仰戴。無論是初入武道者，還是如石敢當這般已成宗師級高手，都無一例外。也正是這個原因，才使石敢當、尹歡等人在雕像揭開後，不再急著離去，那是對武道之神的大不敬。

爻意的一聲驚呼，頓有石破天驚之效，眾人面面相覷，不明白這天仙般的女子此言何意。

尹歡低聲提醒爻意道：「爻意姑娘，這是樂土至高無上的武道之神玄天武帝的神像。」

戰傳說雖自幼生活在與世隔絕的桃源中，但幾次隨父涉足桃源外的天地後，亦知道玄天武帝在樂土人心目中的尊崇，於是也低聲道：「尹谷主說的沒錯。」

爻意忽然出人意料地尖叫道：「不！他是光紀，是你的死敵！他是一個陰毒之人！若不是因為他，我又怎會被父王封於天幕棺中？威仰，難道你連這一點也忘了嗎？」

她一直都是那麼的恬靜從容，此刻卻為此事如此激動，甚至不再稱戰傳說為「威郎」，足見此事在她看來是至關重要的。

戰傳說一呆，怔怔地望著激動而悲憤的爻意。他絕對沒有想到爻意會有如此強烈的反應！

就在他怔神之時，忽聞排山倒海般的怒吼聲驀然炸響於耳邊——「褻瀆神明，罪該萬死！」

戰傳說駭然回頭，只見千百人齊齊向他們蜂擁而至，聲勢駭人！六人幾乎驚出一身冷汗，忙轉身便跑。

一間殘破不堪的廢廟。

戰傳說、爻意、青衣、尹歡背倚著長滿了苔蘚的斷牆而坐。與他們正面相對的是一尊無頭神

像，神像表面的金漆脫落了，露出難看的土坯，也不知這尊神像爲何會遭到冷落。

鎮裏的人們早已被他們輕易甩脫，不過這使他們在鎮子裏歇息一日的打算落空了，只好找了這間破廟暫歇片刻。石敢當準備出去找幾味藥草，以替青衣、歌舒長空治療傷勢。六人之中，他兩人的外傷最爲嚴重，其餘的人所受的都是內傷，則重在調理內息。

石敢當擔心自己離開後，歌舒長空會弄出什麼亂子，故設法將他也帶去了。廟外就是一片起伏不定的土崗，土崗上雜草灌木叢生，找幾味普通的草藥並不太難。

尹歡微微閉著雙眼，一言不發，過於俊美的臉上沒有任何神情，誰也不知他此刻在想著什麼。但無疑他是一個決不簡單的人，能夠騙過所有的人，讓世人誤認爲他是一個不思進取、驕淫奢華的人，足以顯出他的不同尋常。

戰傳說忽然感覺到了與自己挨著的爻意在輕輕戰慄，轉臉一看，只見爻意竟是淚流滿面，抽泣不止。他不安地道：「妳……怎麼了？」

爻意搖頭不語，戰傳說連問了數遍，她才抽泣道：「現在我已相信……相信我與你們整整相隔了兩千年的歲月……天地之間，唯有我是最……孤單的，因爲……因爲我本該是生活在兩千年前的人……我永生永世，也沒有機會再見到威郎了！」

她的貝齒死死地咬著下唇，欲止住抽泣，卻無論如何也無法止住淚水。

戰傳說滿懷柔情、滿懷憐愛地望著她，這種柔情對他來說，是一種從未有過的情感，那代表著一種包容與呵護。他從未有過這種感覺，是因爲在他的記憶中有過一段空白的四年光陰，而四年前他還只是一個少年。而爻意對他曾有的信任與依賴，使他的少年心性在極短的時間內趨近於一個真正可以頂天立地的男人！

雖然爻意所說的是那麼不可思議，但戰傳說卻相信這是真的。其實他自己就曾親歷與此驚人相似的過程，只不過他所失去的是四年時光，而爻意卻是整整兩千年！戰傳說比任何人都更能體會到此刻爻意的心情。

彈指間歲月流逝，滄海桑田之後的孤獨寂寞是一種不足爲人道的痛苦！何況，在歲月的那一端，還有爻意朝思暮想的情人威郎！

戰傳說不知該如何勸說爻意，也許，此時任何言語都是蒼白無力的。

倒是爻意自己終於慢慢地止住了抽泣，她望著戰傳說，輕輕地嘆了一口氣，道：「你與木帝威仰長得太相像了，甚至以『相像』尚不夠確切。直到現在，我仍無法找到你與他在容貌外形上有任何不同的地方。但我已明白你的確不是木帝威仰，你與他的區別在於你們之間的意志，威仰有著你絕對無法相比的霸氣！但我堅信你與他之間，必然有著某種神秘的聯繫。我的玄級異能在漸漸恢復，由此產生的靈力既察覺到了你與威仰的不同，也察覺到了你們之間有著聯繫。至於究竟是什麼

樣的聯繫，以我目前的異能級數，尚無法判斷清楚。」

戰傳說心中忖道：「又是『靈力』，這究竟是一種什麼樣的力量？」

爻意終於相信他不是她的「威郎」，戰傳說自是鬆了一口氣，但同時又想到「威郎」本是爻意唯一的牽掛與精神支撐，明白真相後，她豈非更爲心灰意冷？

因爲心中思緒聯翩，故他沒有留意到爻意說到她的「玄級異能」能夠察辨出他與威仰的區別時，青衣眼中閃過的一絲不安之色。

戰傳說道：「其實妳所見到的我，並非我本來的面貌，我原有的面貌應是與那冒充我名字者現在的模樣相同。」

說到這兒，他感到自己所說的這番話實是有顛三倒四之嫌，但誰又會想到事實本就是如此顛倒黑白、曲曲折折呢？想到這一點，他不由苦笑一聲。

這時，歌舒長空與石敢當返回廟中了，見爻意臉上猶有淚痕，石敢當不由多看了她幾眼。

爻意對戰傳說所說的話顯得極感興趣，她追問道：「爲什麼會有這麼多曲折？」

戰傳說當然知道她之所以如此關注此事，是因爲自己改變後的五官容貌與她的「威郎」一模一樣的緣故。不過他對這一點也不在意，既然已將自己的真實身分告訴了他們，他便索性將自己在大漠中的經歷說了一遍，只是將其中一些關節處略過不敘，以免引來不必要的麻煩。

他的這一番奇遇只聽得眾人感嘆不已。

聽罷戰傳說的敘述後，爻意立即迫不及待地道：「如此說來，定是那古廟中形貌怪異者改變了你的容貌！」

戰傳說微微頷首。

爻意接著道：「我希望能去那座古廟看看。」

戰傳說明白她的意思，既然自己是在那座大漠中的古廟中改變了容貌，變成了與「威仰」一模一樣的面貌，爻意自是希望能由那座古廟查到與威仰相關的線索。至少，她需要瞭解導致她落至今日境地的原因是什麼。

時光如梭，可以沖淡隱埋許許多多的東西，爻意要做的事將困難重重，希望渺茫，但那座神秘的古廟畢竟是唯一可與威仰聯繫在一起的線索，她當然會對此寄以厚望。

她以期待的目光望著戰傳說道：「你願帶我去尋找那座古廟嗎？」

戰傳說毫不猶豫地點了點頭，隨後補充道：「只是四年時光已過，也不知是否還能找到那座古廟，而且，暫時妳我還不能成行。」

爻意知道他希望與大夥兒一同平安到達天機峰，使驚怖流、劫域再難威脅到尹歡諸人後再作決議。於是善解人意地道：「你能陪我去尋找古廟，我已十分感激，至於時間的遲早，我已等了兩千

年，還在乎等更久一些嗎？」

她最後的話本是欲緩和一下由於自己的傷感而壓抑的氣氛，沒想到，這反而又勾起了她自己的心事，眼圈不由一紅，忙低下了頭。

石敢當輕嘆一聲道：「一個驚怖流已夠棘手了，再加上劫域的人，也真是禍不單行。老夫當年應諾要保隱鳳谷二十年平安，卻已落空，實是慚愧得很。」

尹歡忙道：「石老何出此言？雖然我不知你與我父親的恩恩怨怨，但這近二十年來，石老對隱鳳谷可謂是恩重如山了。隱鳳谷有今日之禍，其實非一日釀成，而是多年積患。積患在一時爆發，頓成難以挽回之局。若無石老、戰兄弟與爻意姑娘，我們父子二人亦將難以倖免。說來慚愧，這些年來，其實我心中對石老一直有些成見，以爲這是我父親對我的不信任，才有意留下石老牽制我，現在想起，實是汗顏！」

以石敢當的精明世故，自是早已看出往日尹歡的心思。尹歡今日能說出這番話，倒讓他有些意外與感動，當下他大度地揮了揮手，「過去的事便不必再提，再說，又有幾人願意在自己身邊有人處處牽制自己？」

他似被尹歡的一番話勾起了滿腹心思，竟一反平時的沉默少語，接道：「你父親有勇有謀，本可成就一番大業，可惜他功利之心太重，反而使他欲速則不達！竊取劫域的『寒母晶石』是他的一個重大錯誤；不擇手段，利用戰傳說又是一個錯誤。道宗信奉因果之說，你父親落到今天這種地步，也可謂是有其因必結其果啊！」

坐於一旁的歌舒長空竟將石敢當這番話聽懂了，他「騰」地站起身來，怒視著石敢當道：「我歌舒長空若不設法得到『寒母晶石』，在隱鳳谷建成地下冰殿，那修煉了太……太隱笈後，豈不是要經脈盡焚而亡？」

他神志混亂，記憶時有時無，思維有時清晰，有時糊塗，讓人十分棘手。不過，這一次他卻因此而無意中洩露了一個秘密：他之所以隱身於地下冰殿，的確不是因為身有頑疾，而極可能是因為修煉武學時真氣逆亂，不得不以玄寒之氣壓制。

對於這一點，無論是尹歡，還是石敢當都早有猜測，但他們一直無法得到確證。沒想到直到十幾年後，因心計深晦的歌舒長空已神志錯亂，才無意中確證了這一點，同時，他們還得知這種武學是所謂的「太隱笈」！

對於太隱笈，無論是石敢當還是尹歡都十分陌生，當下石敢當有意冷笑道：「因習練武學真氣逆亂古來有之，卻從未聽說過需建一地下冰殿來調養內息的。」

他想借此再套出歌舒長空的話，但想到歌舒長空的智詐百出，心中也沒有多少把握；但這次歌舒長空竟上當了！

他哈哈大笑道：「無知之見！太隱笈中的武學與……與火鳳族息息相關，乃千百年前傳下來的絕學，除了火鳳族的人外，他人一旦修煉其中武學，便會經脈盡焚而亡！」

他不屑地望著石敢當，似乎深感石敢當太孤陋寡聞。

石敢當與戰傳說相視一眼，兩人的眼神中都有驚愕與激動之色！歌舒長空提到「火鳳族」三字時，讓他們立即將之與爻意所說的聯繫在一起，頓時預感到歌舒長空所提到的「火鳳族」與爻意口中的「火鳳宗」一定有不同尋常的聯繫。

在此之前，他們從未聽說過世間有「火鳳族」或「火鳳宗」，現在卻完全相信它至少曾經存在過，因爲如今的歌舒長空幾乎不存在說謊的可能！更重要的是，歌舒長空所說的因習練太隱笈而內息紊亂後的症狀，與爻意所說的涅槃神珠涵含五行火氣的特徵相吻合，而涅槃神珠又恰好是火鳳宗之物。

如果這些推斷都成立，那麼一條脈絡就頗爲清晰地展現在眾人眼前，那就是隱鳳谷的興亡沉浮，其實都是在被一個遙遠的宗族影響著，而歌舒長空則是在無意中被捲入其中的。當然，他在被捲入其中之後，對隱鳳谷的變化亦起了推波助瀾的作用。

但戰傳說卻在心中作了一個大膽的假設，他想到，如果得到那本「太隱笈」的人不是歌舒長空，而是另一個不屬於火鳳宗族的人，那麼此人也會如歌舒長空一般內息逆亂，生命垂危。那時，為了自保，他必會想到一個有關鳳凰的傳說，想到一個與鳳凰涅槃重現有關的地方——隱鳳谷！

火鳳宗對今天的人來說，是虛幻的，所以此人多半會把最後的希望寄託在隱鳳谷，希望能自鳳凰涅槃重現這一傳說中找到某種契機。

由此看來，無論是誰，只要此人習練過「太隱笈」，那麼他就幾乎不可避免地與歌舒長空一樣，命運會與隱鳳谷聯繫在一起！而決定這一點的力量是隱性的，卻又是難以違背的。

戰傳說按著自己的思路繼續向下思索：此人不可避免地來到隱鳳谷後，就必須找到與火鳳宗族有關的契機。現在看來，與此有關的就是天幕棺、爻意、涅槃神珠！

由太隱笈到鳳凰涅槃的神話，再到爻意、涅槃神珠，這一歷程讓人感到關於鳳凰的傳說似乎就是一座橋樑，一座將與太隱笈有關的人引向遺恨湖的橋樑！也許，傳說本身是虛幻的，它只為起這種牽引的作用而存在。

換而言之，這個傳說之所以會出現，是有目的的！但目的是什麼？是讓他人發現涅槃神珠的存在？是為了救出爻意？

戰傳說心中一亮，如靈光乍閃，他立即將推測的重點放在了後一種可能！但要找到隱於遺恨湖中的爻意談何容易？更何況要將她救出？因為正常人根本不可能發現爻意的存在！

但如歌舒長空這般因太隱笈之故而不得不為的人卻並非尋常人，為了保全性命，他們必須不顧

一切地尋覓。

在這種情形下，水下的天幕棺被發現就不是完全不可能了。一旦發現神秘莫測的天幕棺，誰都會欲將之破開，於是爻意便有了重現天日的可能。但這一過程中，尚缺少一物，那就是唯一可以破開天幕棺的「長相思」！

如果編造鳳凰傳說的人真的是為了救出爻意，那麼這種方式的確會有奇效，但與此同時，他還必須保證此人還能擁有「長相思」！

從這一點來看，那編造鳳凰傳說之人並沒有將事情安排得很周密，因為救爻意者是戰傳說，而「長相思」的持有者卻是尹歡！

最終戰傳說雖借「長相思」破開了天幕棺，但這只能說是一種巧合，那個兩千年前便可能存在的欲救爻意的人，決不可能預知戰傳說會無意中得到「長相思」！

千頭萬緒糾纏不清，委實難以將之理順，重要的是，戰傳說越來越確定：關於鳳凰涅槃重現的傳說，是憑空虛構而成的，世間並不存在一種名為「鳳凰」、而且會每隔五百年重現一次的靈獸。而虛構這一傳說的人，必定與爻意以及火鳳宗族有著極為密切的關係！

正當戰傳說沉浸於對往事的推測中時，石敢當的話打斷了他的思路：「看來，關於鳳凰每隔五百年集香火自焚，在火中涅槃重現的說法，真的只是一個傳說了。」

由石敢當此言，戰傳說立即察知石敢當與自己的思路大致相同。

不僅是他們，連爻意也由歌舒長空的話想到了什麼，她很客氣地對歌舒長空道：「老谷主，你所說的太隱笈能否讓爻意一睹其真面目？」

共處了這麼久，爻意自然瞭解了歌舒長空的身分以及他現在神志混亂的現狀，但她的言語、表情與常人交談並無不同，仍是柔和、自然、親切。

歌舒長空的性子雖然變得古怪莫測，但奇怪的是面對爻意時，他卻有所改變，並未一口回絕，而是遲疑了半晌，方有些為難地道：「這……老夫怕它會連累妳，難道妳願與我一樣不得不受很久很久的酷寒？」

頓了頓，他又補充一句：「對了，我也沒有將它帶在身邊，如今我的武功已是天下第一，當然再也用不著它了。」

言罷，也許是為自己找到了拒絕爻意的理由，他很高興地長吁了一口氣。

尹歡向戰傳說與爻意露出一個無可奈何的苦笑。

戰傳說等人知歌舒長空是太重視太隱笈了，所以直到此時，他仍本能地不願將之交出來，不過他所說也並非僅是托詞。既然他十分珍視太隱笈，那麼在他決定隱身地下冰殿之前，必然會將太隱

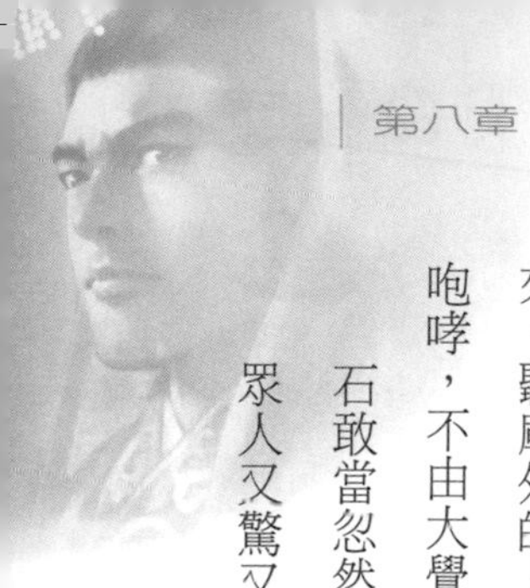

笈隱藏在隱鳳谷某隱密處，而不會隨身攜帶。而他自從在堅冰中脫困而出後，遭遇驚變迭起，根本沒有機會在瞞過他人的情況下取出太隱笈。所以，正如他所說，太隱笈十之八九仍在隱鳳谷中。

爻意眼中閃過一抹失望之色，她的失望是顯而易見的，因爲這太隱笈極可能與她所來自的火鳳宗族有著莫大的關係。

但她仍善解人意地向歌舒長空笑了笑，輕聲道：「原來如此。」

就在這時，忽聞廟外有怒吼聲傳來。

初時怒吼聲尚不十分真切，而且像是在竭力壓抑著，但後來怒吼聲越來越響，最後連吼帶罵，間或夾雜幾聲痛呼哀叫聲，吼叫聲已是毫無顧忌了，幾至聲嘶力竭之境。

初聞怒吼聲時，戰傳說等人皆神色微變，卻唯獨石敢當面帶微笑，似成竹在胸，不驚不詫，其從容鎮定讓戰傳說等人皆鬆了一口氣。

到後來，只聞那吼叫怒喝聲越來越響，卻始終不見有什麼變故，眾人的心情更是完全鬆懈下來。聽廟外的人叫得聲嘶力竭，而且聽聲音不像是一人，或尖銳或沙啞，或如鬼哭神泣，或如猛獸咆哮，不由大覺奇怪。

石敢當忽然哈哈一笑，向眾人道：「大概是追蹤我等的驚怖流賊子在大吃苦頭了。」

眾人又驚又喜，雖然他們成功地從隱鳳谷突圍而出，而後驚怖流的人都再未出現，但誰都明白驚怖流只是為戰傳說擊殺哀將一幕所懾，卻不會就此甘休，而極可能一直在眾人後面銜尾追蹤。

眾人只盼直到抵達天機峰，對方也一直不會有何舉措，除此之外，他們再也沒有任何有效之策可以應付在暗處的驚怖流屬眾了。

而此刻由石敢當的言行來看，多半他早已有所安排，而現在他的安排已收到了奇效。

於是眾人忙問石敢當其中詳情，石敢當這才說出實情。

「老夫先前外出尋藥時，見四周草木茂盛，便猜到跟蹤我們的人會借這些草木的掩護，試圖更接近我們，以探我們虛實。所以，我便預先借採藥的機會在四周布下了一個陣，此陣乃道宗三大陣法之一，頗為玄奧，能避過此陣者，實是寥寥無幾，現在我等正好可以借機真正地擺脫他們。」

玄流三宗的奇門遁甲之術冠絕樂土武界，石敢當乃玄流三宗之道宗昔日宗主，於此亦必有不凡造詣。眾人精神大震，石敢當率先出了破廟，其餘的人亦相繼離開。

出了殘破之廟，放眼望去，果見半里之遙的地方，有四個人影在奮力揮舞著兵器，向虛空狠斬力劈，呼喝聲不絕於耳，狀如瘋狂。

歌舒長空失聲道：「難道他們都中了邪？」

乍聞此言，尹歡本是興致盎然的臉上閃過一抹陰影，而戰傳說則與石敢當對視一眼，兩人心中同時想到歌舒長空自己才是中了邪，卻在此指責他人。

歌舒長空一生也算做了不少轟轟烈烈的事，沒想到如今落得如此下場，雖也算是他咎由自取，卻讓人欷歔。尹歡神色忽變，多半就是因爲想到了這一點。

爻意道：「高妙的陣法可借陣中氣場異變亂敵心志，使其心志在陣法的強大氣場中迷失本性，以至常生種種幻覺，這四人大概就是如此情形，倒不是中了邪。」

歌舒長空瞪大了雙眼，看樣子，若不是因爲反駁他的人是爻意，也許他早已大發雷霆，其實爻意只是好心向他解釋。

她這一番話讓尹歡、戰傳說、青衣、石敢當無不刮目相看，心忖她一直自稱絲毫不諳武學，卻挫敗了小野西樓。而這一番話也頗有見地，倒讓人深感她的高深莫測。

歌舒長空不悅地道：「產生幻覺也大可不必手舞足蹈，老夫武功天下第一，見識自然也是天下第一，哪會有錯？」

爻意皺眉沉吟道：「那倒也奇怪……」

石敢當「呵呵」一笑道：「其實也沒什麼奇怪的，只是因爲我在陣中做了點手腳，不但將他們困住了，更引來不少蟲豸毒蛇彙於陣中，大概方圓十里之內的蟲蛇都會會聚而來。就算最終他們能自陣中脫困而出，也要大吃一番苦頭了。」

青衣脫口驚呼一聲：「啊！」

戰傳說等人愕然相望。

青衣立即出言掩飾道：「果然如此，你們看！」他的手指向身前不遠處的一個地方，眾人循著他的指向望去，只見一叢枯草簌簌而抖，很快便見一條三尺餘長的褐色毒蛇向前滑去。

難怪困於陣中的人會上躥下跳，狼狽不堪！若在平時，他們碰上這些毒蛇蟲豸倒沒什麼，但如今他們被死死困於陣中，神志漸漸狂亂、焦躁之際，毒蛇、毒蜂、蟲豸湧至，使他們更難以靜神窺破此陣玄奧之處，於是此陣的威力在無形中又增添不少。

想到驚怖流在隱鳳谷的所作所為，眾皆大感解恨。

唯有青衣心中焦躁不安，眼睜睜看著同伴被困卻無法相助。同時亦明白自己並未被尹歡等人識破，尹歡等人的行蹤仍在掌握之中，若門主哀邪再派人跟蹤，只怕非但難有作為，反而會增添累贅。

他決定只要一有機會，一定要將自己的念頭向門主哀邪稟報，同時將所探聽到的告之門主。

讓青衣稱幸不已的是，石敢當雖以此陣困住了他的四個同門，卻並未借此機會將之擊殺。直到三日後，他們一行人已與天機峰只剩一日路程時，青衣才忽然明白石敢當這麼做的原因。

石敢當之所以不殺他們，並非不恨他們，事實上，石敢當雖對歌舒長空有所微詞，但與隱鳳谷

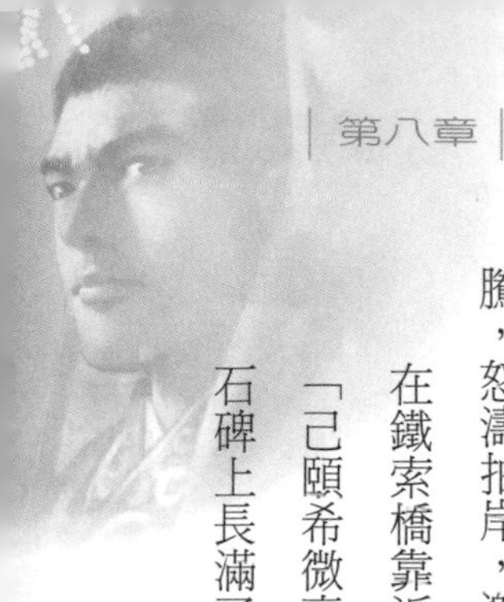

眾弟子共處近二十年，已有了感情，這次驚怖流在隱鳳谷的瘋狂殺戮早讓他憤恨不已！

但他想到雖有四名追蹤者被困，但卻未必是追蹤者的全部，也許另有驚怖流的人未進入陣中，甚至，除驚怖流之外，還有別的力量——比如劫域在暗中留意著他們的行動。一旦出手，那麼他們這一行人的真正實力便顯露無遺，再難起到威懾作用，倒不如繼續讓對方深感他們高深莫測，不可戰勝。

三天來，青衣並非沒有借灰鷹向哀邪傳訊的機會，但他卻沒有找到讓灰鷹離開他的理由。若是無故遣飛灰鷹，豈不會讓人起疑？青衣在等待著時機！

這日午後，一行六人進入樂土六大要塞之一的「坐忘城」。

坐忘城背倚高山，前臨大江，地勢險要。在坐忘城對岸，有一座高高的石堡，堡壘與坐忘城之間，一座鐵索橋飛架大江南岸。鐵索橋離江面足有十五六丈高，立足鐵索橋上，但見腳下江浪翻騰，怒濤拍岸，激起雷霆之聲，聲勢著實駭人。

在鐵索橋靠近石堡這邊的橋頭一側，樹立了一座石碑，石碑上龍飛鳳舞般刻著幾行字：

「已頤希微裏，知將靜默鄰。坐忘寧有夢，跡滅示凝神！」

石碑上長滿了苔蘚，看來已經歷了悠久的歲月磨礪。

戰傳說心忖道：「看來，這『坐忘』之名，就是由此而來了。」

正思忖間，忽聞爻意「咦」地一聲，訝然道：「這石碑上的字我竟有大半識之不得！」

戰傳說道：「無非是告之世人此城城名由何而來而已。」

爻意搖了搖頭，解釋道：「我乃火帝之女，是極少幾個能接受大史卜教誨者之一，而大史卜是最有學問的人，即使是最爲鈍愚者，經過大史卜的教誨，也決不會有許多字無法識辨的。」

戰傳說也無從解釋了。

爻意黛眉深蹙，苦思冥想，一臉困惑之色，忽地「啊」了一聲，顯得恍然若失地輕聲道：「我明白了。」

戰傳說好奇地問道：「是爲什麼？」

「因爲石碑上所刻的字與兩千年前已大不相同。」爻意幽幽地道。

戰傳說心靈爲之一震。

爻意的聲音雖然輕柔，但戰傳說卻從中聽出了她的深深憂傷。

是的，連文字都已改變，時光逝去千年之後，還有什麼是不會改變的呢？縱是整個蒼穹無比繁華喧鬧，對她而言，與一片空寂的荒漠又有何異？

武界的神祇時代，對樂土武界中人來說，是一個令人嚮往、令人熱血沸騰的時代，又有誰會知道，就是那個時代，爲一個美麗絕倫的女子醞造了一份深深的哀傷！

望著爻意的美麗側影，戰傳說忽然感到，也許不會有誰能真正地理解她的內心世界，就如同沒有人能夠真正懂得遙遠的夜空中一顆美麗而孤獨的星星一般，每個人都能看到它，卻又有誰能走進它的世界？

他很希望自己能找到安慰爻意的話語，但最終卻沒能做到。

即使對戰傳說而言，坐忘城也是足以讓他久久地陶醉其中。因爲雖然「戰傳說」三字早已傳遍了樂土武界，但事實上，戰傳說對樂土仍是十分陌生。他長期居於與世無爭的桃源，只是偶爾隨父親前往大漠神秘古廟，每次都是行色匆匆，像「坐忘城」如此規模的城池，他更是從未經過。

至於爻意，則更是如此！她進入坐忘城後，便被城內許許多多的事物所吸引，無論是城中的衣飾，還是房舍、街巷、店鋪、習俗……都會引發她的驚嘆。

此時，戰傳說等人反而習以爲常了。在爻意眼中，這一切既然與她所熟知的發生了極大變化，那她的驚愕不已也就在情理之中了。

坐忘城距天機峰已只有一日行程，所以石敢當對坐忘城的情形倒知曉不少。他知道自離開隱鳳谷後的這些日子，一行人都十分勞累，便決定與眾人一道去拜訪城中的一個故交。此人在樂土武道中只能算是小有名氣，但在坐忘城中卻有些名望，與石敢當卻是交情甚厚。

一行六人中，戰傳說、歌舒長空身形偉岸雄魁，尹歡俊逸如女子，爻意更是貌如天仙，加上青衣肩上的那隻奇大灰鷹，無不是格外引人注目。不過玄流道宗與坐忘城關係交好，石敢當無須擔憂什麼。

在城中略費一番周折後，石敢當終於找到了他要找的地方，他在坐忘城城南一座頗具規模的宅院前止步了，頷首自語道：「應是此地了。」

門前八名衛士見六人駐足門外，立即警惕起來，也許是身材高大的歌舒長空太容易予人以威脅感了。

石敢當聲音平和地向眾衛士道：「故人石敢當欲拜訪伯頌，相煩幾位代爲通報一聲。」

乍聞「石敢當」三字，八名衛士無不爲之一震，目光「嗖」地一下全集中在石敢當身上，上下打量著眼前這位枯瘦如柴的老者，一臉難以相信的神情。

這八名衛士都是二十歲左右的年輕人，當名聲顯赫的道宗宗主石敢當忽然自樂土武界消失時，他們至多還是一個娃娃，對石敢當自然是僅知其名，未見其面。此時見石敢當形容枯槁，似乎隨時都會被強風吹折，眾衛士難免一時難以將他與昔日「道宗宗主」聯繫在一起。

略略怔神後，眾衛士反應過來，其中一人向石敢當拱手施了一禮，「請尊駕暫候片刻。」言罷

立即向院中飛奔而去。

不多一會兒，只聽得一陣嘈雜急促的腳步聲由遠及近傳來。少頃，一個鬚髮花白、滿臉紅光的老者出現在眾人面前。此老者身形微胖，臉背闊大，給人一種寬厚豪爽的感覺。

他的後面跟隨了十餘人，除了那些顯而易見是老者的近身侍衛之外，另有兩名年齡與戰傳說相仿的錦衣少年。其中一個容貌與老者酷似，極可能是他的兒子，而另一人更為年輕，其容貌卻更顯威武些，目光閃爍中，顯露出年輕人特有的朝氣與傲氣。

這一行人出現於正門時，幾乎所有的目光都不約而同地先落在了爻意的身上。容貌與老者酷似的年輕人目光甫落在爻意身上時，立即如被火燙般移開了，但很快又不由自主地轉向這邊，臉上竟有了局促不安之色。比此人更為年輕的錦衣少年的神情反而顯得從容些，他的身軀挺得更直了，目光熠熠發亮，顯得躊躇滿志而成竹在胸。

唯獨那鬚髮花白的老者的目光自始至終都是落在石敢當的身上，他的表情出現了短暫的凝固後，繼而如夢初醒般雙唇微顫地輕聲道：「真的是……石兄？」聲音之輕，就像是擔心會驚嚇了什麼一般。

石敢當含笑微微頷首。

鬚髮花白的老者驚嘆一聲，以出人意料的敏捷幾步跨下數級臺階，一把拉住了石敢當的手，只知「呵呵」而笑，一時卻一句話也說不出來。

看來，他顯然就是石敢當要找的伯頌了。

伯頌的身分其實是坐忘城城主的四大尉將之南尉。坐忘城乃大冥樂土咽喉要塞，外敵一旦突破坐忘城，前面便是一馬平川，大冥都城再無依憑，只能依靠都城自身的防衛力量了，所以坐忘城城主的地位甚爲重要，坐忘城城主手下之人的身分也「水漲船高」。不過這些年來，大冥樂土域內頗爲安寧，於是像伯頌這樣的人便多有閒情了。

四名尉將各守坐忘城一大城門，所以責權甚重，在坐忘城內也算是頭面人物。但無論如何，也是無法與「玄流道宗宗主」相提並論的，對武道中人而言，「玄流道宗宗主」之名如雷貫耳，而坐忘城的一員尉將卻遜於前者多多了。

但看伯頌與石敢當的交情，卻甚是深厚。自進入宅院內後，二老一直把肩而行，一番長談，直至伯頌吩咐下去的宴席已部署妥當，兩人才意猶未盡地止住了話頭。

這時，戰傳說、尹歡、青衣、歌舒長空已在僕從的引領下沐浴更衣而歸。戰傳說換上了一襲合體的勝雪白衣，頓時在健碩偉岸的氣質外，更添一分灑脫，赴宴衆人皆深爲他的風采而驚嘆。

與戰傳說的陽剛之氣相比，尹歡則又恢復了他的昔日神采，但見他身材修長，舉止瀟灑，神態

俊美，五官近乎完美無瑕，肌膚之美不在妙齡女子之下。

眾人又免不了一番驚嘆，心忖：沒想到今日席間竟同時出現一剛一柔兩種截然相反，卻各有懾人風采的男子！

兩列長桌在大殿中相對排開，臺上放滿了美酒佳餚，極盡奢華和豐盛。此時已是掌燈時分，早有人在大殿四周備好了紅燭，將大殿映照得燈火輝煌。

當眾人陸續入席時，忽聞有人低聲驚呼，隨即眾人的目光齊齊投向入口處，不少人神情如癡如醉，眼神茫然。

戰傳說循著眾人的目光望去，亦是心中一顫。

出現於眾人視野中的是爻意！有著令人魂牽夢縈的絕世風姿的爻意！

此刻她恰是初浴之後，換了一身白底黃花的長褂，她那輕盈優美、飄忽若仙的步姿襯托出了她的儀表萬千，柳眉如黛，冰肌雪膚，玉頸修長，清麗容顏儼然集天下千川萬峰之秀麗之氣，神韻奪天地之造化，無怪乎眾人看得神爲之牽，魂飛天外！

但見爻意步入殿中後，秀美絕倫的眸子顧盼生輝，神情恬靜地掃過場中所有人後，落在了戰傳說身上時，她的眼神竟也爲之一亮，隨後眼中出現了短暫的迷茫之色。

雖然很快她便恢復了常態，但僅這一絲細微而一閃即逝的變化，亦讓座中不少人嫉妒不已。

眾人分賓主各據一方，伯頌、石敢當坐在主、客席位的頭座，其他人依次排開。石敢當下首便是歌舒長空，隨後依次是尹歡、戰傳說。

爻意在眾目睽睽之下，逕自在戰傳說身邊入座。在爻意的心中，此舉是順理成章的事，無論從哪一方面來講，戰傳說都是讓她最有親近感的人。但對旁人而言，卻難免揣度他們的關係，同時大為羨慕這小子豔福不淺。

待眾人皆入席後，立即有侍女上前斟酒佈菜。隨後，伯頌高擎滿杯美酒，起身離席，走向石敢當這邊，環視眾人後一臉喜色地道：「相隔近二十年再遇故友，伯頌喜不自勝！石兄更為我引來高朋滿座，足慰平生，來！諸位與我共飲這一杯！」

眾皆應和，隨後交杯疊盞，一番豪飲！

只是席間除石敢當與伯頌是多年舊交外，其餘的主客之間皆不相熟，奇怪的是，伯頌似乎忘了待客之道，竟沒有將戰傳說等人向他的人引見！

戰傳說對這種場面本就從未涉足，倒對此不甚在乎；尹歡看似輕浮，其實是個沉穩內斂之人，更是不會形於神；青衣的身分既然是尹歡的「十二鐵衛」之一，當然不會違逆尹歡的心意；而歌舒長空神志不清，對此也是毫不在乎。

至於爻意，她給戰傳說的感覺有時是聰穎過人，有時卻像是不諳世事，爛漫無知，此刻她就是

如此。戰傳說當然知道這極可能是因爲她曾經生活的年代的習俗以及她所處的環境與現在已是大不相同的緣故。

相反，倒是身爲陪客者的那些人大覺納悶，不知南尉伯頌今夜何以如此疏忽，這樣一來豈非冷落了客人？眾陪客多爲伯頌的屬從，還有伯頌的長子、次子——也就是戰傳說等人最初見到的兩位錦衣年輕少年。

那容貌與伯頌十分相似的是其長子伯簡子，另一人則是次子伯貢子。所以他們縱然覺得不妥，也只是隱在心中不曾表露出來。

宴席便在熱烈卻很有分寸的氣氛中進行著，眼看宴席即將平平淡淡地結束，忽見伯貢子「忽」地站直身來，高捧著一杯酒，向戰傳說走來。

戰傳說等人皆有些意外，因爲方才眾人本已一一對飲。而伯頌的屬從卻知道這一時刻遲早會到來的，他們太瞭解這位二公子了。

伯頌一愣，隨即似想到了什麼，立時以目光阻止二子的舉措；但伯貢子卻假裝未見，徑直走到戰傳說席前，舉杯道：「兄弟伯貢子，不知閣下如何稱呼？」

戰傳說尚未開口，石敢當已搶先道：「賢侄，這位是我的忘年之交陳籍。」

戰傳說一怔。

伯貢子由他的神情立時感覺到石敢當所言非實，不過石敢當是他父親至交，當然不能輕易得罪，故他又做未知地道：「原來是陳兄，不知陳兄是否賞臉與我乾了這一杯？」

戰傳說毫無戒備地起身謝道：「應是我敬伯公子才是。」

伯貢子顯得十分豪爽地將滿杯之酒平伸過來，道了一聲：「請！」

對方是主人的次子，對自己以禮相待，戰傳說唯有以禮相還，舉杯迎去。

「噹……」一聲脆響，戰傳說倏覺一股內力疾湧而至，一驚之下，反應不及，雖立即以內力相抗衡，但手中的杯子卻在兩股內力相激之下，「啪……」地一聲粉碎，杯中酒水立時飛濺至戰傳說臉上、身上，情形狼狽。

伯貢子嘴角立時浮現出一抹掩飾不住的得意詭笑，口中卻一迭聲自責道：「貢子莽撞了，多有得罪，多有得罪。」言語間暗中瞥了爻意一眼。

知子莫若父，伯頌在次子起身離席時便已有所察覺，但一時尚未找到合適方式阻止自己的兒子，此事便已發生！顯然，伯貢子是有意要戰傳說難看，但事已至此，大庭廣眾之下若責罵自己的兒子，反而更爲尷尬，倒不如裝聾作啞，假裝真的相信這只是伯貢子一時失手，這樣多少可爲雙方挽留一點顏面。

卻見爻意竟以衣袖爲戰傳說拭去臉上的酒漬，與戰傳說顯得格外親密無間。倒是戰傳說自己爲

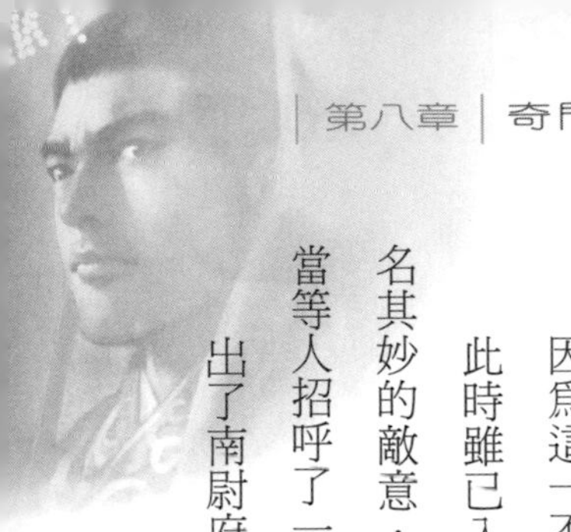

之一怔，神情頓顯不安，而爻意則神情自若，彷彿她的舉止是再正常不過了。

伯貢子的表情倏然僵住了，爻意的舉止不啻於對他重擊一掌，讓他半天回不過神來。他之所以會對戰傳說施以小計，就是嫉妒爻意與戰傳說的親密，沒想到最終卻弄巧成拙，心中頓時憤慨不已。

伯頌呵斥道：「混帳東西，還在那兒丟人現眼？真是不懂禮數的小子，毛手毛腳！」

伯貢子心有不甘地道了聲：「是。」退回自己的席位。

石敢當不失時機地爲伯頌找了個臺階道：「年輕人就是如此。老兄弟，難道你忘了我們當年是如何一番情形？」

伯頌的神色這才略見和緩。

而伯貢子則一言不發，顯得異常沉默。

因爲這一不甚愉快的小插曲，宴席很快便草草收場了。

此時雖已入夜，卻時辰尚早，還未到入寢之時。戰傳說並非愚人，當然也感覺到了伯貢子那莫名其妙的敵意，所以決定先到外面走走，以免在南尉府與伯貢子長久相對彼此尷尬。當下他向石敢當等人招呼了一聲，沒想到爻意竟要與他同去，戰傳說想不出推辭的理由，只好應允。

出了南尉府，兩人都感到有種說不出的輕鬆，雖然伯頌待客熱情，但卻還有伯貢子。

坐忘城是大冥樂土的要塞重地，所以城中的街巷格外寬敞，以便一旦有戰事，寬闊的街道可供兵馬快速通行，以贏得更多戰機。而坐忘城的另一個特點則是沿街的房舍都不會太高大，而且門窗狹小，但鄰街的牆面卻全是堅石砌成，堅固無比。

爻意隨戰傳說走了一陣，便留意到這一點，她忽然開口道：「看來，坐忘城城主實是一個極富謀略的人，即使是營建內城也是別具匠心，這種城中自然少不了遍及全城的高聳的刁斗，而沿街房舍低矮，可以保證刁斗上的人的視線不會被阻，可一覽無餘地視察到街上的情形。而沿街堅固無比的石牆又可在萬一城池淪陷時，立即可以憑藉城內複雜的地勢以及堅固的石牆為依托，就地反攻！」

戰傳說初聽時還不以為意，但聽著聽著就不由深為爻意的分析所折服，他感到爻意對他而言，越來越像是一個深不可測的謎！有時她似乎懵懵無知，連最基本的常識都不懂；有時她卻會顯示出驚人的智慧與謀略。

被爻意的話所吸引，戰傳說也不由對沿街的情形細加觀摩，不知不覺中，兩人已走出好一段路程。一路上，戰傳說感到不少路人投向他們的目光，他明白這都是因為爻意的緣故。在眾人豔羨的目光中，戰傳說本能地升騰起意氣風發之感。

正信步而行間，忽聞前方有人高呼道：「押三兩銀，押死！」

「我也押五兩銀，押死！」

「老子把這三十三兩銀並加這把刀全押上！」一個粗啞的聲音大叫道。

立時有好幾個聲音同時叫道：「押生還是押死？」

「當然是死！」那粗啞的聲音毫不猶豫地道。

戰傳說、爻意二人抬眼望去，只見前方一片空地上圍了一大群人，擠得風雨不透，每個人都將身子全力向前探去，不時響起轟然叫好聲。他們的頭頂上是一棵槐樹橫過來的樹杈，上面懸掛了好幾盞燈籠。

戰傳說道：「像是設了什麼賭局，不過只聽說有賭大賭小，賭單賭雙的，倒沒聽說過有賭生死的。」

話音未落，只聽得一個尖而亮的聲音叫道：「都是下注賭戰傳說必死無疑嗎？」

近百個人異口同聲道：「正是！」

戰傳說愕然怔立當場，與爻意面面相覷！

戰傳說苦笑一聲，自嘲道：「世間竟會有如此巧合的事。」

他的話音剛落，那邊已有人得意地道：「美女大龍頭，那戰傳說作惡多端，是不二法門靈使指名要除去的惡人，明日便是最後期限！不二法門行事說一不二，戰傳說必死無疑！這一次，你是必輸無疑了，傻瓜才會押戰傳說能活過明天！」

立即有不少人大聲應和，間或有轟然大笑聲，場面熱鬧非凡。

戰傳說卻覺得腦中「轟」地一聲響，猛地醒悟過來——這並不純粹是一種巧合！眾人口中的「戰傳說」雖不是他本人，但卻與他有著莫大的關係。

戰傳說心中飛速閃念，倒吸了一口冷氣，沉聲道：「果然明天就是靈使定下的最後期限！」

爻意見他神色有異，便勸慰道：「反正『戰傳說』即使真的被殺，也並不是真正的你。」

戰傳說搖了搖頭，「一旦『戰傳說』被靈使所殺，這樣的消息傳遍樂土後，我要想澄清事實就更難了。」

這時那尖亮的聲音再度響起：「我美女大龍頭什麼時候輸過？諸位可莫高興得太早！自靈使聲稱要殺戰傳說到今天已過去了九天，既然戰傳說能逃過九天，爲什麼偏偏最後一天就不能逃過？嘿嘿，老寇，我勸你別押這麼多，把娶俏媳婦的本錢也押了。」

又是一陣哄笑。

戰傳說與爻意都聽出那尖而亮的聲音的確是一個女子所發，也不知此人是如何的美麗，居然被這麼多人稱做「美女」，更不知她爲何被稱做「大龍頭」。而「美女大龍頭」這樣的稱呼實在是十分新鮮古怪。

在好奇心的驅使下，戰傳說與爻意準備上前看個究竟。

兩人好不容易由人群中擠了進去，已是汗流浹背。戰傳說的手也不知什麼時候起緊緊地拉著爻意的手，生怕失散。

擠入人群中後，首先映入兩人眼中的是兩條長凳上架著的一塊門板，門板上放著銀錠、玉器、兵器，甚至還有一隻瘦瘦的黃貓！而這些東西下面壓著一個大大的「死」字！而另一端的「生」字上卻空蕩蕩的毫無一物，在「生」與「死」字之間，一條粗紅線當中畫過，將兩邊隔開。

在這簡易「賭台」後，穩穩當當地坐著一個人，高蹺二郎腿，頭髮亂亂的，衣飾更是亂七八糟，雙袖高高挽起，一臉滿不在乎地笑意，嘴裏叼著一根草莖，一努嘴，草莖便顫悠顫悠，年紀大概十六七歲。

戰傳說四下看了看，轉而對身邊的爻意低聲道：「妳看哪一個才是所謂的美女大龍頭？」

因爲身邊除爻意外，根本沒有堪稱「美女」的女子，所以戰傳說聲音雖低，卻並未回避與自己挨得很近的幾個人，包括與他們正面相對的一頭亂髮者。

爻意剛一搖頭，便見正面對的人已將嘴裏叼著的草莖取下，指了指自己的鼻頭，「美女大龍頭自然就是我！」

聲音尖而亮！

戰傳說駭然一驚，身邊的爻意亦不由莞爾一笑。

周圍所有的目光全集中於他們兩人的身上，有人道：「連坐忘城大名鼎鼎的美女大龍頭也不認識，真是有眼不識泰山！」

戰傳說難以置信地望著與自己相距不過數尺的嘴叼草莖者，乾咳一聲，正待解釋，對方已很有氣勢地將掌心向下壓了壓，大度地道：「不必多說，不知者無罪。你們也欲加入我美女大龍頭的『露天賭局』，是也不是？」

戰傳說心道：「此人竟然就是美女大龍頭？我先前還道是個男人，更休說還是『美人』。」眼見對方面對爻意這樣的絕世麗人也毫無愧色，戰傳說不由得再對之多看了幾眼，這才發現此人的確算長相清秀，雖然沒有爻意那超凡脫俗的美麗，但卻另有一種精靈之氣，尤其是她的眼神中總有一股野性與俏皮，讓人備覺其可愛，但若以「美人」冠之，戰傳說深感太過牽強，而她的裝扮更是足以讓人嚇一大跳！

女人當中，有華麗者，有妖豔者，有清純者，有樸素者，甚至還有衣飾惡俗者，而此人卻什麼也不是，因爲她根本就沒有裝扮過！

這時，爻意輕輕地拉了拉他的衣袖，戰傳說猛地醒悟過來：自己一直目不轉睛地打量對方，卻還沒有答覆對方。

略一思忖後，他道：「正是！不知這露天賭局是如何個賭法？」

「美女」重新將那根草莖銜入口中，對站在她身後的一個身材高大的漢子揚了揚下頷——這一動作讓戰傳說留意到她的唇與下頷之間有一個向下凹陷的優美弧度，而頸側還有一顆紅痣。

那高大如鐵塔般的漢子洪聲道：「靈使決定要殺了逆賊戰傳說，明日就是最後期限。你若是認爲戰傳說能活過明日，就將賭注押在『生』字上，反之則押在『死』字上，押多賺多，押少賺少，押定離手！」

戰傳說哈哈一笑，「這等賭法倒十分有趣！」

「美女」看了他一眼，「既有興趣，何不下注？」

請續看《玄武天下》之三　心劍昭靈

蒼穹變 ② 千年遺恨 （原名：玄武天下）

作者：龍人
發行人：陳曉林
出版所：風雲時代出版股份有限公司
地址：105台北市民生東路五段178號7樓之3
風雲書網：http://www.eastbooks.com.tw
官方部落格：http://eastbooks.pixnet.net/blog
Facebook：http://www.facebook.com/h7560949
信箱：h7560949@ms15.hinet.net
郵撥帳號：12043291
服務專線：(02)27560949
傳真專線：(02)27653799
執行主編：朱墨菲
美術編輯：許惠芳

法律顧問：永然法律事務所 李永然律師
北辰著作權事務所 蕭雄淋律師
版權授權：蔡雷平
初版換封：2016年5月

ISBN：978-986-352-313-0

總經銷：成信文化事業股份有限公司
地　址：新北市新店區中正路四維巷二弄2號4樓
電　話：(02)2219-2080

行政院新聞局局版台業字第3595號 營利事業統一編號22759935

定價：280元　特價：199元

國家圖書館出版品預行編目資料

蒼穹變 ／ 龍人著. -- 初版-- 臺北市：風雲時代，
2016.03 -- 冊；公分

ISBN 978-986-352-313-0（第2冊；平裝）

857.7　　　　105002427